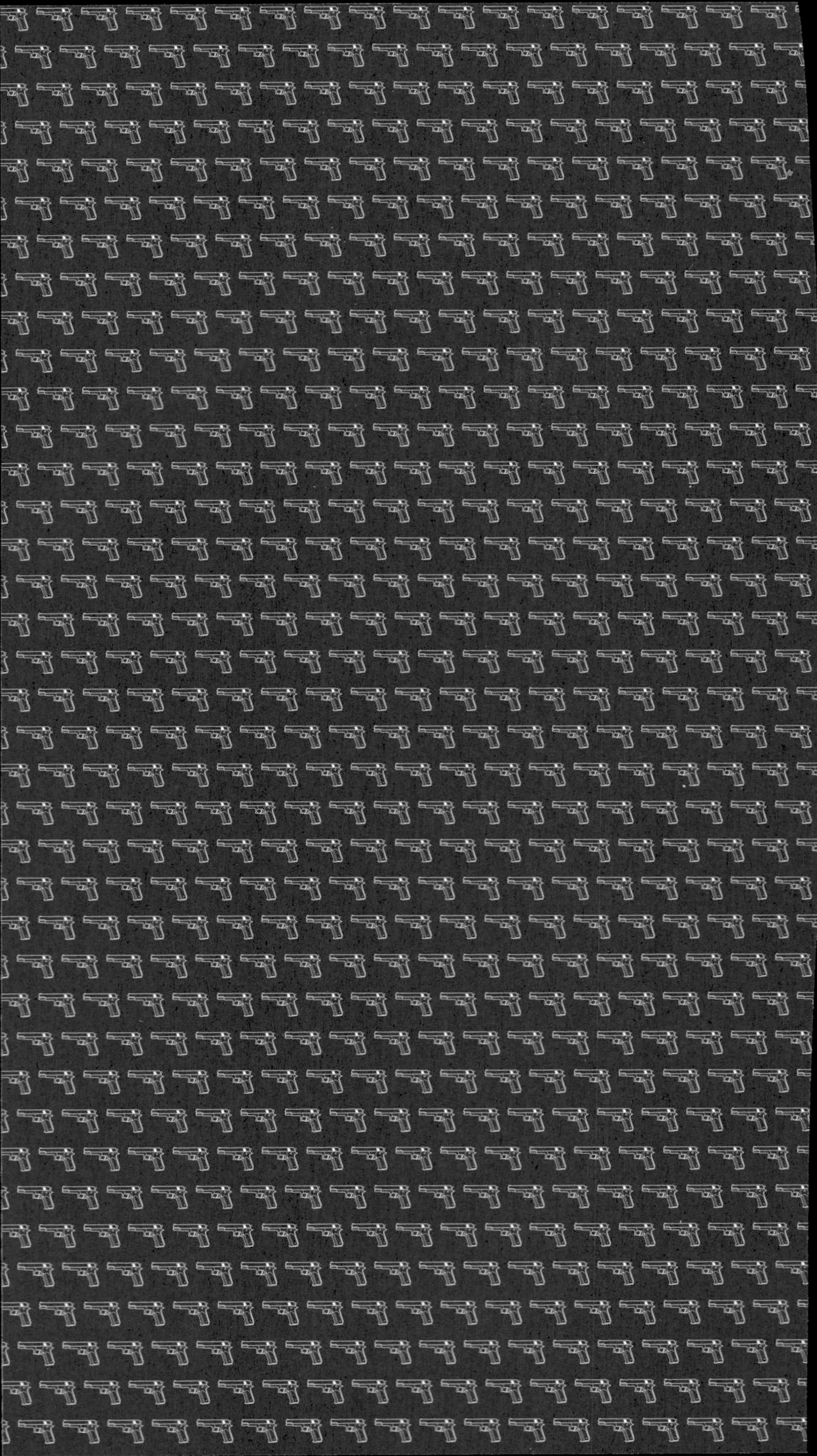

ars vivendi
Krimi

Tessa Korber (Hrsg.)

Fiese Morde in der Provinz

ars vivendi

Originalausgabe

1. Auflage 2011

www.arsvivendi.com

Lektorat: Dr. Tessa Korber
Umschlaggestaltung: ars vivendi verlag unter Verwendung
einer Fotografie von Zettberlin/photocase
Druck: fgb, Freiburg
Printed in Germany

ISBN 978-3-86913-059-0

Fiese Morde in der Provinz

Inhalt

Lena Blaudez

Zum Bösen verführt

Sie saß auf einem Korbstuhl auf der Terrasse und sah auf das Wasser der Müritz, die Wellen plätscherten leise. Ein lauer Wind wehte den Duft von Jasmin und Rosmarin aus ihrem Garten heran. Eine Grille zirpte. Die Turmuhr der Marienkirche schlug zwölf Mal. In der Ferne bellte ein Hund. Der Mond war voll und sein Schein zeigte auf dem dunklen Wasser wie ein zittriger Finger ins Ungewisse. Der Roman war endlich zu Ende übersetzt, sie würde das Manuskript morgen an den Verlag schicken. Leise und zufrieden seufzte Edna auf und streckte die Hand nach dem halbvollen Whiskyglas aus, das sie auf der Terrassenbrüstung abgestellt hatte.

Sie sollte es nie erreichen.

Schon wieder Silvester? Mitten im Sommer? Was sonst zischte denn im Juli in der Strandstraße herum? Denn irgendetwas war genau durch ihr dickwandiges Whiskyglas geflitzt. Das Glas zersplitterte, kurz bevor ihre Finger es berühren konnten.

Wie eine schnelle Biene zischelte etwas an ihrem linken Ohr vorbei. Als dann das Holz des Pfeilers kurz neben ihr zerbarst, blitzte der Gedanke auf: Hier schießt einer! Mit Schalldämpfer. Sie warf sich der Länge nach auf den Boden und robbte Richtung Terrassentür. Wozu las und sah man schließlich so viele Krimis. Wozu übersetzte sie bevorzugt knallharte Thriller. Wenn hier ein Verrückter um sich schoss, dann sollte sie nicht im Weg herum stehen. Es schien eine Ewigkeit zu dauern, die kurze Strecke bis zur Glastür war endlos. Endlich krabbelte sie über die Schwelle. Über ihr ging ein Glasscherbenregen nieder. Sie rollte sich ins Zimmer und kroch in den Flur. Kein Licht! Telefon! Sie tippte die eins eins null.

»Und Sie haben wirklich keine Vorstellung, wer Ihnen nach dem Leben trachten könnte?« Der Polizeibeamte sah sie an, als sei sie eine hysterische Zicke, die sich wichtig machen wollte. Durchgeknallt. Das stand förmlich auf seiner Stirn geschrieben. Er glaubte ihr kein Wort. Sie war hinaus geeilt, als sie den Streifenwagen kommen hörte und stand ihm jetzt vor dem Auto gegenüber. Das Blaulicht verbreitete eine unheilvolle, kranke Stimmung. Aber wie sollte man sich auch anders fühlen als unheilvoll, wenn man gerade so mit dem Leben davon gekommen war, weil ein Irrer, ein besoffener Jäger, ein durchgedrehter Familienvater oder ein amoklaufender Schulschwänzer sich eine Waffe besorgt und sie ausgerechnet an der Strandstraße ausprobieren hatte? Heutzutage kam man doch ganz leicht an eine Waffe. Sie hatte sogar selbst eine, von ihrem Exmann, dem Exjäger, der sie als Exgattin zurückgelassen hatte. Zusammen mit seiner Pistole, die er sich schwarz besorgt hatte und die ihm wohl zu heiß geworden war. Sollte sich doch seine Ex-Alte daran die Finger verbrennen.

Langsam drang die Fragestellung des Polizeibeamten zu ihr durch. Keine Ahnung, wer ihr nach dem Leben trachtete. Nein, nicht die geringste.

Eigentlich schade. Offenbar war sie niemandem so viel Leidenschaft wert. Wenn jemand sie doch nur umbringen wollte, wegen verschmähter Liebe oder aus Eifersucht. Das wär' doch was. Aber sie ist vor ... meine Güte, sechs Jahre ist das schon her, einfach sitzen gelassen worden. Von heut auf morgen, einfach so, die Ehe beendet, wie man eine Zigarette ausdrückt. Emotionslos, nur leicht angewidert. Seitdem hatte sie ihre Leidenschaften mit der Übersetzung von Kriminalromanen aus dem Russischen, Finnischen und Estnischen ausgelebt. Sublimiert!

Sie grunzte, höhnisch sich selbst betrachtend. Eine mittelalte Übersetzerin, mittelmäßig begabt, mittelgroß und wenn sie weiter so viel trank, bald mittellos. Wütend stieß sie die Luft wieder durch die Nase aus.

Der Polizist sah sie argwöhnisch an, schnupperte den Alkoholdunst.

»Haben Sie gerade einen *Tatort* gesehen?« Seine Äuglein blitzten schlau. »Und haben Sie vielleicht einen Moment lang geglaubt, das alles spielt sich in Ihrem Wohnzimmer ab, Frau Karfunkel? So wie bei dieser Werbung für das scharfe Dings, HD-Fernsehen oder wie das heißt?«

Plötzlich sah sie sich dastehen, von Blaulicht übergossen, leicht übergewichtig, schlecht frisiert, grausig gekleidet, mit frustriert hängenden Mundwinkeln und leeren Augen. Sie wusste selbst nicht so genau, wie ihr geschah, aber jetzt in diesem Moment fasste sie einen Entschluss, den sie zwar später äußerst seltsam finden würde und nicht erklären könnte, aber den sie auch nicht bereute.

»Ja, vielleicht haben Sie ja Recht, Herr Wachtmeister, so wird es wohl gewesen sein. Entschuldigen Sie die Störung. Tut mir leid, ich hab' wohl ein bisschen zuviel ...«

Der Polizeibeamte Kunze hatte schon viel gesehen. Und er hatte ein gutes Herz. Zumindest hatte er sich letztes Silvester vorgenommen, ein besserer Mensch zu werden. Er hob kurz die Hand zum Gruß oder auch, um abzuwinken oder auch nur, um ihr zu zeigen, dass er keine Handschellen auspackte, um sie wegen Irreführung der Polizei zu verhaften.

Edna sah dem Wagen hinterher, verschloss dann sorgfältig die Tür, legte die Kette davor, sah nach, ob alle Fenster geschlossen waren und ließ das Rollo vor der kaputten Terrassentür herunter.

Dann schnappte sie sich ein frisches Whiskyglas, nahm einen ordentlichen Schluck und begann nachzudenken.

Die Morgensonne sah Edna schwitzend die Kietzstraße und weiter die Gerhard-Hauptmann-Allee Richtung Kamerun an der Müritz entlang joggen, die in der Sonne fröhlich blitzte und blinkte. Auf dem Wasser segelten glückliche Boote weiß und schwerelos zu neuen Ufern. Edna schwitzte und lächelte.

Das Laufen war sie nicht gewohnt, aber das würde schon noch kommen. Auf zu ganz neuen Horizonten! Vor ihrem Haus stapelten sich leere Flaschen. Geologen späterer Generationen würden sich fragen, was zu der plötzlichen Grundwasserverseuchung anno 2010 geführt haben mochte. Edna hatte ihre Schnapsvorräte in den Garten gekippt.

Der Verrückte war ihr egal. Dafür hatte sie so deutlich wie schon lange nicht mehr sich selbst vorgeführt, dass sie nicht nur traurig und frustriert, einsam und unglücklich, sondern auch noch zu dick und unansehnlich geworden war. Und alles nur wegen Hans-Jürgen, dem treulosen Ekel, der mit dieser blonden Kellnerin, wie hieß sie noch gleich, durchgebrannt war. Edna verschnaufte und stützte sich mit den Händen auf den Oberschenkeln ab. Machte sie sich nicht etwas vor? Hatte sie Hans-Jürgen nicht schon längst vergessen? Sie war doch eigentlich im Nachhinein ganz froh, dem Einerlei und der Langeweile, der speziellen Hans-Jürgen-Langeweile, entronnen zu sein. Nur eben zu viel allein und ...

Aber jetzt war sie nicht allein. Das schon fast vertraut wirkende leise Zischeln am Ohr war wieder da.

Wie ein Profi schoss sie mit einer Rolle ins hohe Schilf am Ufer. Agentin Edna im Einsatz. Weg war sie. Ihr Atem ging wie eine Dampflok. Vorsichtig spähte sie durchs Schilf. Offensichtlich hatte sich da jemand auf sie eingeschossen. Sozusagen. Sie setzte sich auf den noch morgenfeuchten Boden und schüttelte den Kopf: Jemand versuchte, sie umzubringen! Das war doch *der* Hammer!

Lautlos schlich sie am Ufer entlang, bemüht, auf keinen trockenen Ast zu treten. Langsam watete sie ins Wasser. Die Turnschuhe hatte sie ausgezogen, zusammengebunden und sich um den Hals gehängt. Dann schwamm sie Richtung Heimat. Hin und wieder lange Strecken tauchend. Der sollte sie doch erstmal erwischen! Anfänger!

Wieso hatte sie eigentlich am Morgen die Rollos vor der Terrasse nicht hoch gezogen und die vor den Fenstern sogar noch heruntergelassen, fragte sie sich. Weil sie doch an einen Mörder glaubte, der es genau auf sie abgesehen hatte. Auf sie und niemand anderen. Ihr ganz persönlicher Killer. Ein Profikiller hoffentlich. Wenn man denn schon einen Killer hatte, sollte es ja auch ein vernünftiger Killer sein. Nicht irgend so was Halbseidenes. Schießen konnte er allerdings schon mal nicht so besonders. Immer haarscharf daneben. Edna würde es ihm zeigen.

Sie wühlte die Sachen im Schrank durch. Wo, verdammt, hatte Hans-Jürgen denn die Knarre versteckt? Alles flog durcheinander hinter sie. Hosen und Röcke, Unterwäsche – mein Gott, damit konnte man sich wirklich nicht mehr sehen lassen – und Handtücher. Alles endete ungeordnet auf einem Haufen. Selbst die frisch gebügelten Stofftaschentücher.

Alte Schuhe von Hans-Jürgen, du meine Güte! Noch welche. Nein, in dem Schuhkarton lag sie. Eine alte Luger. 9 mm Parabellum. »Si vis pacem, para bellum. Wenn du Frieden willst, bereite den Krieg vor«, murmelte Edna vor sich hin und schob die Patronen in die Kammer. Die Waffe sah prima aus, fand sie. Gut gepflegt, geölt und mit Reservemagazin. Das Metall wog schwer und gut in ihrer Hand. Sie schraubte den Schalldämpfer auf, der mit in dem Karton gelegen hatte. Das hatte sie ja gar nicht gewusst, dass der Hans-Jürgen so was hatte. Wozu hatte er den denn gebraucht?

Ihre Hände wussten, was sie taten. Nicht umsonst hatte sie in ihrer Verliebtheitsphase mit Hans-Jürgen so manche Blechbüchse vom Baumstamm geholt. Sie hatte ein gutes Händchen dafür. Edna stellte sich breitbeinig mitten ins Wohnzimmer, hob die rechte Hand mit der Luger, stützte sie mit der linken ab und ... schon flog der Porzellanelch, verstaubtes Überbleibsel ihres letzten gemeinsamen Urlaubs in Schweden, vom Fernseher in die Luft, fein zerstäubt. Die Tapete war ziemlich hässlich, da war das große Loch in der Wand auch nicht so schlimm. Edna lächelte. Schon lange hatte sie sich nicht mehr so lebendig gefühlt.

Jetzt suchte sie sich einen Zettel, einen Bleistift und schrieb eine To-do-Liste. Strich hier aus, fügte da hinzu. Dann zog sie aus einer Schublade unter den leeren Briefumschlägen zwei prall gefüllte hervor. Sie hatte doch instinktiv gewusst, dass sie eines Tages größere Mengen Bargeld gut gebrauchen können würde. Ganz hinten in der Schreibtischschublade fand sie dann auch den alten abgerissenen Zettel von Hans-Jürgen. Sie wusste es doch! Sein Kontakt, wegen der schwarzen Waffen. Die Telefonnummer. Verschlüsselt. Sie addierte jeweils zwei zu jeder Ziffer, gratulierte sich, dass sie damals so gut aufgepasst hatte und tippte die Nummer ein. Das Gespräch war kurz und verlief zu beidseitiger Zufriedenheit.

Edna nahm ihre Blondhaarperücke – aus frivolen Vor-Ehezeiten neben feinen Lederdessous übrig geblieben – und setzte sie auf, stieg wundersamerweise unfallfrei in ein flaschengrünes Sommerkleid, das sie schon ewig nicht mehr getragen hatte und betrachtete sich im Spiegel. Die frustrierte Übersetzerin war verschwunden. Wie durch ein Wunder oder wegen ihrer kerzengeraden Haltung plötzlich schlanker aussehend, energetisch und mit leuchtenden Augen stand hier eine lebenslustige Abenteurerin.

Die Abenteurerin schnappte sich die Autoschlüssel vom Haken im Flur, schob sich eine riesengroße Sonnenbrille über die Augen, sprang zur Tür hinaus in ihren kleinen Fiat und startete durch.

Sie ließ den Blick nicht vom Rückspiegel, aber niemand blieb lange genug hinter ihr, um als Verfolger durchzugehen. Nach ein paar Runden durch Waren-West und Waren-Ost, bei denen ihr noch immer niemand folgte, bog sie auf die Landstraße Richtung Stavenhagen ein.

Er wohnte in einem unauffälligen Reihenhaus. Ob das, was er zu verkaufen hatte, noch aus Beständen der russischen Armee stammte oder woher er neue Ware bezog, all das interessierte Edna nicht. So wenig wie sich der freundliche ältere Herr mit dem grauen Försterbart, in der Strickjacke und dem Pfeifchen im Mund für sie interessierte. Edna verließ nach einem kurzen Besuch das Haus mit einer gefüllten Golftasche. Einen der prallen Briefumschläge hatte sie dafür dagelassen. Genau 7480 Gramm schwer war ihr Einkauf und 1230 Millimeter lang. Viele Grüße an Heckler & Koch! Drei Kartons Munition dazu. Das Scharfschützengewehr war ein halbautomatisches Präzisionsgewehr, mit dem auch auf weite Entfernungen höchst genau ein Ziel getroffen werden konnte.

Sie fuhr in den Müritz-Nationalpark. Beileibe nicht der Ort für Schießübungen. Jedenfalls nicht legalerweise. Aber wer fragte denn schon danach. Bei 322 Quadratkilometern Wald sollte doch etwas für sie dabei sein.

Am Ende einer der schmalen Straßen mitten im idyllischen Parkgelände fristete ein offenbar noch aus DDR-Zeiten stammendes Dorf sein Gnadenbrot. Fast sah es aus wie ein Museum für depressive Bauweisen und gekonnte Geschmacklosigkeiten. Sie fröstelte trotz der Sommerwärme. Ein echtes Selbstmörderdorf. Keiner da. Alle schon tot? Das Dorf, beziehungsweise, was davon noch übrig war, war jedenfalls verlassen. Ein altes Gemäuer, das vermutlich einst Schweinen Obdach bot, war ideal für ihre Zwecke. Sie packte ihre Tasche aus. Schraubte den Schalldämpfer auf die PSG1 und visierte die hintere Mauer durch das wirklich hervorragende Zielfernrohr an. Der Verschlussmechanismus klickte und klackte, schnappte und rastete ein. Edna schürzte billigend die Lippen. Sie hatte ihr Geld wirklich gut angelegt. Hier machte sich doch einmal die Militärausbildung nützlich, die sie als Studentin in der Nähe von Ost-Berlin absolviert hatte. Später mit Hans-Jürgen war sie auch oft auf der Jagd gewesen. Zwar ohne Jagdschein, aber nicht ohne Erfolg. Für die Hasen, Rehe und Wildschweine der Gegend war es ein Misserfolg. Es kam doch immer auf den Standpunkt an. Allerdings hatte sie noch nie ein menschliches Ziel anvisiert.

Sie war ja auch noch nie beschossen worden.

Opfer oder Täter, dachte sie. Als Opfer hatte sie sich lange genug gefühlt. Als das Opfer vom treulosen Hans-Jürgen. Von hanebüchen niedrigen Übersetzerhonoraren. Das Opfer missgünstiger Kollegen. Dummer Nachbarn. Ignoranter Kerle. Die Liste ließe sich noch beliebig verlängern. Aber nun war ja damit Schluss. Es kam immer auf den Standpunkt an. Von nun an war sie kein Opfer mehr. Im Gegenteil. Edna gab noch ein paar Schüsse auf einen kleinen Schmutzfleck an der Wand ab. Sie setzte drei Treffer direkt aufeinander.

Wieder in ihrem Haus angelangt, verbarrikadierte sie sich, nachdem sie alle Zimmer gründlich durchsucht hatte. Eingedrungen war ihr Killer hier offenbar nicht. Über seine Motivation hatte sie während der Fahrt lange nachgedacht. Es fiel ihr immer noch nicht das Geringste dazu ein. Sie war die letzten Jahre als Person doch so gut wie gar nicht wahrgenommen worden. War praktisch unsichtbar gewesen. Nicht vorhanden. Eine Frau Ende vierzig, allein und ohne besondere Merkmale. Ist ja auch schon Grund genug, zu verschwinden. Aber jetzt war sie wieder da. Aufgewacht. Sie war ihrem unbekannten Killer auf paradoxe Art dankbar.

In dieser Nacht schlief sie so tief und fest wie schon lange nicht mehr.

Erfrischt und gutgelaunt sprang sie am nächsten Morgen aus dem Bett. Zuerst wunderte sie sich über die heruntergelassenen Jalousien. Als sie dann die Luger und das Präzisionsgewehr neben dem Bett sah, fiel ihr alles wieder ein. Plötzlich glaubte sie nicht mehr an den Killer. Vermutlich war das wirklich nur eine Einbildung gewesen, alkoholbedingt oder aus überschäumender Fantasie oder tödlicher Langeweile entstanden. Sie war wohl durchgedreht. Ein Nervenzusammenbruch.

Es *konnte* schließlich gar nicht sein. Es gab keinen Grund. Es war absurd. Albern. Lächerlich. Peinlich.

Nun gut. Vorbei. Auch egal.

Schließlich hatte sie ihr Leben wieder in die Hand genommen, war praktisch von den Toten auferstanden. Edna gähnte genüsslich, zog das Rollo vor dem Schlafzimmerfenster hoch und öffnete weit beide Fensterflügel. Sie streckte die Arme aus, der Sonne entgegen. Die Ärmel ihres weiten weißen Nachthemdes ließen sie vermutlich wie ein Engel aussehen, dachte sie. Obwohl sie für Religion jedweder Art nichts übrig hatte. Maximal als Folklore nützlich.

Ein Ärmel flatterte unmotiviert. Edna stutzte. Es war völlig windstill draußen.

Wie gefällt klappte sie zusammen. Ein kleines braunes Loch verunzierte den Ärmel ihres Spitzennachthemdes. Der Sniper!

Sie lag auf dem Boden und atmete langsam und tief ein und aus. Jetzt war es also ernst. Sie musste den Schützen finden. Ihn erkennen. Ihm voraus sein, das war die einzige Chance. Ihm überlegen. Ihm über. Über ihm.

Dafür gab es in Waren Möglichkeiten. Ihre Gedanken zur Religion ... Ablenkung vom Klassenkampf ... brachten sie auf die Kirche. Auf *die* Kirche. Die Marienkirche am Neuen Markt.

Vierundfünfzig Meter hoch war der Turm. Von der Plattform dort oben hatte man die allerbeste Aussicht. In schwarzen Jeans, mit schwarzem T-Shirt, ihre grau-braunen Haare unter einem schwarzen Basecap verborgen, keuchte sie die Treppe des Kirchturms hinauf. Es war sieben Uhr dreißig. Sie war allein hier oben. Sie genoss den Ausblick.

Am Horizont leuchtend gelbe Rapsfelder, kornblumenblau umrandet, blutroter Mohn und saftig grüne Wiesen. Ein Seeadler zog stolz und einsam seine Bahnen. Möwen sahen sich gierig um. Die Müritz glitzerte verführerisch wie ein Versprechen. Weite, Hoffnung, Zukunft. Offener Geist.

Alles schien möglich. Der Duft des Wassers. Sie fühlte sich leicht und kraftvoll zugleich. Dann musste sie lachen. War es denn möglich? Irgendjemand schoss auf sie und sie begann zu begreifen, wie wundervoll, wie schön, wie vielfältig, wie unersetzlich wichtig, wie einmalig ihr Leben war? Sie schüttelte sich förmlich vor Lachen. Und dann schrie sie. Es war eher ein Ruf. Ein Brüller. Ein Lacher.

Sie horchte dem Klang hinterher. Meine Güte! Heeeeeeeeeee! Sie, Edna Karfunkel, sie war hier. Sie war da. Sie war ... Edna Karfunkel!

Kurz darauf kam sie zur Besinnung. Wenn der Sniper, wie es zu erwarten war, sie beobachtete, verfolgte, ihr hinterher war, dann konnte er nicht weit sein. Sie packte ihr Scharfschützengewehr aus und sah durch das Zielfernrohr. Schwenkte es langsam über den Neuen Markt, die schmalen Gassen der Altstadt, die Fachwerkhäuser und kleinen Villen, die Strandpromenade. Langsam und gemächlich begann das Alltagsleben. Einzelne Verkäufer stellten Ständer vor die Tür ihres Ladens, Markisen wurden ausgefahren. Erste Touristen schlenderten umher, die Cafés belebten sich. Plötzlich war etwas los in der Stadt. Von den Jachten, den Schiffen und Booten des Stadthafens kamen Gäste in die Strandcafés geströmt, schlenderten in die Konditoreien. Edna kam sich auf ihrem Beobachtungsposten, ihrem Adlernest, seltsam privilegiert vor. Sie sah alles. Aber woran sollte sie ihren Mörder erkennen?

Das Grummeln ihres Magens wurde langsam unüberhörbar. Es war Mittagszeit und Edna hatte noch immer keine Ahnung, woran sie ihren PK, ihren Personal Killer, wie sie ihn inzwischen fast liebevoll nannte, erkennen sollte. Sie beschloss, den Turm zu verlassen und in einem der kleinen Restaurants etwas zu essen. Jetzt fiel ihr auch auf, wie steif sie geworden war, in der ganzen Zeit auf ihrem Beobachtungsposten. Diese ganze sinnlose Zeit. Sie streckte sich und sah – einem plötzlichen Reflex zufolge – noch ein letztes Mal durch das Zielfernrohr.

Da hätte sie ja auch eher darauf kommen können. Ihrem Haus hatte sie keine Aufmerksamkeit geschenkt. Fehler! Denn jetzt sah sie ihn. Ein Blitzen hatte ihn verraten, ein gleißender Sonnenstrahl reflektierte auf seinem Gewehr oder Fernglas. Sie stellte das Zielfernrohr schärfer. Ja, sie hatte ihn. Er observierte ihr Haus. Offenbar war sie ihm entwischt, dem blinden Trottel. Er vermutete sie noch immer zu Hause, ängstlich eingeschlossen. Pech gehabt, Freundchen!

Am Neuen Markt vorbei, zwischen zwei schmalbrüstigen dreistöckigen Häusern entlang, zielte sie auf die Gestalt. Die drückte sich in den Schatten des Apfelbaumes hinter dem kleinen Vorgarten. Jetzt trat der Killer einen winzigen Schritt vor. Er trug Jeans, ein grünblaukariertes Hemd, ein dunkles Käppi und ein Gewehr in der Hand. Er sah enttäuschend normal aus.

Edna stützte den linken Ellenbogen auf der Brüstung ab, legte das Gewehr an, drückte den Kolben an die Schulter und entsicherte.

Holte tief Luft. Lies sie langsam entweichen. Hielt den Atem an.

Und rutschte mit dem Ellenbogen ab.

Wobei sich der Schuss löste.

Am Neuen Markt ging eine Frau in einem leuchtend blauen Sommerkleid in die Knie und sackte dann vornüber. Blieb mit dem Gesicht auf dem Pflaster liegen. Jetzt konnte Edna nichts mehr erkennen. So schnell hatte sich eine bunte Menschentraube um die Frau gebildet.

Rasend schnell packte Edna ihr Scharfschützengewehr in die Golftasche. Niemand hatte sie hier oben gestört, denn sie hatte vorsorglich den Treppenzugang abgeschlossen. Der riesige altertümliche Türschlüssel steckte immer in der Tür. Sie beeilte sich. Flog förmlich die Wendeltreppe hinunter. Machte, dass sie davon kam. Mied den Marktplatz, lief nicht zu schnell aber zielstrebig durch wenig belebte Gassen. Blieb dann stehen.

Ein Polizeiauto raste über das Kopfsteinpflaster. Sie musste sich an die Hauswand pressen, so schmal war der Bürgersteig. Die Sirene heulte. Und verklang. Zwei Damen mit hochroten Gesichtern stürmten an ihr vorbei.

»Genau die, diese rechtsextreme Politikerin, die jetzt für den Landtag kandidieren wollte!«, kreischte die eine.

»Was? Erschossen? Ein politischer Mord hier in Waren?«, tobte die andere.

Edna näherte sich vorsichtig ihrem Haus. Die Golftasche trug sie lässig über der Schulter. Die Luger mit Schalldämpfer im Hosenbund. Sie ging auf den Vorgarten zu, öffnete das kleine Holztürchen im Gartenzaun, das Edgar-Wallace-mäßig knarrte und sah sich um.

Vermutlich hatte der Tumult um die tote Politikerin ihren Personal Killer vertrieben. Sie zog den Schlüssel aus der Tasche. Da sah sie die Gestalt aus dem Schatten des Apfelbaumes treten. Er hatte auf sie gewartet.

Die Luger ziehen, entsichern, zielen. Schießen. Der Mann brach zusammen.

Es war aber Helmut Schulz. Finanzbeamter. Nicht der Sniper. Du liebe Güte! So was aber auch! Was hatte der denn ... Jetzt fiel es ihr wieder ein und sie schlug sich vor den Kopf. Sie hatte ja einen Termin mit dem Mann, wegen der Steuererklärung. Er hatte da wohl die eine oder andere Unregelmäßigkeit entdeckt. Und hatte vorgeschlagen, das doch bei einem Haustermin unter vier Augen zu klären. Unter der Bettdecke, wohlmöglich. In jedem Fall hätte er die Hand aufgehalten. Sie wusste, das er korrupt war wie zehn südostasiatische Diktatoren zusammen.

Ihr Haus war jetzt keine so gute Wahl mehr. Plan B.

Edna überquerte den Schweriner Damm und lief die Schützenstraße entlang. Wie passend, dachte sie. Dann die Tiefwarenseestraße zum Sportplatz. Die Sommerferien hatten begonnen und das Gelände lag verlassen da. Hier konnte sie in Ruhe verschnaufen.

Sie verzog sich in den Schatten der Tribüne. Du liebe Zeit: Jetzt lag ein Toter in ihrem Vorgarten! Was für ein Pech aber auch. Vielleicht sollte man den Begriff Kollateralschaden zum Wort des Jahres küren.

Sie sah sich in dem Sportstadion um. Ungute Erinnerungen an die Schulzeit überfluteten sie. Dieser widerliche Sportlehrer! Herr Henkel. Ein Sadist. Wie hatte er sie alle gequält. Besonders die Mädchen. Und wie er immer wieder versucht hatte, sie zu begrapschen. Ekelhaft! Und sie hatte den Mund nicht aufgemacht. Sich nicht getraut, sich zu beschweren. Irgendwie gedacht, das wäre ihre Schuld. Edna seufzte auf. Wenn der jetzt hier vorbei käme! Liebevoll sah sie auf ihre Golftasche.

Irgendwie kommt man doch auf den Geschmack, stellte sie fest. So konnte man Probleme schließlich schnell, effizient und dauerhaft lösen. Praktisch aus der Welt schaffen.

Sie musste wohl eingedöst sein. Als sie mit einem Ruck wach wurde, hing schon die erste Dämmerung über dem Tiefwarensee. Sie setzte sich auf der Holzbank auf, auf der sie eingenickt war.

Er saß neben ihr und sah sie an. Edna fühlte, wie ihr mit einem Mal alles Blut aus dem Gesicht wich. Ihr Mund war knochentrocken. Zu guter Letzt hatte sie ihren Personal Killer doch noch unterschätzt. Ihre Waffen lagen ein Stück entfernt. Er hatte sie eingesammelt und vor ihr in Sicherheit gebracht.

»Frau Edna Karfunkel. Sie müssen zugeben, ich habe gewonnen.«

»Eindeutig. Ja.« Ihre Stimme klang eingerostet, als hätte sie ewig nicht gesprochen.

»Am Anfang ging es wirklich daneben. Danach war es Absicht. Ich wollte doch vorher noch einmal mit Ihnen sprechen. Aber Sie hatten sich ja nun bewaffnet und da musste ich sehr vorsichtig sein.«

Plötzlich fiel Edna auf, das sie Estnisch sprachen.

»Wer sind Sie?«

»Sie kennen mich, wenn auch nicht persönlich. Darf ich mich vorstellen: Uku Tormis aus Tallin. Sie haben meinen letzten Roman übersetzt.«

»Ja, genau. Vor ein paar Monaten. Wie hieß er noch: *Zum Bösen verführt*, nicht wahr?« Ach du liebes bisschen! Ein verrückter Romanautor!

Uku Tormis lief dunkelviolett an wie eine Aubergine. Er sprang auf, hob die Faust, als wolle er sie in ihrem Gesicht landen lassen und schrie: »Nein! Eben nicht! So heißt er nicht!«

»Aber, mein Gott, was ist denn bloß los?« Edna schielte nach ihrer Luger. Konnte sie sie nicht irgendwie erreichen?

»Er heißt nicht *Zum Bösen verführt*!« Uku Tormis schrie das ganze Stadion zusammen. Hätte er zumindest. Ein Glück, dass niemand da war. »Niemals hätte ich das über mich gebracht. So was blödsinniges, pseudo-religiöses. So heißen keine Romane von mir! Wir Esten sind konfessionslos. Die meisten zumindest.« Langsam schien er sich zu beruhigen. Aber dann tobte er wieder los.

»Diese ganze verdammte religiöse Heuchelei. Wissen Sie denn nicht, wie viel Menschenleben die Kirche auf dem Gewissen hat? Wie viele verbrannte Menschen, nur weil sie anderes glaubten? Wie viel Selbstmorde, versaute Karrieren, misshandelte Kinder, vergewaltigte Messdiener? Verdrehte Charaktere? Wieviel Überbevölkerung und Aids mitverschuldet? Wissen Sie das etwa nicht? Wie können Sie denn nur so ... so ignorant sein? So verbohrt! So ... dumm. *Zum Bösen verführt*! Ich bitte Sie! Das ganze Buch, mein Roman erscheint durch diesen idiotischen Titel in einem falschen Licht, so was muss Ihnen doch auffallen, verflucht. Mein Schlüsselwerk bekommt damit einen religiösen Touch, etwas unerträglich Ideologisches. Wie grauenvoll!«

Plötzlich brachte er sein Gesicht ganz nahe an ihres. Seine Augen waren glasig und blutunterlaufen. Auf seiner Stirn stand kalter Schweiß. Er sah so wahnsinnig aus, wie einer nur wahnsinnig aussehen kann. Kurz sah er zu der Luger hinüber, als überlege er, sich die Pistole an die Schläfe zu setzten.

Schriftsteller!, dachte Edna.

Er packte sie an den Schultern und begann sie zu schütteln. »Konnten Sie denn plötzlich kein Estnisch mehr? Was hat Sie auf die Idee dieses grauenvollen schlimmsten aller Titel gebracht? Was?«

Jetzt war seine Stimme ganz heiser geworden. Er sprach leise. Fast flüsternd.

»Also wissen Sie, Herr Tormis! Ihr Originaltitel war nun wirklich auch nichts so besonderes: *Sieben Tote in einer Nacht.* Na ja. So was verkauft sich doch nicht!«

Tormis lief langsam rot an. Schnell beeilte sich Edna zu ergänzen: »Und außerdem: Ich habe mir das doch nicht ausgedacht. Den Titel macht immer der Verlag.«

»Waaaas?« Entgeistert sah er Edna an. »Nicht Sie? Oh ... nein! Dann war das hier alles umsonst? Oje!« Tormis ließ sich nach hinten fallen und wäre fast von der Bank gestürzt. »Nicht Sie!« Er schluchzte es fast.

Edna bedauerte nun, ihre gesamten Schnapsvorräte weggekippt zu haben. Offenbar hätte Uku jetzt gut einen Schluck gebrauchen können. Sie betrachtete ihn genauer. Ein sensibles schmales Gesicht mit einer etwas zu großen Nase. Hohe Geheimratsecken, längere dunkelblonde Haare. Groß und schlank. Ein wirklich attraktiver Kerl. Viel hübscher als Hans-Jürgen.

Uku griff jetzt hastig in seine Hemdtasche. Wollte er etwa doch noch ...? Edna betrachtete gespannt, was die Hand mit den feinen Härchen am Gelenk und den kleinen Sommersprossen darauf jetzt wohl zutage fördern würde. Es war ein dunkelgrüner Flachmann. Genau so einer, wie ihn Hans-Jürgen immer mit zur Jagd genommen hatte. Uku schraubte den

Verschluss ab und nahm einen kräftigen Schluck. Er schüttelte sich und hielt dann ihr den Flachmann hin.

Na, einen kleinen, zur Feier des Tages, dachte Edna und setzte ihn an die Lippen. Es war ein ausgezeichneter Obstler.

Edna betrachtete ihren Personal Killer aufmerksam. Er nahm noch einen großen Schluck. Dann hatte er sich wieder gefasst.

»Und jetzt?«, fragte Edna.

»Haben Sie die Adresse von dem Verleger?«

»Bitte?«

»Okay. War ein Witz.«

»Zum Bösen verführt ... Wenn dich dein Auge zum Bösen verführt, dann reiß es aus. Wissen Sie, woher der Spruch stammt?«

Uku schüttelte nur den Kopf.

»Aus dem Evangelium. Aus der Bergpredigt. Und wissen Sie was? Aus dem Teil mit der Überschrift: Vom Ehebruch!«

Edna musste losprusten. Er sah sie erstaunt an. Dann grinste er auch. »Vom Ehebruch! Wenn dich dein Auge zum Bösen verführt, dann reiß es aus!« Schließlich lachte er. Sie fiel in sein Lachen ein. Sie gackerten und prusteten, kicherten und wieherten. Sie schlugen sich auf die Schenkel und bogen sich vor Lachen. Sie konnten ewig gar nicht mehr aufhören.

Als das Lachen endlich langsam verebbte, wischten sie sich erschöpft die Lachtränen aus den Augen.

»Nein, sag mal ehrlich, Edna, solche Titel habt ihr hier also öfter?«

Edna nickte. Dass sie sich jetzt duzten, war nach diesem verbindenden Lachereignis gar nicht anders denkbar.

»Schändung, Verblendung, Sühne, Vergeltung. Nur mit so einem bibelzitatähnlichen Schwachsinn wird ein Buch ein Bestseller. Das scheint ein ehernes Gesetz des Marktes zu sein. Verdammnis, Erbarmen. Was aber nicht heißt, dass das Buch schlecht sein muss. Ganz und gar nicht.«

So redeten sie noch eine Weile weiter. Über Bücher. Über Musik. Über Waren. Über Tallinn. Über heute. Nicht über morgen.

Dann standen sie gemeinsam auf, als hätte einer von ihnen das Zeichen zum Aufbruch gegeben. Sie verstanden sich ohne Worte, seltsam einig.

Langsam schlenderten sie am Rande des Sees in die Altstadt und weiter zum Hafen. Das Licht der Laternen spiegelte sich im Wasser. Die Wellen plätscherten leise. Am Horizont zog ein Gewitter auf. Blitze zuckten in die Müritz.

»Komm!« Uku nahm Ednas Hand und zog sie zum Parkplatz.

Die Blaulichter der Streifenwagen leckten über die Häuser der Altstadt wie hungrige Bestien. Hin und wieder heulte eine Sirene auf.

Sie stiegen in Ukus Mietwagen.

»Am Flughafen Laage wartet ein Freund mit einer kleinen Maschine. Du solltest Tallinn endlich einmal kennen lernen.«

Zum letzten Mal atmete Edna den Duft der Müritz ein. Eine Grille zirpte. Die Turmuhr der Marienkirche schlug zwölf Mal. In der Ferne bellte ein Hund.

Nicola Förg

Das Postgeheimnis

»Dieses leichte Perlen, dieser Nachhall, ach!«

Volker Reiber sah sein Gegenüber kopfschüttelnd an. »Ja, und erst dieser Abgang!«

»Ja, der auch.« Gerhard Weinzirl tat einen weiteren Schluck und schloss die Augen. »Göttlich!«

»Göttlich? Wir reden hier nicht von einem Chateau Dingsda oder einem Barolo aus der Sonne des schönen Piemonteser Hügellandes. Wir trinken profanes Weißbier, Weinzirl, Weißbier!«

»Ha, profan! Weißbier hat es ebenso verdient, dass man es blumig beschreibt. Bitte, ich habe kürzlich irgendwo gelesen, der Riesling schmecke nach Eisenbahngleisen, der Rote nach Pferdesattel oder nassem Kater. Möchtest du was trinken, das nach nassem Kater schmeckt? Ich kann mir ungefähr vorstellen, wie ich mich bei einem Kater fühle, wie ein nasser Sack eventuell. Reiber, beim Bier gibt es viel mehr zu riechen und schmecken, und das ist beileibe kein nasser Kater!«

Reiber grinste und öffnete zwei weitere Flaschen. Sie waren mittendrin in der Verkostung: die besten bayerischen Weißbiere. Ungeplant, denn eigentlich war Reiber ja aus Berlin gekommen, um ›spontan zwischen den Jahren‹ seine Exfreundin Jo zu besuchen. Jo, die irgendwie auch Gerhards Ex war – das machte es nicht einfacher oder eben gerade. Man kannte sie und sich. Jo war nämlich, ohne einem von ihnen etwas zu sagen – warum hätte sie auch sich auch bei ihrer Exe abmelden sollen? - nach Südtirol zum Skifahren entschwunden. Jedenfalls war Volker nun bei Gerhard gestrandet, der hatte einen Getränkemarkt gestürmt und sich voll und ganz diesem bayerischen Kulturauftrag hingegeben: Weißbier-Tasting.

Sie waren nun beim *Dachs* angelangt, das Reiber als »brav« beschrieb.

»Reiber, an dir ist Hopfen, Malz und Hefe wirklich verloren. Ich kann so nicht trinken.« Theatralisch bedeckte Gerhard Weinzirl mit der flachen Hand seine Stirn. »Reiber, oh Reiber.«

Obwohl die beiden Männer, die sich mal gar nicht hatten ausstehen können, inzwischen Freunde waren, sprachen sie sich doch immer beim Nachnamen an, das war nun mal die besondere Note ihrer herben Freundschaft.

Mit einem weiteren theatralischen Stöhnen entriss Weinzirl dem Berliner, der ursprünglich ein Augsburger war das Glas und leerte es: »Wenn du diesen edlen Saft aus den Kellereien Weilheims nicht ehrst, so tue ich es. Das ist mein Lieblingselixier!«

Bevor Reiber noch etwas erwidern konnte, klingelte Weinzirls Handy. Nun war er weißbiermäßig bereits etwas retardiert, außerdem in einer völlig anderen Weißbiergenusswelt abgetaucht und so brauchte sein bieriges Gehirn geraume Zeit, die Botschaft zu begreifen. Er war fast versucht zu sagen »Muss ich kommen?« Aber er musste wohl.

Reiber sah in fragend an.

»Da liegt ein toter Schorschi ganz still und stumm auf der Tennenbruck.«

Auch Reiber war ein wenig verlangsamt. »Wer liegt auf welcher Brücke?«

»Tennenbruck, Reiber, Tennenbruck«. Lallte er ganz leicht? »Reiber, ein Toter und ich muss da leider hin und unsere kleine Lehrstunde abbrechen.« Er überlegte kurz. »Komm doch mit! Bulle bist du auch, und dein hellsichtiger großstädtischer Blick erleuchtet womöglich die Ecken finsterer Bauernhäuser.«

»Weinzirl, du Arsch!«

»Kannst du fahren?«, fragte Gerhard, den »Arsch« ignorierend. »Ist nicht weit.«

»Ich brauch meinen Schein auch noch!«

»Reiber, wir sind die Polizei. Außerdem fahren wir durch den stillen Tann.«

Der »stille Tann« war eine gesperrte und sehr kläglich geräumte Straße, die unmittelbar jenseits von Weinzirls Hofeinfahrt begann, durch Wald und Moos führte und in einem Ort namens Paterzell endete.

»Hier beginnt Deutschlands größter zusammenhängender Eibenwald«, versuchte sich Gerhard als Fremdenführer. Er lallte wirklich ein bisschen. Das ›b‹ im Eibenwald pappte an seinem Gaumen.

Gerhard ließ unerwähnt, dass er hier schon mal einen Toten gehabt und die ebenso pfiffige wie schöne Seherin Kassandra kennen gelernt hatte, ein weiteres unrühmliches Kapitel im immer fetter werdenden Buch *Weinzirl oder die Unfähigkeit zur Bindung*.

Sie waren am Abhang des Hohen Peißenbergs an einem Bauernhäusl vorgefahren, das komplett im Schatten lag oder gelegen wäre. Denn es war inzwischen zappenduster. Jemand hatte das Licht ausgeknipst. Ende Dezember war eine nachtschwarze Zeit, auch wenn man sich an die Hoffnung klammern konnte, dass es aufwärts ging mit der Tageslänge und ein neues Jahr drohte, das ebenso beschissen wie das alte werden würde. Das die meisten aber mit albernen Feuerwerken frenetisch begrüßten. Der Mensch war masochistisch.

Links lag der Wohntrakt, rechts stakte die Tennenbrücke wie eine lange Zunge aus der Scheune heraus. An ihrem Fuß standen zwei uniformierte Kollegen. Gerhard stellte Reiber vor, was die Beamten mit bayerischem Gleichmut hinnahmen. »Wo liegt er?«

Der eine Polizist wedelte mit der Hand in Richtung Tenne.

»Gibt's hier irgendwo Licht?«, fragte Gerhard.

»Da müsst man die Oma fragen. Die hat ihn auch gefunden.«

»Dann sollte *man* das mal machen. Auch müsste *man* die Dame befragen«, sagte Gerhard. Sein Ton wurde schärfer. Zu rüde war er aus dem watteweichen wohligen Weißbierhimmel heruntergeholt worden.

Der Zurechtgewiesene trollte sich unter die Brücke, wo es eine kleine Stalltüre gab. »Hat's Licht in der Tenne?«, rief der Kollege ins Nichts. Wie durch Zauberhand flammten wenig später zwei Neonröhren auf, die ein fieses Licht verbreiteten und augenblicklich den Tatort illuminierten. Langsam ging Gerhard hinauf. Und oben, gerade dort, wo die vereiste Einfahrt in den Holzboden überging, lag ein Mann. Beachtlich war ein weißer Plastikpfahl, der aus seiner Brust ragte. Gerhard brauchte ein paar Sekunden, um zu erfassen, was das war. Sein Blick glitt über die Szenerie.

Rechts vom Toten waren Heu-Rundballen gestapelt, im hinteren Teil des Gebäudes standen zwei restaurierte *Lanz Bulldogs*, die sicher die Stars bei jeder historischen Traktorausfahrt waren.

Links neben dem Mann stand ein alter Tisch, auf dem war eine Rolle Zaunlitze platziert und eben jene weißen Stecken: Zaunpfähle aus Plastik, die Pferdefreunde gerne benutzten, weil man sie leicht versetzen konnte. Dieses Modell hatte einen neckischen Steigbügel, um den Pfahl leichter in den Boden treten zu können. Es war zudem mit zwei messerscharfen Stahlstiften bewehrt, auf dass der Pfahl im Boden auch gut haften möge. Diese beiden Stifte stecken nun in dem Mann. Auch da hielten sie ausgezeichnet.

»Gepfählt«, war der lakonische Kommentar von Reiber.

Beachtenswert war auch noch, dass das eher kleine Männlein in einer bekannten Gewandung steckte. Blau mit gelb. Seine Jacke war aufgeklafft und gab eine wattierte Weste frei, die gespickt war mit neckischen Posthörnchen. Zwei davon rüde durchstoßen. Da hatte es den Postboten erwischt.

»Der Überbringer von schlechten Nachrichten …«, murmelte Gerhard. Das war ihm grad so eingefallen.

In dem Moment trat eine Frau auf den Plan. Sie war sicher weit über die achtzig und eindeutig in der Phase des Schrumpfens begriffen. Ein Hutzelweibchen, von der Gerhard sich gut vorstellen konnte, dass sie früher sogar eher füllig war. Groß war sie sicher nie gewesen, auch wenn die Bandscheiben ja gerne mal zwei, drei Zentimeter nachgaben. Die Frau war höchstens eins fünfundfünfzig, aber ihre Stimme hätte locker für eine Zwei-Meter-Gestalt ausgereicht.

»San Sie der Kommissar?«

Gerhard nickte.

»Des Packerl is wieder ned dabei.« Das klang vorwurfsvoll.

»Welches Paket?«

»Auf des wo i wart.«

»Ah ja. Frau ...?«

»Maria Mooslechner. Zankerl Mari, des is der Hausname.«

»Ah ja. Und der da?« Gerhard wies auf den Toten. Wind war aufgekommen, der an dem Pfahl zerrte und ihn in leichte Schwingungen versetzte. Ein bizarres Bild.

»Ja, halt der Poschtbot.«

Eindeutig, halt. Wenn auch tot. Ein toter Poschtbot. Gerhard sagte nichts.

»Und des Packerl is ned dabei,« fuhr Frau Mooslechner fort.

Frau Mooslechner schien der Todesfall in ihrer Tenne nur am Rande zu interessieren; das resolute Persönchen hatte wahrscheinlich im Laufe ihres Daseins andere Lebensunbill erfahren. Kriegsgeneration, ganz klar.

»Frau Mooslechner ...«

»Sagen's doch Mari zu meiner."

»Mari, Sie kannten den Postboten?«

Die Frau blickte ihn besorgt an. »Muas i doch, war ja der Poschtbot.«

»Und der heißt ... äh hieß ... wie?«

»Schorschi. Also Josef Mader.«

»Haben Sie ihn entdeckt, Mari?«

»Ja, weil des Poschtauto ewig vor der Tür war. I dacht, der hot eigschlofn. Außerdem wollt i des Packerl.«

»Ja klar. Aber der Schorschi war nicht im Wagen?«

»Na, er war doch oben auf der Bruck glegn.«

Reiber gluckste leicht.

»Warum eigentlich da oben?«, fragte Gerhard.

»Weil mir ausgemacht hamm, dass er Pakete da neilegt.«

»Aber das Packerl war doch nicht dabei?«

»Des ned, aber zwoa andere. Von meiner Schwester aus Tuntenhausen. Die schaffts ja nia ned, dass Weihnachtspackerl vor der Christnacht ankommen!« Das klang tadelnd.

»Mari, haben Sie denn was gesehen oder gehört?«

»Na, weil i ja au eigschlofn hob. In der Stubn. I woas a ned wie lang der Poschtler da draußen scho rumliegt.« Sie drehte sich erstaunlich gewandt zu Reiber um. »Red der gar nix?« Das klang erst recht tadelnd.

Reiber schluckte und dann entfuhr ihm ein Rülpser. Nun, Weißbier ist eben auch kohlesäurehaltig. Diese Lebensäußerung von Seiten Reibers schien Mari aber zu beruhigen, und sie wandte sich wieder an Gerhard. »Und was werd jetzt mit meim Packerl?«

»Das wird dann wohl ein anderer Postbote bringen«, sagte Gerhard.

»Ja, der Hans, der was der Springer is. Den mog i ned. Der brätscht immer über den Hof wie a Irrer. A Henne hot er mir a scho derfahrn. Und außerdem legt der die Packerl nia da nauf. Er legt immer so Kartl in den Kaschten. Als ob i meine Packerl abholn dad. Es gibt koa gscheite Poscht mehr. Bloß an Tresen im Bioladen oder im Getränkemarkt oder sonscht wo.«

Das Wort ›Tresen‹ fand Gerhard beachtlich, genauso beachtlich wie eine erneute jugendliche Wendung auf den Hacken. »I muas weiter füttern, ihr kennts in den Stall kemma«.

Reiber und Gerhard sahen ihr verblüfft nach, wie sie unbeeinträchtigt vom Eis die Brücke hinunterstiefelte.

»Ich bewundere deine Gesprächsführung«, sagte Reiber und fiel auf die Knie. »Danke, dass ich nach Berlin durfte. Danke, du da oben. Danke, der du mich abgerufen hast aus Bayern!«

Gerhard schüttelte lediglich den Kopf, rief die Spurensicherung an und bat die Kollegen, die Nachbarn zu befragen, ob sie etwas bemerkt hätten. Dann beugte er sich zu dem Toten hinunter. Und auf einmal entfuhr ihm ein Laut. »Reiber, schau mal da hin!«

Reiber ging in die Knie und hockte auf den Hacken. »Wo?«

»Na da!«

Im Heustaub des Tennenbodens war eindeutig zu lesen: ›R O L F‹, die Buchstaben etwas verwischt. Es schien, als hätte hinter dem *ROLF* noch etwas folgen sollen, ein paar Krakelspuren waren noch zu sehen.

»Verstorben, bevor er den Nachnamen auch noch hinschreiben konnte!«, rief Reiber. »Na, dann suchst du einen Rolf Mustermann, und schon hast du deinen Mörder. Das ist ja bestrickend einfach.«

Gerhard hatte die Stirn in seine üblichen ›Ich-denke‹-Rauhaardackelfalten gelegt. »Wie viele Rolfs gibt es in Deutschland?«

»Na, ich würde auf einen in der Region tippen«, sagte Reiber. »Hier sind doch selbst die Verbrechen etwas, äh, klein ... äh kleingeistiger, äh, kleinräumlicher.«

»Also gut. Der Poschtbot hatte einen Feind namens Rolf. Was hatte Rolf mit Schorschi zu schaffen, und welches Kraut hat er ihm ausgeschüttet?«

»Ach, Weinzirl. Eigentlich tötet niemand einen Postboten! Das wäre ja als würde man den Erzeuger von Schweizer Schokolade meucheln oder gar Bambi töten. Alle lieben Postboten, oder? Selbst in der anonymisierten Großstadt ist der Postbote doch so eine Art Fixstern. Ein Halt in der bösen Welt da draußen. Ein ritualisches ... äh ...« Doch, das Bier hatte Reiber gut getan, er war sprachlich und emotional noch immer auf der Höhe seines Schaffens.

Wohingegen Gerhard unsanft in der Realität angekommen war. Ein totes und gepfähltes Bambi, das hatte ihm gerade noch gefehlt. Und Rolf musste her.

»Dein Fixstern hatte sicher Einblick in so einiges Menschliche ...«, sagte Gerhard gedehnt.

»Oder er vögelte Rolfs Frau!«, kam es herzhaft von Reiber.

»Sind das nicht Klischees? So wie die vom Skilehrer, der alles bespringt, was ihm in die Après-Ski-Bar kommt?«

»Ich war nie Postbote«, kam es von Reiber. »Ich kann dir nur sagen, dass unser Berufsstand wenig Freude hervorruft, und die Damen mit Tagesfreizeit bei meinem Auftauchen ihre Morgenmäntel ganz schnell wieder geschlossen haben.«

»Wie wahr! Denn geh mers an«, sagte Gerhard.

Angehen bedeutete, die resolute Mari nochmals zu befragen, während im Stall zwei Haflinger, zwei Goaßn, zwei Kühe und unzählige Hühner kauten bzw. pickten. Alles akkurat und picobello auf Maris kleiner Farm. Mari hatte nichts Neues beizutragen. Ihr Leben war ein langer gleichmäßiger Fluss, der nach ihren Aussagen lediglich von den Besuchen des Enkels und dessen Freundin – die mit den Haflingern – unterbrochen wurde. Als sie gingen, rief Mari ihnen noch nach: »Und denken'S an mein Packerl!«

Anderntags läutete Gerhards Telefon kurz nach acht. Mari fragte nach ihrem Packerl, wahrscheinlich war die Alte doch etwas dement. Jemand anderem hätte Gerhard ja eine Sendungsverfolgung via Internet angeraten, aber es war höchst unwahrscheinlich, dass Mari im Web surfte. Leicht entnervt hatte Gerhard aufgelegt. Im Laufe des Vormittags wurden die dünnen Ergebnisse zusammengetragen: Schorschi war ein eingefleischter Junggeselle gewesen, man munkelte sogar, schwul. Die Nachbarn, die sich sowieso als spärlich erwiesen und alle etwas entfernt von Maris Schattenhäusl lagen, hatten nichts gesehen. Die Gerichtsmediziner hatten am toten Schorschi Spuren eines Kampfes feststellen können und die Spusi hatte Reifenspuren von zwei

Fahrzeugen sichergestellt. Die einen stammten unzweifelhaft vom Postbus, die anderen wahrscheinlich von ›Rolf‹.

Gerhards Team hatte recherchiert: Ein Rolf war ein Trachtenladen-Mogul, der andere ein Mogul der Kiesgruben – beide mit Alibi. Im weiteren Umkreis gab es unter anderem noch einen Rolf, der Hunde für die Bergwacht ausbildete – lauter unbescholtene Bürger mit wasserdichten Alibis. Deutschlandweite Rolfs waren hingegen uferlos vorhanden! Gerhard war mit Reiber in Schorschis Junggesellenbude gewesen, die in Weilheim nicht gerade im Vorzeigeviertel lag. Seinen Wohnstil konnte man getrost als puristisch bezeichnen; über irgendwelche todbringenden Aktivitäten gab diese Behausung keinerlei Auskunft. Den Nachbarn war er nie unangenehm aufgefallen. »Hat gelebt für seine Arbeit«, war unisono die Meinung gewesen.

Also machten sich Weinzirl und Reiber – der sonst nichts besseres vorhatte – am nächsten Tag auf zur Arbeitsstelle, wo die fleißigen Postbienchen – die Assoziation drängte sich bei dem vielen Gelb einfach auf – Briefe und Packerl in ebenso gelbe Kisten sortierten. Ein so genannter Gruppenführer – was immer man sich darunter vorzustellen hatte – fand die Frage nach eventuellen Affären höchst erheiternd.

»Der Schorschi?« Er lachte ein alte-Gießkannen-Lachen. »Vergessen Sie es. Treudoof wie Nachbars Lumpi. Frauen hatte der keine.«

Gerhard fand das Bild etwas schräg. Er kannte nur ›spitz wie Nachbars Lumpi‹, und genau das war er ja gerade nicht gewesen, der Schorschi.

Der Führer lobte den Schorschi über den Schellenkönig. »Nie krank, immer fröhlich, immer hilfsbereit, hat seine Überstunden nicht mal abgefeiert. Hat gelebt für die Post. Mir ist das unverständlich, wie einer den Schorschi ...«

Auch die anderen hatten nur gute Worte für den Toten. Ein Zauberwesen dieser Schorschi, wirklich wie Bambi, nur leider tot.

Als sie unverrichteter Dinge das Gebäude verließen, stellte sich ihnen eine Frau in den Weg.

»Den Zirngiebel Hans müssen's anschauen«, raunte sie ihnen zu. Gerhard nahm eine leichte Alkoholfahne bei der Dame wahr. Auch deuteten ihre Steckenbeinchen und der platte Arsch sowie die geplatzten Äderchen in ihrem Gesicht auf längeren Alkoholabusus hin. Erst nährt er, dann zehrt er …

»Der Hans will endlich einen Bezirk«. Der folgenden kryptischen Rede war am Ende zu entnehmen, dass besagter Hans der Springer war, der immer dort einsprang, wo Not am Mann war. Geadelt war man aber erst, wenn man einen festen Bezirk hatte.

Mordete man wegen so was? Eine Frage, die Gerhard an Reiber weitergab, der meinte: »Das ist eine kleine Welt. Gemordet wird wegen weit weniger. Fragen wir den Hans doch mal.«

Der Führer werkelte noch rum, er zeigt ihnen den Springer, der ein weißes Leihauto belud. Eindeutig eine Zweiklassengesellschaft. Der spannenlange dürre Hans war ziemlich pampig und am Mordtag im Nebenbezirk gefahren. Er hätte theoretisch gut einen Abstecher in Schorschis Gefilde machen können. Ortskundig war er auch und ein abgelegenes Häusl war doch der perfekte Mordort.

Der Führer erwies sich als arger Judas und erklärte den Polizisten, dass man am Scanner genau sehen könne, zu welcher Zeit er was gescannt hatte. Ergab sich da eine lange zeitliche Pause, dann war Hans Zirngiebel in Erklärungsnot. Da war tatsächlich eine Lücke und die Kommissare nahmen den Mann mit aufs Revier, wo er sich als überaus sperrig und wortkarg erwies. Aber auch der würde reden, das war nur eine Frage der Zeit. Morgen war auch noch ein Tag.

Gerhard sah am nächsten Tag aus dem Fenster. Heute würde er Hans mürbe kochen. Draußen fuhr ein Postauto. RO-NK-777. Es rollte davon. ROooooo … Gerhard hatte den Hof der Verladestelle vor Augen. Die gelben Autos, die ausgeschwirrt waren wie die Bienchen. RO-NK- und viele weitere Ronks. Gerhard stöhnte auf.

»Reiber, wir sind solche Erzdeppen! Granatenarschlöcher!«

»Du vielleicht!«

»Reiber, die Autos!« Gerhards Stimme brach.

Und dann lichtete sich der Nebel auch bei Reiber. »Alle Autos hier gehören zum Stützpunkt Rosenheim. Der Rolf ist ein RO-LF mit Bindestrich. Was gefehlt hat, war die Nummer. Nicht der Nachname. Der Mann hat für die Post gelebt. So einer schreibt in einer postalischen Welt. Wir sind Erzdeppen! Oh, Scheiße!«

Gerhard raste zurück ins Postbüro, wo er sich zur Disponentin durchfragte. »Haben Sie Fahrzeuge mit RO-LF, also Rosenheim-LF.«

Die Dame sah ihn zwar zweifelnd an, klickte dann im Computer und sagte: »Nur eins: RO-LF-678. Schöne Nummer, gell.«

»Sehr schön, ja. Und wer fährt es?«

»Das variiert, gell.«

.«Wer hat es vor vier Tagen gefahren. Hans Zirngiebel?« Das wäre der Beweis!

Sie klickte wieder herum. »Nein, der nicht. Felix Mooslechner.« Sie strahlte Gerhard an. »Netter junger Mann, hat bei der Post gelernt, gell. Wir bilden ja auch aus und unsere Azubis, gell, haben nur beste …«

Würde sie noch einmal >gell< sagen, er würde sie töten. »Reicht!«, würgte Gerhard die Lobesrede auf die Gunst einer Postausbildung rüde ab. »Und wo ist der gute Felix jetzt?«

»Er fährt die Tour vom Schorschi, gell. Gott hab ihn selig.« Sie presste ein paar Tränchen raus.

»Und wo ist er ungefähr jetzt?« Gerhard hatte sich nur noch mühsam unter Kontrolle.

»In Paterzell, gell.«

»Zur Mari!«, rief Gerhard Reiber zu und sie stürmten davon.

»Mooslechner? Du hast den Namen vernommen?«, fragte Reiber, als sie im Auto saßen.

»Der Enkel von der Mari? Meinst du das?«, fragte Gerhard. »Dann muss die Mutter aber unverheiratet sein.«

»Oder geschieden. Lieber Weinzirl, gerade im christlichen Bayern ...« Reiber ließ den Satz unvollendet.

Das Haus lag schon wieder im Schatten. Mari war gerade dabei, Kieselsteinchen über den vereisten Schnee zu verteilen. Als sie Gerhard und Reiber sah, wirkte sie enttäuscht. »Ach Sie sans. Und i hob denkt, i pass auf die Poscht. Wegs dem Packerl.«

Die Alte nervte langsam wegen des Packerls. »Was ist denn so wichtig an dem Paket?«, fragte Reiber und setzte sein Schwiegersohnlächeln auf.

»Der red ja doch«, kam es von Mari.

»Das Paket?«, Reiber legte noch mehr Schmelz in seine Stimme.

»Des is immer für den Felix. Der lassts zu mir schickn, damit es ned verloren geht. Und dann holt ers«.

»Immer?«

»Ja, so einmal im Monat. Manchmal nimmt ers a glei bei der Poscht mit. Ned immer. Dann kimmts zu mir.«

»Was ist denn immer so drin?«, fragte Gerhard.

»Des woas doch i ned.« Das kam zu schnell.

»Mari, mir sind die Polizei. Mir müssen Sie sonst verhaften!«, sagte Gerhard.

Sie wand sich. Streute hektisch noch mehr Kiesel.

»Mari!«

»Mei, so Tabletten halt. Des Packerl war vor a paar Monat amoi offen und da hob i neigseng. Waren Tabletten, so bunte. Auf einer is *Dom* gstandn, da hob i denkt, des isch was Christliches.«

Gerhard warf Reiber einen Blick zu.

»Mari, haben Sie denn noch so eine Tablette?«

»Na eben ned. Drum wart i ja auf des Packerl!«

»Wie viele haben Sie denn genommen?« Gerhards Stimme zitterte ganz leicht.

» Ja bloß ganz wenig. Der Felix hat des ja ned merken dürfen. Und i hobs a bloß gnomma, wenn des mit meiner Hüfte ganz arg war. Und die Kreuzworträtsel hob i dann a viel besser gwisst.«

Der Enkel ließ sich Designerdrogen zur arglosen Großmutter schicken. Er hatte lediglich nicht einkalkuliert, dass Oma diese christlichen Tablettchen für ihre Hüfte einsetzte und für mehr Assoziationskraft im Silbenrätsel.

»Ich habe soeben meinen Glauben an Bayern verloren«, flüsterte Reiber Gerhard zu und lächelte Mari an. »Sie haben gar nicht erwähnt, dass der Felix auch bei der Post ist.«

»Ja, der guade Bua.« Sie strahlte.

Und wie aufs Stichwort fuhr der guade Bua vor. Im Rolf. RO-LF-678. Er war ausgestiegen, überriss, dass hier etwas nicht stimmte und wollte wieder in den Rolf springen. Doch da hatte er nicht mit der großstädtischen Behändigkeit Reibers gerechnet, der ihn überwältigte und den Arm auf den Rücken drehte. »Felix Mooslechner, wir verhaften Sie wegen des Mordes an Josef Mader.« Das kam zackig, wie im TV, Reiber spielte seine Rolle vorzüglich.

Mari begriff gar nichts mehr, hatte ihr Eimerchen fallen lassen und starrte mit offenem Mund.

»Aber des war ein Unfall«, wimmerte Felix.

Reiber ließ ihn los und donnerte: »Die ganze Geschichte, Bursche!«

Herrlich, wirklich fernsehreif, fand Gerhard.

Die ganze Geschichte war einfach. Der Jung-Poschtler Felix dealte ein bisschen mit Drogen. Motto: »Wissen Sie, wie wenig ich bei der Post verdien'?« Und einer Poschtlerlogik folgend, verdächtigte er den Alt-Poschtler Schorschi, die Pakete aufgemacht zu haben. Der hatte ja auch die perfekte Gelegenheit gehabt. Grund: »So gut wie der drauf war, so aufdraht, so ist man nicht bei dem Scheißjob, wenn man nicht Drogen nimmt.«

Er hatte Schorschi abgepasst, zur Rede gestellt, man hatte sich ein wenig geschubst und angepöbelt und da war der Schorschi auf dem Eis ausgerutscht, ins Taumeln geraten, hatte sich am Tisch festgehalten, ein Pfahl war weggespickt und der Schorschi mitten hineingestürzt. Felix war panisch geflüchtet. Der arme Schorschi war aber noch gar nicht mausetot gewesen, sondern hatte sich wohl noch aufrichten können, ›R O L F‹ schreiben, und war dann in seiner finalen Liegeposition verendet.

Mari hatte zugehört. Sie war von ihrem Hutzelstatus nochmals um rund zwanzig Jahre gealtert und sah nun in etwa aus wie die Mumie Jopi. »Aber der Schorschi hot doch nia ned was agrührt. Des war doch i!«

»Du warst das, Oma?«, flüsterte Felix.

»Ja, die Schmerzen in der Hüfte waren weg. In der Schulter a. Bua, was machsch du denn für Sachen?«

Als Felix abgeführt war, – Unfall hin oder her, wegen unterlassener Hilfeleistung würden sie ihn auf jeden Fall belangen und wegen der Drogen – hatte sich die Oma etwas gefasst. Als Gerhard und Reiber sich verabschiedeten, sagte sie lange nichts, bis sie schüchtern fragte: »Kimmt jetzt nia mehr so a Packerl?«

****

P. S.: Postler Hans wurde sofort frei gelassen. Sein eisernes Schweigen und die Zeitdifferenz fanden doch noch eine Erklärung. Er hatte eine Frau mit Tagesfreizeit beglückt. Die Gattin vom Gruppenführer!

Nina George

Die Schwimmerin

April

Nachdem das Baby tot und begraben war – das passiert, hatten die Ärzte gesagt, das passiert öfter als man denkt – war Susanna das erste Mal ins Wasser gegangen. Sie hatte es nicht mehr aushalten können in dem murmelndem Haus, das sich Beat und sie »für die Wochenenden«, wie man so sagt, an der Ostsee gekauft hatten; vierzig Minuten hinter Kiel, ein halbes Jahrhundert weit weg von Hamburg. Sie waren die vergangenen Jahre kaum ein Dutzend Mal da gewesen – da war Beats Praxis, seine Patienten, die ihn brauchten, wie er betonte, und Susannas Redaktionsjob. Und schließlich war da auch irgendwann Sophia, ein Weihnachtskind, geboren am 24. Dezember.

Zu Ostern ging Sophia, für immer. Und Susanna war ganz in dem rostfarbenem Steinhaus mit den blauen Fensterläden an der Hohwachter Bucht eingezogen, das am Ende einer schmalen Straße lag aus Sand und Klee. Um das leere Bettchen in der Isestraße nicht mehr sehen zu müssen. Um Beat nicht mehr antworten zu müssen, wenn er sagte, dass sie doch noch eine Sophia machen könnten. Um nicht mehr neben ihm auf jenem weißen Ledersofa sitzen zu müssen, auf dem Sophia gezeugt wurde. Und um sich trösten zu lassen von dem Meer, das immer da sein würde, immer.

Zuerst ging sie nur ins Wasser, um ihre Beine wieder zu spüren, die nicht hatten aufhören wollen, ihr wegzuknicken. Seit Sophia fort war, hatte die Erde nachgelassen, Halt zu geben, jeder Schritt war wie in einen offenen Gulli hinein. In ihrem Bauch tobte ein greller Schmerz, in ihren Brüsten, die Sophia gesäugt hatten; alles war wund wie offenes, geschältes Fleisch.

Das Meer in der Lagune von Alt-Hohwacht umspülte Susannas vom Sitzen kraftlos gewordenen Waden, und sie weinte; ihre Tränen schmeckten nach Gischt.

Susanna beschloss, dass sie sich am Morgen ihres 40. Geburtstages umbringen würde, wenn bis dahin nicht irgendetwas passierte, was ihr Leben lebenswert machte. Bis dahin waren es noch drei Monate. Und neunundzwanzig Tage. Sie wollte ins Meer hinaus schwimmen, bis sie zu schwach war, um es zurück zu schaffen. Sie wusste, sie würde weit, weit kraulen müssen, damit niemand sie versehentlich rettete.

Also begann Susanna, zu trainieren. Erst nah am Ufer des Sehlendorfer Strandes Richtung Weissenhäuser, wo sie die alten Badehütten sehen konnte und manchmal die flachen Dächer der Hotelblöcke des Ferienparks; die Kinder, die am Strand spielten, konnte sie nicht hören, wie sie schrien vor Vergnügen, so viel Sand und so viel Licht und Eltern, die ihnen jedes Eis der Welt erlaubten, ganz für sich alleine zu haben.

Sie schwamm nah am Buchtufer entlang, das sich hier wie eine Sichel ins waldige Land geschmiegt hatte; in diese flache Schale hinein liefen die Wellenbrecher der Ostsee sanfter aus.

Am Anfang zählte Susanna noch die Reihen der flachen Holzbuhnen; die schlickbraunen Spitzen der rechtwinklig zum Ufer gehauenen Dalbenstege schauten kaum einen Kopf hoch aus dem Wasser. Zuerst schaffte sie zwei Buhnen, schleppte sich dann aus den Wellen, die Hände in die von der Schwangerschaft *(»und dem Alkohol, lüg dich nicht selber an, Sanne!«)* noch fülligen Hüften gestemmt, atemlos und mit Seitenstechen. Bald schwamm sie vier Buhnen, dann fünf, bis der Strand zu Wald und Klippen und dann wieder zu Strand wurde – und sie ging auch nicht mehr am Ufer entlang zurück, mit wahnwitzig pochendem Herzen, schmerzendem Kopf und diesem Bohren im Bauch. Sondern sie schwamm.

Sie schaffte eine knappe halbe Stunde hin. Eine längere halbe Stunde zurück. Doch sie wusste: Eine Stunde reichte nicht. Sie musste weiter hinaus, damit das Meer sie ganz nahm.

Beat fragte sie Ende April bei ihren abendlichen Telefonaten, vor was sie denn nur davon schwamm, es sei ja wohl klar, dass es ein pathologisches Vermeidungsverhalten sei. Sie sagte ihm, dass ihre Therapeutin – eine umwerfend aussehende, lesbische Studienkollegin Beats, die mit ihm auch was gehabt hatte, damals, bevor sie sich für Frauen entschied – ihr zugeraten hätte. Die Bewegung würde den Stoffwechsel und die Hormone ankurbeln, die der Depression entgegen wirkten.

Nichts davon stimmte; Susanna hatte längst aufgehört, zu dieser Frau zu gehen, sie wollte keine Therapie, sie wollte Sophia wieder. Dieser Schmerz war untröstlich, es galt nur, ihn zu besänftigen, und das Schwimmen half ihr, nicht an Sophia zu denken. Natürlich war das eine Vermeidungsstrategie, aber wie sollte sie sonst die Sehnsucht ertragen, wenn nicht dadurch, sie zu vermeiden?

Von ihrem anderen Entschluss erzählte Susanna Beat nichts. Er sollte sich nicht gedrängt fühlen, sie zu retten; er legte Wert darauf, dass ein Psychotherapeut kein Retter war.

»Ich kann die nächsten Wochenenden vermutlich nicht kommen«, sagte Beat an dem Abend, als die Pausen zwischen ihren Fragen und Antworten länger geworden waren.

Susanna fragte nicht, warum. Inzwischen ging sie zweimal am Tag Schwimmen: Am Morgen nach Norden, am Abend nach Osten. Sie war erleichtert, dass Beat sie dabei nicht stören würde.

Mai

Sie hatte sich nach ihrem morgendlichen Schwimmen unter dem rosenfarbenen Licht des Sonnenaufgangs, in Lütjenburg zwei Sportschwimmanzüge gekauft, so, wie die unermüdlichen Surfer vor Sehlendorf sie trugen, die sich einhüllten von der Kehle bis zu den Knöcheln. Und eine Kleidergröße weniger als noch vor einem Monat. Susannas Wadenmuskeln waren lang und kräftig geworden, und das weiche Fleisch ihrer Hüften, in das sie sich eingenäht wie in einen Fettpanzer gefühlt hatte, hatte sich in Festigkeit gewandelt, kompakt wie junge Mandarinen. Zwischen ihren Schulterblättern wuchsen Sommersprossen, und allmählich hörten die Hautlappen unter ihren Oberarmen auf, bei jedem Winken mitzuschwingen. Sie hatte aufgehört, abends Wein zu trinken oder das süffige Klüverbier; am Anfang war es ihr schwer gefallen, aber dann hatte sie bemerkt, dass sie länger schwimmen konnte, wenn sie abends nichts trank. Sie schaffte jetzt fünfzig Minuten hin, fünfzig Minuten zurück. Zweimal am Tag. Vorbei an den Brandungsanglern und Vogelkolonien, den Surfern und Bernsteinsammlern, Campern und Liebenden.

Sie wusste inzwischen, dass, wenn der Wind mehrere Tage von der Landseite kam, die See zurückgedrückt wurde, und sie tiefer ins Wasser gehen musste. An anderen Tagen warfen die Fluten Muscheln in die Vorgärten. Doch das Meer hatte Susanna akzeptiert; es trug sie, und seine Umarmung war ihr tröstlicher als jedes Wort von Beat, dem sie nicht mehr glaubte, wenn er sagte: »Ich lieb' dich«. Es war das »e«, was fehlte, um es zu glauben.

Wenn sie so weiter schwamm, würde sie Ende Juli trainiert genug sein, um so weit in die Ostsee hinaus zu gelangen, dass niemand sie finden würde.

Als Susanna auf Nebenstraßen ohne Mittelstreifen zurück Richtung Hohwacht fuhr, die Scheiben ihres alten VW Polo heruntergekurbelt, betrachtete sie die Lieblichkeit des ehemaligen Wagrienlandes, und überlegte, was sie an Hamburg vermisste: Nicht die Geschäftigkeit, die aufgebauschte Wichtigkeit, die alles durchdrang – für welchen Verlag und welche Redaktion man schrieb, welchen Wochenmarkt man besuchte, ob man bei *Ladage & Oelke* einkaufte oder bei *Jil Sander*, wo man wohnte, wen man kannte – all das war hier ohne Belang. Hier kaufte sie in kleinen Hofläden am Ort und bei den Bauern, die geräucherte Aale, Forellen und Kartoffeln anboten. Hier grüßte jeder jeden, und jeder kannte jeden, mal mehr, mal weniger. Hier teilten sich alle denselben Himmel und denselben immer währenden Wind, die langen grellen Sonnentage und die klirrenden Winternächte, in denen die See mit Eisschollen bis fast nach Dänemark zuwuchs. Da waren die Rapsfelder, Salzwiesen und die Knicks, an deren Grenzhügeln sich Schlehen und Weißdorn schmiegten, da waren schmale Spazierwege zwischen Wildrosenhecken und dichten Wäldern, da war die Stille jenseits der Urlaubszentren, und Dörfer, in denen die einzigen Lichter nach zehn Uhr abends die Bewegungsmelder an den Ställen der Trakehnerpferde waren.

Susanna hatte aufgehört, sich so anzuziehen wie in Hamburg, und trug oft nur Herrenoberhemden aus dem festen Stoff der hiesigen Fischerzunft, zu zerschlissenen Jeans.

Sie griff sich ins lange blonde Haar, das sie schon längst nicht mehr nachgetönt hatte; es war noch salzverklebt. Sie würde es abschneiden. Es störte beim Schwimmen.

Sie kürzte sich das Haar mit einer Papierschere bis auf fünf Zentimeter. Beat hatte ihr langes Haar geliebt. »Du siehst so viel weiblicher aus als mit kurzer Frisur.« Aber das war ihr egal, so egal wie alles. Nie wieder würde sie genötigt sein, für Beat den Lockenstab in die Hand zu nehmen.

An dem Abend schwamm Susanna weiter als je zuvor.

Und da entdeckte sie es das erste Mal: Das Haus war weiß, seine Fassade glatt und sauber, die Schindeln glänzten neu und blau. Der zur Wasserseite sanft abfallende Rasen ohne einen einzigen wilden Busch, sah aus wie mit der Nagelschere gestutzt. An einer Seite erhob sich ein ebenso weißes Gartenhäuschen mit eigener Terrasse zum Meer, und am winzigen Strand, der wenige Treppenstufen darunter direkt an den Rasen anschloss, war ein kleines Bootshaus mit Grillplatz angelegt. An drei Seiten wurde die Villa – das *Weiße Haus,* dachte Susanna, – von dicht heran gewachsenem Laubwald begrenzt. Nur zur See hin öffnete sie sich, mit großen Panoramafenster-Augen und ihre Einsamkeit war so bedrückend, wie sie sicherlich unbezahlbar war. Kein anderes Gebäude lag in Sichtweite, die Villa erschien wie der Rückzugsposten eines Millionärs, der sich Abstand erkaufen konnte, soviel er wollte. Und wie ein Ort, an dem man verbotene Dinge tut, dachte Susanna.

Nirgends brannte ein Licht; vermutlich war es eines dieser Häuser ›für die Wochenenden‹, deren Besitzer dann aber nie kamen, weil so vieles andere wichtiger war als zwei Nächte und zwei Tage in der sinnlichen Ruhe der Holsteinischen Schweiz zu verbringen; ohne Fernseher, ohne Zeitung, ohne Computer, und ohne sich gebraucht zu fühlen.

Susanna wendete und schwamm zurück; sie schaffte inzwischen über eine Stunde pro Weg, summa summarum zwei, auch wenn sie danach kotzen musste vor Erschöpfung.

JUNI

Sie hatte sich angewöhnt, abends an dem *Weißen Haus* vorbei zu schwimmen, und auf dem Rückweg Halt zu machen, an den Strand zu paddeln und die geometrisch-kalte Fassade zu betrachten. Sie hatte den Eindruck, das Haus sei beleidigter geworden, je länger es unbewohnt war; es wirkte trotzig, wenn die Abendsonne von grauen Wolken verdunkelt war, manchmal sogar böse. Sogar die Graureiher machten einen Bogen um die Villa.

Am Anfang hatte sie »Hallo?!« gerufen, bevor sie die Treppen vom Strand zum Rasen hinaufstieg, aber irgendwann hatte sie darauf verzichtet, denn es war nie jemand da. Sie konnte es spüren, dass die Villa leer war, wenn sie den Hügel in einem leichten Trab hoch lief. Auch die Bewegungsmelder waren ausgeschaltet, nur das Licht der untergehenden Sonne beleuchtete die Räume, die auf Susanna genauso abweisend wirkten wie die Fassade.

Nasse Flecken herabrinnender Wassertropfen sammelten sich um ihre nackten Füße, wenn sie auf der Steinterrasse stand und zwischen ihren gewölbten Händen durch die Scheiben spähte. Ein Glastisch mit Stahlbeinen, schwarze rechteckige Liegen, weiße Raumtrenner in denen wenige Bücher standen, aber nach Farben geordnet. Die Küche wuchs in den Raum hinein; auf der Marmorplatte, die als Bartisch diente, stand eine leere Obstschale, daneben eine Brotschneidemaschine mit mattfunkelndem Sägeblatt. Alles aus Stahl, glatt und kalt.

Susanna wusste selbst nicht, warum sie immer wieder her kam; es war definitiv kein Ort, an dem sie gerne sein wollte.

Vielleicht, weil es so still war. So still wie die Wohnung in der Isestraße gewesen war, als Sophia ging. Und vielleicht war Sophia jetzt an einem Platz wie diesem: Fern von allem, leer, einsam.

Sie traute sich bald immer weiter, ging um die Villa herum, musterte die geschwungene Kiesauffahrt, die sich zwischen den Eschen und Buchen verlief, die breite Garage mit dem Rolltor. Der Wald stand hier so dicht, dass sie weder eine Straße noch Gebäude sah; sie hätte überall sein können, im letzten Winkel Kanadas oder auf einer einsamen Insel.

Das *Weiße Haus* selbst schien auf etwas zu warten. Nur, auf was? Oder wen?

Als Susanna zurück schwamm, mit ruhigen, unermüdlichen Zügen, die für sie so selbstverständlich geworden waren in dem unruhigen Wasser und seinem an- und ablaufenden Unterstrom, das mit der glatten Geschmeidigkeit eines Hallenbads rein gar nichts mehr gemein hatte, dachte sie an Beat.

Sie war ihm davongeschwommen. Ihm, ihrer Ehe. Und ... sie war auch Sophia davongeschwommen.

Die Sehnsucht nach ihrem Kind war noch da, aber es fühlte sich nicht mehr so an, als halte sie Sophia immer noch in den Armen, ihre ausgekühlten Glieder, ihr Kopf, der wie bei einer kaputten Puppe nach hinten sackte, ihre kleine Brust unter dem Ringelhemdchen, in der nichts mehr puckerte.

Es war, als sei der Schrecken von außen nach innen gewichen, als hätte das Meer ihn Zug um Zug zurückgedrängt.

Susanna aß immer gesünder; sie konnte es einfach nicht mehr ertragen, die künstlichen Aromen der Fertiggerichte, die Laborsoßen und Tiefkühlpizzen; und sie schlief tief in den Nächten. Je länger sie schwamm, desto mehr streckte sich ihr Körper in jener halbmagischen Tiefenentspannung aus, die nur Athleten kennen; wenn Muskeln, Sehnen, Puls und Geist die Grenzen der Kondition immer weiter ausdehnten, bis sie die Perfektion einer vergessenen Leistungsfähigkeit erreichten.

In jeder Nacht träumte sie von dem *Weißen Haus*. Dass Sophia darin schrie und nach Susanna suchte, kriechend mit pummligen Beinchen. Nie fand sie ihr Baby in diesen Träumen.

Beat kündigte an, ein paar Tage im Rosthaus zu verbringen. Susanna freute sich nicht darauf.

Juli

Er war nur eine Nacht geblieben. Schockiert von ihrem Aussehen – »Du siehst aus wie ein alter Junge! So dünn und hart und ... was ist nur los mit dir?« – war er bald wieder gefahren, hatte Susanna gesagt, sie sollte sich melden, wenn sie wieder bereit sei, mit ihm zu leben und nicht mehr länger zum Waldschrat zu werden.

Sie hatte zum ersten Mal seit langem in den Spiegel geschaut und nichts Waldschratiges an sich gefunden. Sie war sauber, braun gebrannt an Händen, Füßen, Hals und Nacken, ihre Augen wirkten heller in dem dunklen Gesicht, und ihre kurzen Haare waren weiß, von Salz und Sonne gebleicht. Gut, ihre nutzlos schweren Milchbrüste hatten sich zu Muskelknollen verflacht, ihr einst weicher Po hatte etwas Männliches bekommen, und sie trug längst keine Schminke mehr, nur Vaseline auf den Lidern, damit das Salzwasser abperlte. Vaseline auch auf den Händen und Füßen bis über die Gelenke, damit das Salz ihre Haut nicht zum Bersten brachte. Auch waren die Falten um ihre Augen herum tiefer geworden, aber das ging allen so, die an der See lebten.

Am Abend vor ihrem 40. Geburtstag schaltete sie den Strom ab, drehte die Gaszufuhr zum Herd herunter, stöpselte den Anrufbeantworter aus und schloss alle Fenster und die blauen Holzläden. Sie goss noch einmal die Rosen hinterm Haus und vergrub die restlichen Kartoffeln, die schon gekeimt hatten.

Die Stille nach dem schweren, satten Sommertag war tief und voll, und Susanna schlief ohne Alpträume.

Dann war der Morgen da. Sie beschloss, während sie sich sorgfältig mit Vaseline einrieb, noch einmal, bevor sie für immer ins Meer hinaus schwamm, am *Weißen Haus* vorbeizuschauen und ihm Adieu zu sagen.

Die Sonne schickte tastende Strahlen über die See, goldfarben wie frisches Harz. Und Susanna bemerkte es sofort, als sie aus den Wogen schritt und den Privatstrand betrat: Etwas war anders.

Das *Weiße Haus* war nicht mehr allein.

Die Küchentür zur Terrasse lag nur an. Und etwas war da, eine Präsenz. Etwas ... seltsames. Einbrecher?

Sie blinzelte, die Fenster warfen die Sonnenstrahlen zurück, dass es blendete. Und dann sah sie es: einen verschmierten Handabdruck an den Fenstern. Sie sah ihn trotz der Entfernung, weil er rot war. Rot wie ... Wie Farbe, dachte Susanna. Jemand streicht. Bestimmt.

Sie duckte sich instinktiv, als sie den Rasen herauflief, hinter dem Gartenhäuschen entlang, dort, wo man sie nicht sehen konnte.

Langsam schlich sie sich an das Küchenfenster. Drückte sich an die Hauswand und drehte vorsichtig den Kopf, um am Fensterrahmen entlang und hinein zu spähen. Auf der Brotschneidemaschine lag eine Hand.

Die Finger lagen auf dem Brett, wo die Brotscheiben hätten liegen müssen, der Handstumpf sah aus wie ein Laib Roggenmischbrot unter dem blutigen Sägeblatt.

Susanna war entsetzt und verblüfft zugleich: Das konnte nicht sein, was sie da sah, es war zu widerwärtig und grauenhaft! Sie vergaß völlig, wo sie war, wölbte wie immer die Hände an die Scheibe um zu schauen, aber es stimmte: Da lag eine zersägte Hand, eine kleine Kinderhand, in Scheiben geschnitten ...

Sophia!

Schnell lief Susanna zu der Terrassentür, stieß sie auf, und der Geruch im Inneren erschlug sie fast; es roch nach Kot und Blut und Erbrochenem; nach verschüttetem Rotwein und nach verbrannten Haaren.

»Sophia!« rief sie, nein, es war ein Kreischen, ein hysterisches Schreien, Susanna lief zu dem Schneideblock, die Hand, oh diese kleine Hand – warum waren die Nägel lackiert, blutrot ... ?

Der Mann im schwarzen Bademantel war hinter ihr herein gekommen, und schaute Susanna mit einer hochgezogenen Augenbraue an; all das sah sie in dem Spiegel der Fenster. In der einen Hand hielt er ein Messer, in der anderen ...

Das ist eine Perücke, schoss es Susanna durch den Kopf. Natürlich. Kein Mensch läuft mit dem Skalp eines anderen herum und guckt dabei, als hätte ich ihn gerade beim Frühstück gestört, die Brötchen sind noch warm, und ich störe ...

Sie wollte sich umdrehen, sie war zu langsam, sie sah die Perücke zur Seite fliegen – Ohmeingott, es war *keine* Perücke, sie blutete, es war ...

Dann hatte er Susanna auch schon gepackt und schlug ihr mit der Faust an die Schläfe, so fest, dass der Morgen zersplitterte in Rot und Weiß und die Dunkelheit so rasch kam wie ein Hammer, der aus der Hand fällt.

Sie erwachte von den Ohrfeigen, die er ihr gab.

Er war größer als sie, trug immer noch den schwarzen Bademantel aus Satin, stramm gegürtet über dem Bauchansatz. In seinen blassblauen Augen stand kein Funken Güte;

wach waren seine Augen, kalt und wach und absolut frei von Mitgefühl. Wie alt mochte er sein? 40, 45? Sein Bürstenhaarschnitt sah militärisch aus, militärisch und radikal.

»Ich kann nicht gerade sagen, dass ich einen Gast erwartet habe. Schon gar nicht eine Sirene. Bist du eine Sirene? Nein, dafür bist du nicht schön genug. Wer bist du dann? Hm? Was machst du hier, du blöde Kuh?« Wieder eine Ohrfeige.

Susanna hob mühsam den wüst hämmernden Kopf und sah, dass der Mann sie mit Kabelbindern auf eine der schwarzen Lederliegen gebunden hatte; die Arme und Beine waren an die Stahlfüße fixiert. Sie kannte diese Liegen; Beat hatte auch eine in seiner Praxis. Eine Freud-Bahre, alle Neurosen dem Tod geweiht.

Sie registrierte mit seltsamer Klarheit alles: den fantastischen Ausblick auf das glitzernde Meer. Die weichen, nackten Fersen des Mannes. Den blonden Skalp auf einer Stuhllehne, das geronnene Blut in den Strähnen.

»Antworte mir!« Noch eine Ohrfeige, diesmal heftiger, so dass ihre Lippe aufplatzte.

»Ich ... schwimme«, nuschelte Susanna unter Tränen hervor.

Er starrte sie an. »Eine Schwimmerin ...?« sagte er dann leise. Er schüttelte den Kopf. »Andere baden. Sie schwimmt, natürlich. Jaja!«, dann kicherte er, das Kichern wurde zum Lachen, er schrie und lachte und haute sich auf die Schenkel, es war das Beängstigendste, was Susanne jemals erlebt hatte.

Würde sie jetzt sterben? Jetzt schon, hier?

Sein Lachen hörte abrupt auf. Missbilligend fuhr er ihr durchs Haar. »Viel zu kurz. Wie sieht das denn so aus, so ein Ding, nach gar nichts.«

Jetzt betastete er ihre Hände. »Aber die Hände sind gut. Schöne lange Hände. Nur eine Maniküre, die fehlt dir. Bist ein bisschen schlampig, was?« Er ließ ihre gefesselte Hand wieder fallen.

»So, Schwimmerin. Wer außer dir schwimmt denn da draußen noch so spazieren?«

»Mein Mann und die DLRG-Gruppe.«

Ihre Antwort kam nuschelnd, aber rasch.

»Ach? Du hast einen Mann?«

Er nahm das kleine Buttermesser und schob es langsam in ihre Ohrmuschel. Als sie sich wegdrehen wollte, kniff er ihr mit hartem Griff in die Wangen, bohrte Zeigefinger und Daumen bis auf die Knochen, und hielt sie fest; Susanna kamen Tränen vor Schmerz. Dann schob er das Messer tiefer.

»Also dein Mann weiß Bescheid, dass du hier bei mir bist?«

Sie spürte warmes Blut und sie wollte nicht, dass er das Messer in ihren Schädel schob, in ihr Gehirn, »Nein!« presste sie hervor, es hörte sie an wie »Nun« durch seinen Klammergriff.

»Und die Rettungsgruppe war auch gelogen?«

Ein kurzer Stich mit dem Buttermesser.

»Oug! Oooug!«

»Also ja. Du lügst also auch.« Das Messer wurde aus ihrem Ohr gezogen. -Der Mann gab ihre Wangen frei und zerrte einen Stuhl heran. Susannas Puls schlug hart unter ihrem Gaumen.

»Alle Frauen lügen. Immer. Hier, die da auch, natürlich; sie log: ›Ich mag dich, wirklich‹! Sie schwätzte was von: ›Gegen ein Drink ist ja nichts einzuwenden‹ und ›Natürlich darfst du mir Komplimente machen. Du darfst mich sogar um meine Hand bitten, wenn du willst‹. Jajaja. Alles gelogen. Und das hat sie jetzt davon, von ihren Lügen. Ihre Hand habe ich genommen, den Rest nicht!«

Er kicherte wieder.

Susanna war, als hörte sie auf den Tiefen der *Weißen Villa* ein Stöhnen. Aber es konnte auch aus ihrem eigenen Mund kommen.

Ihm schien etwas einzufallen. Er tippte sich mit dem Finger an die Stirn, sagte: »Aha?« und hielt sich dann mit zwei Fingern die Nase zu. Mit froschiger Zwergenstimme näselte er hervor: »Aber was ist, wenn die Schwimmerin doppelt gelogen hat? Dann ist da der Mann und die Gruppe und Hänschen denkt, da ist keiner, weil die Schwimmerin ja nicht lügt, weil sie ihr Ohr noch haben will? Ohohoh, Hänschen klein, geht allein, und guckt mal wer da noch ist! Tataa!« Er stand auf und warf den Bademantel ab; darunter trug er Boxershorts und ein Poloshirt irgendeiner Edelmarke.

Die mit den Kleppern, solche trug Beat auch, Statusfetzen.

Er öffnete die Tür zur Terrasse weit.

Geh weg! Geh endlich weg du Wahnsinniger!

Susanna atmete durch die Nase ein, den Mund aus. Sie stellte sich vor, zu schwimmen; einfach ruhig ein- und ausatmen.

»Nein ... ich denke, ich werde dich erst umbringen und dann nachgucken. Oder? Ja. Logisch, das ist logisch: Du bist tot, und wenn da jemand ist, verschwindet Hänschen und keiner weiß, was hier passiert ist. Du kannst es keinem sagen. Ja. Gut. Tataa!«

Susanne holte tief Luft – und schrie dann doch nicht.

Das war es doch, was sie gewollt hatte. An ihrem 40. Geburtstag sterben, wenn nicht irgendetwas passierte, was das Leben lebenswert machte. Sie dachte an Sophia, und dass ihr Baby nicht mehr länger allein sein müsste, wenn sie gleich zu ihr käme. Ja. Gut. Tataa.

Hoffentlich tat es nur nicht so weh, hoffentlich war Hänschen geübt darin, es schnell zu machen.

Ihre Angst wich erst der Panik, dann, als die Welle des Grauens über ihr zusammengeschlagen war, einer dumpfen Ruhe.

»Mach schnell«, verlangte sie. Ihre Lippe tat nicht mehr weh, nichts schmerzte mehr, alles war klar und gut.

»Komm schon. Mach es schnell.«

Der Fremde sah sie an, legte den Kopf schief und kratzte sich an seinem perfekten Bürstenhaarschnitt.

»Hänschen mag das nicht, wenn Frauen ihm sagen, was er tun soll. Nein, das mag das Hänschen nicht. Dann macht er's gleich gar nicht.«

Er überlegte und bohrte dabei in seiner absurd kleinen Nase.

»Ich sollte dich dafür ficken. Aber du hast dich ja in diese Wurstpelle gedrückt. Wie reißt man dich denn auf?«

Er lachte wieder, halb Schreien, halb Lachen. Dann wandte er sich abrupt ab, griff sich das schwere Fernglas vom Fensterbrett, und verließ die Villa Richtung Strand. Das Geräusch seiner Flipflops klang nach zwitscherndem Schmatzen.

Die dumpfe Ruhe verschwand wie ein Schleier, der sich durch eine kräftige Brise hob, und Susanna spürte alles: Ihre blutende Lippe, die Kabelbinder, den pochenden Kopfschmerz. Ihre Blase hatte sich vor Angst verkrampft.

»Eine Schwimmerin«, wiederholte sie Hänschens Worte.

Sie begann behutsam, ihre rechten Fußknöchel in dem Kabelbinder hin- und her zu drehen. Es ging; die Vaseline gab noch etwas Schmiere ab.

Wie lang würde der Wahnsinnige, der hier im *Weißen Haus*, zu dem niemals jemand kam, ein Mädchen, eine junge Frau getötet und zerfleischt hatte, brauchen, um aufs Meer zu starren und zu wissen, dass Susanna nur einmal gelogen hatte, das zweite Mal aber bestimmt nicht? Würde er Susanna die Hand mit der Schneidemaschine absägen, während sie noch lebte?

Sie spannte ihre Waden an und beugte ihren Fuß lang, länger, wie eine Balletttänzerin; sie spürte den Wadenkrampf aufziehen und hörte dennoch nicht auf, es musste rutschen, es *musste* einfach, und sie zog und ...

Der Fuß war frei. Aber es war nur einer, nur einer!, und wenn Hänschen gleich zurück käme und sah, dass sie ... Wie lang war er fort? Eine Minute? Fünf? Stand er irgendwo da und beobachtete sie, wetzte die Messer?

Susanna erinnerte sich, dass sie gelesen hatte, wie man sich aus Handschellen befreien konnte; wenn man es schaffte, erst den Daumen aus dem Ring zu ziehen. Man musste nur bereit sein, das Gelenk zu brechen und die Sehnen zu zerreißen.

Sie begann mit geschlossenen Augen – ihre Ohren lauschten nach draußen, zum Meer hin, zur Terrasse, warteten auf das Flipflopschmatzen –, ihr rechtes Handgelenk in dem Kabelbinder zu drehen. Vorsichtig, um sie nicht noch weiter zuzuziehen. Sie rutschte ein winziges Stück heraus, bis sie an das Hindernis des Daumenknöchels stieß. Susanna krampfte ihre Hände so schmal zusammen, wie sie konnte – mach schmale Hände, Kind, sonst kriegst du nie einen Mann! – und sie spürte, wie die Vaseline abgeschabt wurde von der Haut, nein, es war ihre Haut *selbst*, die sich von den Knochen zu schaben drohte, und der Schmerz überwältigte sie fast.

Sie musste frei sein, bevor das Monster wiederkam, sie musste, musste, musste!

Sie spürte Wärme, es musste Blut sein, ihr Blut, aber sie machte weiter, nur weiter, konzentrierte sich ganz auf das rechte Handgelenk, und endlich rutschte das Kabel wie ein glühendes Messer über ihren Daumenknöchel, schnitt bis zum Knochen ein, aber die Hand war frei – frei!

Rasch rollte sich Susanna nach links herunter von der Liege, knallte hart auf den Boden. Sie musste die Liege nur anheben und konnte den anderen Fuß und die Hand zusammen mit dem Kabelbinder von den Stahlfüßen streifen. Keuchend, auf allen vieren, stieß sie ihre Schultern unter das Kopfteil, hob es schwer atmend hoch, Schweiß tropfte auf das Holz. Die linke Hand war frei, jetzt nur noch den Fuß – und da war es! Das Flipflopschmatzen kam näher! Bittebittebittebitte, wimmerte Susanna lautlos, während sie die wuchtige Liege anhob, um den Kabelbinder an dem Gestänge herab zu ziehen, und da war Hänschen schon an der Tür.

»Was machst du da? Schlampe!«

Sie hatte nun auch den Fuß frei, stützte sich auf ihrer rechten Hand ab, Schmerz, solch ein Schmerz! Aus der kauernden Position erhob sie sich wie ein Sprinter beim Start und rammte Hänschen ihre Schulter mit voller Wucht in die Seite. Er taumelte zurück und stolperte, griff im Fallen nach ihr, ihrem Arm.

Susanna hatte nicht gewusst, dass sie so kräftig geworden war, als sie ihn abschüttelte und mit der unverletzten linken

Faust zuschlug. Sie war eine Schwimmerin, das Meer hatte ihre Muskeln gequält und geplagt und sie dabei mit jedem Zug stärker gemacht.

Mit einem schweinehaften Quieken fiel er auf den Steiß, und Susanna lief los. Durch die Tür, über die Terrasse, den Rasen hinab, sie lief, sie musste zum Meer, und schwimmen, weit, weit weg schwimmen von ihm und dem *Weißen Haus*!

Als sie sich umdrehte, während sie mit weiten Sprüngen ins Wasser hastete, sah sie Hänschen ihr nach kommen. Er erreichte den Wassersaum und warf etwas nach ihr – die Axt fiel nur Zentimeter neben ihrem Kopf in die Gischt.

»Miststück!« Dann warf er sich ihr hinterher.

Susanna schwamm. Sie kraulte, schneller als sonst. Nicht alle Kraft gleich aufbrauchen! mahnte sie sich, und zwang sich, nicht zurück zu sehen, ob Hänschen näher kam.

Irgendwann tat sie es doch, und sah ihn, mit wutverzerrtem Gesicht, hinter ihr in dem Auf und Ab der Wogen; er schwamm mit zornigen, viel zu großen Zügen.

Das Wasser brannte in der Wunde ihrer Hand, ihr Daumen und der Ballen hingen in Fetzen. Trotzdem zwang Susanna sich, sich auf den Rücken zu drehen und so weiter zu schwimmen; sie wusste, dadurch konnte sie länger schwimmen, mit weniger Widerstand, wenn auch nicht so schnell. Sie spürte, wie der Unterstrom der ablaufenden Wellen sie bei jedem achten Zug weiter mit hinaus trug.

»Ich krieg dich und werde dich *ersäufen*!« rief Hänschen.

Susanna schwamm.

Das *Weiße Haus* wurde zum Fleck, der Wald zum Streifen, die unter der Julihitze flimmernde Küste entfernte sich. Immer wieder beobachtete Susanna Hänschen, und wie seine Bewegungen merklich schlaffer wurden.

»Kehr um!« rief sie ihm zu.

»Hänschen ...«, hörte sie seine verwehende Stimme, »macht ... nie ... was ... Frauen ... ihm sagen!«

Bitte sehr. Kannst du haben.

Susanna schwamm.

Irgendwann war die Küste so schmal wie ein Bleistiftstrich. Das Meer war kühler geworden, gleichzeitig hoben und senkten sich die Wellen langsamer und tiefer. Susanna sah Hänschen kaum noch zwischen den Wogenbergen auftauchen; wenn sie auf einem Kamm dahin schwamm, schlug er in einem Tal um sich.

Auf einmal wusste sie, dass er hier draußen sterben würde. Es war längst zu spät für ihn, um umzukehren; er würde es nicht zurück schaffen, es war viel zu weit.

Susanna schwamm ihm ein kleines Stück entgegen.

Seine Augen waren nun gar nicht mehr kalt.

»Hilf mir!« japste er. »Ich … ich kann nicht mehr!«

Susanna hatte gelernt, dass Menschen, die ertrinken, nichts mehr rufen; sie gehen einfach unter, sie schlagen nicht um sich, sie sind starr vor Panik und sparen sich das Sprechen, um zu atmen.

Sie zog schwimmend Kreise um Hänschen und wartete ab. Ihr Puls ging schnell, aber stetig. Ihre Muskeln waren warm, aber brannten nicht. Sie atmete flach, jedoch ruhig. Sie hatte keine Angst. Sie war hier zu Hause.

Irgendwann sparte Hänschen sich das Bitten und Rufen. Er versuchte, Auftrieb zu bewahren, legte sich auf den Rücken, aber immer wieder wurde er überrollt und unter Wasser gedrückt, holte hustend Luft, geriet in Panik und schlug wieder um sich.

Susanna schwamm näher. Noch näher. Dann war sie auf Armeslänge an ihm heran.

Sie schauten einander in die Augen, der Mörder und die Schwimmerin.

»Schlampe …« keuchte er. »Hilf mir schon!«

Susanna holte Luft, langte zu – und drückte ihn mit beiden Händen unter Wasser, stemmte sich ganz über ihn. Sie versanken zusammen, Hänschen wehrte sich, vergeblich, und die Luftblasen wurden schnell weniger. Susanna hielt den Atem weiter an und zählte.

Bei hunderteinundzwanzig ließ sie los. Der leblose Körper sank tiefer, während sie nach oben, ins Licht, zur Luft schnellte und tief einatmete, während sie mit kurzen, schnellen Brustzügen fortschwamm.

Wassertretend wartete sie ab. Zählte wieder bis hunderteinundzwanzig. Und dann noch mal.

Hänschen tauchte nicht wieder auf.

Susannas Blase entleerte sich, ganz warm.

Die halbe Ostsee ist ein Pinkelbecken, dachte sie und schämte sich. Dann drehte sie sich einmal um sich selbst, um einen Orientierungspunkt auszumachen. Sie sah den Leuchtturm von Dahme; weiter rechts davon ... ungefähr ... müsste Hohwacht sein.

Während sie begann, mit ganz ruhigen Zügen – verteil die Kraft auf die ganze Strecke, langsam, stetig – darauf zuzuhalten, fiel ihr auf, dass sie dringend nach Hause wollte.

Zurück und nach Hause, ins Rosthaus. Sie wollte nicht sterben.

Verzeih mir, Sophia. Ich muss dich noch eine Weile allein lassen.

Ich muss leben. Ich will es, verzeih mir, ich will es *so sehr*!

Ihr Geld würde bis in den Herbst reichen; sie hatte gespart. Für Sophia. Für Spielzeug für Sophia, für Strampler, für Schühchen und für die Kita, die zu viel kostet, wenn man gleichzeitig noch arbeiten will; gespart für Babysitze und Bilderbücher und für ein ganz anderes Leben, ein Leben als Mutter und Beats Frauchen. Sie würde sich hier eine Arbeit suchen. Vielleicht auf Gut Panker, als Pressedame; oder, nein, lieber als Zimmermädchen, Schluss mit Tralala-Getue. Oder bei der DLRG, das wäre ihr lieber, immer nah am Wasser, und im Winter konnte sie kellnern, vielleicht in dem Restaurant am Hessenstein? Sie würde anfangen, die Dinge mit links zu tun, der rechte Daumen würde nie wieder so funktionieren, wie er sollte.

Sie würde Beat seine Haushälfte auszahlen, auf Raten, oder einen Kredit aufnehmen, wenn es sein musste. Sie würde den

Garten, der hinab bis ans Wasser grenzte, bepflanzen; einen Teil würde sie verwildern lassen, im anderen Kartoffeln und Salat anbauen; sie würde anfangen, dazu zu gehören und aufhören, das alte Leben zu führen, in das sie nie richtig gehört hatte.

Und vielleicht würde sie auch einmal richtig baden gehen. Nirgends sonst als hier waren die Strände so weiß, der Himmel so blau, das Meer immer da.

Susanna lachte.

Und schwamm weiter.

Anja Jonuleit

Trauteinsamkeit

Am Tag unserer Rückkehr nach Trauteinsamkeit regnete es. Der Dezemberregen begleitete uns hartnäckig, jede Minute unserer achtstündigen Fahrt, und ich war dankbar, dass die Scheibenwischer des alten Peugeot nicht ganz ihren Geist aufgaben, auch wenn sie zwischendurch seltsam schabende Geräusche hören ließen.

Das Quengeln auf dem Rücksitz war abgeebbt. Sissi und Max saßen nun stumm da, und im Rückspiegel sah ich, dass sie in den Regen hinausschauten. Wir hatten die üblichen Phasen durchlaufen, wie bei jeder längeren Fahrt. Allein der Aufbruch hatte diesmal reibungslos geklappt, ich glaube, die beiden fühlten sich wie in ihrem eigenen Abenteuerfilm. Dass es ein Abschied für immer war, kümmerte sie nicht. Sie waren so oft umgezogen. Ich selbst fühlte mich in einem ganz anderen Film, mehr wie in einer Coverversion von Shining. Immer wieder sah ich mich um, immer gewahr, Toms schwarzen Mercedes auftauchen zu sehen.

Beide Kinder schliefen, als ich die Autobahn in Lindau verließ und die alte Straße am See entlang fuhr. Der Regen war stärker geworden, die Wischerblätter schafften es kaum noch, die Fluten zu teilen. Ich fühlte mich fremd.

Ich ging vom Gas, beugte mich vor und plierte durch die Scheibe. Wenn ich mich nicht irrte, würde ich bald abbiegen müssen. Auch damals, so erinnerte ich mich nun, hatte es geregnet und ich war fortgegangen, zu Fuß, in jenem steten Regen, den ganzen Weg bis zum nächsten Bahnhof. Weil in dieser verdammten Einöde noch nicht einmal ein Bus fuhr.

An einem Tag im Oktober erreichte mich die Nachricht von Mutters Tod. Meine Schwester hatte angerufen, ein paar Tage *nach* der Beerdigung. Durchs Telefon konnte ich ihre zusammengebissenen Zähne, ihren verkniffenen Mund sehen, ihr strähniges Haar. Was natürlich ungerecht war, das wusste ich. Denn ich hatte sie seit Jahren nicht mehr gesehen. Seit jenem Geburtstag vor zweiundzwanzig Jahren.

Einer der großen Vorteile in einer Lebenspartnerschaft mit separaten Wohnungen besteht darin, dass Trennungen kurz und schmerzlos sein können, ohne den ganzen Ballast, den die Auflösung einer Ehe mit sich bringt. Zumindest war das in der Theorie so. In meinem Fall klappte es nicht ganz so reibungslos. Tom entpuppte sich als psychopathischer Stalker, der tagelang vor der Mietskaserne, in der wir wohnten, ausharrte, um mir jeden Morgen, wenn ich die Kinder in die Schule brachte, mit Beschimpfungen und Drohungen seine Aufwartung zu machen. Dies mündete schließlich in einem Näherungsverbot. An welches er sich natürlich nicht hielt.

Und so beschloss ich eines Tages, die Zelte hier für immer abzubrechen. Mein Plan sah folgendermaßen aus: Wir würden in einer Nacht- und Nebelaktion verschwinden, um vorübergehend in Trauteinsamkeit, dem Haus meiner Kindheit, unterzukommen. Ich würde den Verkauf des Hofes vor Ort abwickeln, wir würden uns dort unten am Bodensee eine Wohnung oder sogar ein Häuschen suchen. Und Tom würde unsere Spur verlieren.

Während der Fahrt machten die Kinder Pläne. Die Pläne umfassten den Bau eines Baumhauses, die Aufzucht von Kleintieren und den Anbau von Gemüse und standen in krassem Gegensatz zu dem Anblick, der sich ihnen am Ende bot. Der Regen fiel auf verrostete Geräte, auf zerzaustes Unkraut. Auf einen kaputten Zaun und auf den alten 190er Diesel meines Vaters ohne Nummernschild.

Das einzig Gute an diesem Ort hier ist, dachte ich, dass zwischen ihm und Tom gut siebenhundert Kilometer liegen. Wenigstens vor ihm hatten wir nun unsere Ruhe.

Und wie ich dort so im Wagen saß, auf der Rückbank die verstummten Kinder, die wie ich auf das öde Haus im Lichtkegel der Scheinwerfer starrten, und Wind und Regen ums Auto stoben, war ich mir nicht mehr sicher, ob es eine kluge Entscheidung gewesen war: Die Bedrohung durch Tom einzutauschen gegen die Gespenster der Vergangenheit. Und dann sahen wir sie.

Sie trat plötzlich ins Scheinwerferlicht.

»Ihr wartet hier«, sagte ich und stieg aus. Ich spürte förmlich die schreckgeweiteten Augen der Kinder in meinem Nacken, während ich auf sie zuging. Wir standen einander gegenüber, Antonia und ich, und keine sagte ein Wort, denn was hätten wir auch sagen sollen, nachdem wir zweiundzwanzig Jahre geschwiegen hatten.

Mit einem Schlag war die Erinnerung da, und mir war, als hätte mich jemand aus einer Geschichte herausgeschnitten und in eine andere hineingeklebt. In ein schreckliches Buch, das man einmal gelesen und das man in den untersten Winkel des Bücherregals verfrachtet hat, nur um nie wieder daran erinnert zu werden.

Dieses hinterwäldlerische Leben.

Die Kinder kamen mir hinterher, ihre kleinen Gesichter blass und ernst, so als seien sie sich der Tragweite dessen, was sie hier sahen, vollkommen bewusst.

Und dann löste sich der Bann. Antonia kramte in ihrer Schürze, holte einen Schlüssel hervor, ging zur Haustür und schloss auf.

Zögerlich trat ich über die Schwelle. Machte Licht. Es roch muffig. Dumpf. Die Kinder betrachteten Antonia. Und Antonia betrachtete sie. Plötzlich sagte sie, mit einer Kopfbewegung in Richtung unseres vollgepfropften Wagens:

»Das sieht ja so aus, als würdet ihr hier einziehen.«

Ich begegnete ihrem Blick. Und plötzlich stieg eine unglaubliche Wut in mir auf. »Stimmt.«

Wir maßen uns noch ein paar Sekunden lang. Dann drehte sie sich auf dem Absatz um und ging, ohne ein weiteres Wort zu sagen, davon.

»Wer ist das? Und wo geht sie hin?«, fragte Sissi.

»Das ist meine Schwester«, sagte ich. »Sie wohnt dort drüben, in dem kleinen Häuschen.«

»Und warum sieht sie so böse aus?«, fragte nun Max.

Ich schaute ihr hinterher und spürte immer noch diese Wut und gleichzeitig dieses Zittern in mir. Ich atmete tief durch. »Am besten, wir laden gleich alles aus«, sagte ich, um einen wenn schon nicht fröhlichen, so doch bestimmten Tonfall bemüht. So, als wüsste ich, was ich täte.

Und dann schleppten wir Koffer und Taschen, Bettzeug und Tüten, Stofftiere und Lebensmittel in das Haus meiner Kindheit.

Sissi und Max bestanden darauf, mit mir in einem Zimmer zu schlafen. Es dauerte lange, bis endlich Ruhe einkehrte. Der gestohlene Abschied. Die lange Fahrt im Winterdämmerlicht. Die Ankunft in dieser Einöde, die nun bis auf weiteres ihr Zuhause sein sollte. Ich drehte mich auf die andere Seite. Wir mussten dieses Haus hier so schnell wie möglich loswerden. Trauteinsamkeit. Nein, dachte ich, der Name passte nur zur Hälfte: Der Hof lag einsam, das ja. Aber etwas Trautes hatte er zumindest nach meiner Erinnerung nie besessen.

Und während ich so da lag, in der Dunkelheit, und dem Regen lauschte, der gegen die Fenster trommelte, kamen die Bilder: der Vater, in der Montagegrube unter dem Traktor; im Wald beim Holz machen; mit der Mundharmonika vor dem Kachelofen. Betrunken über den Hof torkelnd. Brüllend. Einen Kochtopf gegen die Wand schleudernd. Die Gulaschsuppe, die in braunen Strähnen die Wand hinunterrann.

*

»Es isch schon komisch«, sagte Antonia am nächsten Vormittag und lächelte sybillinisch.

»Was?«, fragte ich.

»Dass ausgerechnet du wieder hier wohnsch.«

»Nur vorübergehend.«

»Hast ewig und drei Tag nix von dir hören lassen. Aber jetzt bisch du da.«

»Was willst du denn damit sagen?«

Sie sah mich lange schweigend an, dann sagte sie leise, beinahe flüsternd: »Dass d'Schmeißfliegen kommen, wenn d'Katz tot isch.«

Am Nachmittag stand sie einfach so in der Küche.

Ich war gerade dabei, Holz nachzulegen. Als sie ohne ein Wort des Grußes sagte:

»Die Bruchbude isch ja nix wert. Hat jahrelang keiner was dran gschafft.« Antonia kniff die Augen zusammen und ließ ihren Blick durch den Raum schweifen. Von dem alten Holzherd über die Laufspur im Linoleumboden bis hin zu den Fenstern, von deren Rahmen der Lack in großen Placken abgesprungen war. »Wir können froh sein, wenn der Leuthold sie uns abnimmt.«

Ich tat noch einen Scheit in den Herd und betrachtete sie unauffällig von der Seite. Wie sie so dastand, in ihrer fürchterlichen Kittelschürze, bleich und verhärmt. Und plötzlich tat sie mir leid. Sie hatte ihr ganzes Leben hier verbracht, in diesem Kaff.

»Magst einen Kaffee?«

Sie fuhr herum: »Fragt wer wen?«

»Ich dacht halt ... weil ich einen da hab.«

Sie schüttelte den Kopf. Setzte sich aber trotzdem, sagte, etwas versöhnlicher nun: »Lass no'.«

Ich wagte noch einen Vorstoß: »Sollten wir nicht trotzdem noch inserieren, vielleicht ...«

»Ich will das so schnell wie möglich hinter mir haben.«

»Ja«, sagte ich, »ich auch. Aber ... der Preis kommt mir so niedrig vor.«

Mit einem Ruck stand sie auf, fast wäre der Stuhl hinter ihr umgekippt. Giftig sagte sie:

»Was denksch du, dass die Preise hier wie bei dir in der Großstadt sind? Wir können froh sein, wenn uns überhaupt jemand diese Ruine abkauft. Und dass es jemanden von außerhalb hierher verschlägt ...«, sie lachte höhnisch, »... es will sich doch niemand lebendig begraben lassen.«

»Und warum will der Leuthold den Hof?«

»Was weiß ich ... wird halt mehr Platz für sein Sägwerk brauchen.«

Am Montag brachte ich die Kinder das erste Mal in ihre neue Schule. In der Nacht hatte es zu schneien begonnen und so krochen wir mehr als wir fuhren, denn ich hatte immer noch Sommerreifen an meinem Wagen.

Das Gebäude war neu, ein Kasten aus Beton und Glas, und sah aus, wie alle Schulen heute aussahen. Ich übergab sie der Lehrerin und verabschiedete mich rasch. Auf dem Rückweg hatte ich einen dicken Kloß im Hals. Ich blinzelte die Tränen weg, als mein Handy klingelte und eine Frauenstimme sagte:

»Und jetzt rat' mal, wer hier isch.«

Ich brauchte nicht lange zu raten, denn diese Stimme würde ich unter tausenden erkennen. Es war Hilde, eine alte Schulfreundin und damalige ›Fluchthelferin‹. Ich hatte sie seit mindestens fünfzehn Jahren nicht mehr gehört.

»Mensch, woher hast du denn meine Nummer?«

»Auf der Beerdigung von deiner Mutter hab ich die Antonia danach gefragt. Begeischtert war sie nicht. Aber dann hat sie sie doch herausgerückt.« Hilde lachte ihr heiseres Lachen.

Wir verabredeten uns für den nächsten Samstag. Und plötzlich sah alles nicht mehr ganz so schlimm aus.

Ich war hinten in der Waschküche, als es an der Haustür klopfte. Ich stemmte den Wäschekorb in die Hüften und beeilte mich, an die Tür zu kommen. Vielleicht war es ja der Postbote, dachte ich und hatte es plötzlich eilig. Doch als ich die Haustür öffnete, stand niemand davor. Ich sah mich um, tat einen Schritt die Treppe hinunter. Weit und breit war kein Mensch zu sehen. Vielleicht hatte ich mich auch getäuscht. Doch dann sah ich die Spuren im frischen Schnee. Sie führten zur Haustür und wieder zurück. In das Gebüsch beim Tannenwäldchen.

In dieser Nacht glaubte ich im Halbschlaf einen Wagen zu hören, der von der Straße abbog und ein paar Meter in den Weg zu unserem Hof einbog. Ich blinzelte, fühlte mich benommen von dem Wein, den ich am Abend getrunken hatte. Ich hob den Kopf und lauschte. Als ich nichts hörte als das Rauschen der Tannen im Wind, die Äste, die gegen das Dach schlugen, legte ich den Kopf wieder aufs Kissen. Ich werde hier noch wahnsinnig, dachte ich. In diesem Alptraum von einem Haus.

Gerade als ich wieder am Einschlafen war, hörte ich einen Motor starten, ganz deutlich nun. Ich zerrte die Decke weg, öffnete das Fenster. Als ich die Läden aufschob, flammte ein Licht auf und es dauerte eine Sekunde bis ich begriff, dass es die Scheinwerfer eines Wagens waren, der dort, etwa hundert Meter vom Haus entfernt auf dem Weg stand.

Ich weiß nicht mehr, wie lange ich dort stand, im Flutlicht der Scheinwerfer, bewegungslos. Irgendwann setzte der Wagen sich in Bewegung, im Rückwärtsgang, stieß mit aufjaulendem Motor auf die Straße und fuhr mit durchdrehenden Reifen davon.

*

Antonia kam herüber und wir verbrachten Tage damit, die Sachen im Haus und im Stall zu sichten und unter uns aufzuteilen. Ich wollte ein Gespräch in Gang bringen, wollte mit ihr reden, irgendetwas, tat es dann aber doch nicht. Während wir uns durch das Gerümpel arbeiteten, fragte sie plötzlich:

»Wo isch denn eigentlich dein Ma'?«

Ich tat, als ob ich sie nicht verstanden hätte und kramte weiter zwischen den Kisten im Stall herum. Antonia war die letzte, der ich die Wahrheit auf die Nase binden wollte.

Der Regen hatte den Schnee zu einer tristen und löchrigen Decke werden lassen, und es dauerte keinen Tag, da waren auch die letzten braunen Reste von den Wegrändern verschwunden.

Der Föhnwind kam und mit einem Schlag rückte die Kindheit noch näher, die einsilbige Schroffheit, der barsche Umgangston. Im Nachhinein betrachtet war es ein Wunder, dass ich ganze Sätze sprechen gelernt hatte. Wenn wir zu langsam waren, beim Auflesen des Mostobsts beispielsweise, dann bellte der Vater uns an: »Mach fürre«. Wenn wir bei Tisch zu viel redeten, hieß es oft: »Halt' dei' Gosch.«

Hilde kam am Samstag Vormittag, rumpelte mit einem alten VW-Bus die Zufahrt zum Hof entlang und winkte schon von weitem, irgendetwas aus dem Fenster haltend und schwenkend. Im Näherkommen sah ich, dass es eines von diesen rotweißen Arafat-Tüchern war, mit Bommeln dran, wie wir sie damals trugen, Hilde ganz offen, ich heimlich, weil der Vater mich sonst halbtot geprügelt hätte.

Sie öffnete die Wagentür und sprang aus dem Bus. Und sah so völlig anders aus, als ich beim Anblick des Busses erwartet hatte. Ihre Haare waren blond statt braun, kurz statt lang, sie trug einen schicken grauen Blazer statt des Parkas von früher. Das Pummelige an ihr war einer drahtigen Sportlichkeit gewichen.

»Dass ihr den noch habt!«, sagte ich und deutete auf den Bus.

»Reine Sentimentalität. Ich hab ihn von meinen Eltern bekommen. Und Hugo hegt und pflegt ihn. Hugo isch mein Mann.«

Beim Kaffee erzählten wir. Ich von einer weiteren gescheiterten Beziehung. Sie von dem Reisebüro, das sie jetzt hatte, drüben in Bregenz. Von den Leuten im Ort hörte sie hin und wieder über ihre Geschwister, die alle drei hier geblieben waren.

»Ich war auf der Beerdigung von deiner Mutter. Aber du warsch nicht da.«

Ich schluckte. »Ich hab's zu spät erfahren.«

Hildes Augen wurden groß. »Was?«

»Lass uns über was anderes reden ...«

Sie nickte, musterte mich aber forschend. »Wie lange bleibsch du? Ich meine, du wirsch wohl kaum ...«

Ich stellte meine Tasse ab. Sah sie an. »Ich ... suche eine Wohnung. Sowie der Hof verkauft ist, ziehen wir aus.«

Sie nickte wieder. »Kann ich mir vorstellen. Isch ja nicht g'rad sehr g'mütlich hier draußen ... in dieser Einsamkeit.«

»*Traut*einsamkeit«, sagte ich und grinste schief. »Wir haben auch schon einen Interessenten. Noch Kaffee?« Ich schenkte ihr nach.

»Dann muscht du ja nicht mehr lange aushalten. Wer isch denn der Unglückliche?«

»Der Leuthold.«

Hilde nahm einen Schluck. »Der vom Sägwerk?«

»Ja.«

»Der Karle also.«

»Ja, der Karle.«

»So, so.«

»Was ist denn?«

Hilde griff nach dem Milchkännchen. Sie sah auf einmal sehr konzentriert aus. Sie sagte: »Nix, nix.« Und schenkte sich Milch nach.

*

Ich fand das Kästchen am darauffolgenden Montag. Die Kinder waren in der Schule und ich war dabei, die Möbel und Gegenstände, die entsorgt werden sollten, nach draußen zu schleppen. Ich begriff sofort, wessen Sachen ich da vor mir hatte: die rostige Mundharmonika, die kleine Mundorgel, die Orden und Abzeichen vom Großvater, die der Vater uns immer voller Stolz gezeigt hatte. Das eiserne Kreuz. Und der Ring, L.H. 17.8.1970. Luise Haller. Der Ehering meines Vaters.

Ich habe keine guten Erinnerungen an meinen Vater. Er war ein Säufer gewesen, hatte sich mit anderen Frauen eingelassen. Wenn er betrunken war, schlug er meine Mutter und manchmal bekamen auch wir unseren Teil ab, wenn wir ihm in diesem Zustand über den Weg liefen.

Ich habe Jahre damit zugebracht, über ihn nachzugrübeln. Er war kein glücklicher Mensch, mein Vater, das glaube ich nun zu wissen. Als ich später, nach meinem Weggang von zu Hause, erfuhr, dass er sich aus dem Staub gemacht hatte, war ich einerseits überrascht, andererseits auch wieder nicht. Er war Kfz-Mechaniker und hatte sich nie wirklich für die Landwirtschaft interessiert. Er hatte auf dem Hof eingeheiratet und als in den Achtzigerjahren der Butterberg immer mehr anwuchs und der Milchsee immer voller wurde, war er einer der ersten, der das Vieh verkaufte, um an die EG-Subventionen zu kommen und auf Obst umsattelte. Um die Bäume musste sich dann meine Mutter kümmern.

Als ich damals meinen ersten Freund hatte – mit siebzehn – beschimpfte er mich als Flittchen. Am Tag meines achtzehnten Geburtstags ging ich fort.

In dieser Nacht kamen die Bilder wieder, in Minutenträumen und auch im Wachsein. Ich versuchte mich zu entspannen, die Bilder ziehen zu lassen, ich zählte sogar Schafe. Aber etwas stimmte nicht. Etwas passte nicht. Ich öffnete die Augen, schaltete das Licht an, um die Bilder loszuwerden. Irgendwann nahm ich einen Block und schrieb. Grübelte mit dem Stift in der Hand und versuchte, den Knoten, der sich in meinem Kopf gebildet hatte, zu lösen. Aber es führte zu nichts. Ich ergab mich, löschte das Licht und starrte in die Dunkelheit. Irgendwann glaubte ich vom Stall her ein Geräusch zu hören, ein Scharren oder Kratzen. Ich dachte kurz daran, ob ich die Tür, die von der Speis' direkt in den Stall führte, abgeschlossen hatte. Der Gedanke ließ mir keine Ruhe und schließlich stand ich auf und kontrollierte die Tür. Sie war verschlossen. Erschöpft von meinen eigenen Gedanken und Ängsten schlich ich zurück ins Bett.

*

Am nächsten Morgen, gleich nachdem ich die Kinder zur Schule gebracht hatte, ging ich hinüber zu Antonia ins Austraghaus.

»Wie war das denn, als der Vater abgehauen ist, damals?«

Antonias Miene blieb völlig unbeweglich. Dann ging sie ohne ein Wort zu sagen in die Küche. Ich folgte ihr.

»Wie moinsch denn des jetzt?«, sagte sie, trat an den Spültisch, ließ Wasser laufen und hielt einen Lappen in den Strahl.

Ich druckste ein wenig herum, ich wusste ja selbst nicht, was genau ich wissen wollte. »Dass der einfach so weg isch, ich mein, hat der denn ein Geld g'habt?«

Plötzlich fuhr sie herum: »Der hat alles Geld von der Mama mit, alles! Mir hend koin Pfennig mehr ghabt!«

»Ah, so.«

»Wir mussten uns von allen Seiten Geld leihen. Jahre hat's gebraucht, bis wir das zurückgezahlt haben.«

Jetzt regte sich mein schlechtes Gewissen. Zerknirscht sagte ich: »Das tut mir leid, das hab ich ja alles nicht gewusst.«

Eine Weile betrachtete sie mich schweigend. Dann sagte sie plötzlich: »In zwei Wochen zieh ich hier aus.«

»Was?« Ich glaubte, mich verhört zu haben.

»Hasch scho' richtig verstanden.«

»Aber wohin gehst du denn?«

»Endlich weg«, sagte sie nur und funkelte mich an.

Abends klingelte mein Handy. Ich war schon auf dem Weg ins Bett, die Kinder schliefen längst, als ich Hildes Nummer auf dem Display erkannte.

»Hey! Das ist ja nett!«

Hilde brummte. »Wart ab, bis du weischt, warum ich anrufe.«

Sie legte eine dramaturgische Pause ein, dann hörte ich sie tief durchatmen. »Ich hoffe, du hasch noch nichts unterschrieben.«

»Unterschrieben?«

»Na, einen Notarvertrag oder so ...«

»Nö.«

»Pass mal auf: Ich komm grad vom Weihnachtsmarkt ... und da war die Ulla, die kennsch du doch au' noch. Jedenfalls arbeitet die auf der Gemeinde, auf'm Bauamt. Und da sind wir auf dich zu sprechen gekommen. Und auf den Hof. Da hat sie g'sagt: Da isch die Elisabeth ja grad rechtzeitig zurückkommen. Ich frag wieso und sie sagt: Na, die hat ausg'sorgt in Zukunft. Ich muss wohl dazu sagen, dass wir alle ein bissle viel Glühwein trunken hab'n. Ich glaub, der Ulla hat's dann leid getan, dass ihr das rausg'rutscht isch. Aber ich hab nimmer locker glassen. Und jetzt halt dich fescht: Das ganze Gebiet wird wahrscheinlich Bauland. Und du kannsch dir ja vorstellen, was des heißt.«

Ich stand da, hielt das Handy umkrampft und konnte nichts sagen. Ich hörte Hilde weitersprechen, aber ich war nicht mehr in der Lage ihr zu folgen. Das ganze Land – Baugebiet?

»... du mich noch, bisch noch dran?«

Ich nickte mechanisch, dann fiel mir ein, dass sie mich ja nicht sehen konnte und sagte etwas lahm »Ja.«

Hilde schwieg nun und ich hing immer noch ihren Worten nach. Irgendwann sagte sie: »Das hasch du nicht gewusst, gell?«

*

Am nächsten Morgen fuhr ein weißer Kastenwagen auf den Hof und hielt vor dem Austraghaus. Antonia kam heraus und sie und der Fahrer begannen, Möbel und Kartons in den Wagen zu laden. Ich lief hinaus, in den Regen. Antonia kam mit einer Nachttischlampe in der Hand aus dem Haus.

»Hör mal, Antonia, ich muss mit dir sprechen, ich ... also es geht mir jetzt doch alles etwas zu schnell, mit dem Verkauf, mein ich, ich wollte ...«

Sie starrte mich an, völlig unverwandt.

»Also, ich würde doch gerne ... ich dachte, wir könnten den Verkauf einem Makler übergeben. Wir haben doch Zeit. Es ist doch noch gar nicht lang her, dass die Mutter tot ist.«

»Die Mutter!«, rief Antonia, knallte die Lampe auf die Ladefläche und senkte die Stimme zu einem wütenden Zischen: »Die Mutter! Es hat dich doch nie gekümmert, wie die Mutter gelitten hat, unter der Drecksau! Du bisch doch einfach abghauen. Im Grund bisch du wie er!«

Ich holte tief Luft. Sie hatte sich nicht verändert. Sie war wie damals, alles war wie damals. Betont ruhig sagte ich: »Ihr hättet mich ja auch mal anrufen können, ein einziges Mal. Ich hab euch doch geschrieben. Und nicht nur einmal. Und was den Preis angeht, den der Leuthold uns bietet ...« Ich beobachtete sie, versuchte zu erkennen, wie viel sie wusste. Ob sie davon wusste.

Auf einmal tat sie einen Schritt auf mich zu. Ihre Augen funkelten. »Jahrzehntelang hört mer nix von dir, aber jetzt, wo's um's Erben geht, bischt du da. Denksch, du kannsch noch mehr rausschinden. All die Jahr hab ich mich hier um alles kümmert und du hasch dir a fein's Leben gmacht mit deine' ...

Liebhaber.« Sie spie das Wort förmlich aus. »Mer braucht jo bloß deine Kinder ...«

Die Tür ging auf und Antonia verstummte. Max und Sissi standen da, ihre Schulränzen in den Händen. »Mama?«, fragte Max zaghaft. »Mama ...«

Ich nickte ihm zu, hoffte, dass ich einen beruhigenden Gesichtsausdruck zustande brachte und sagte:

»Ich komm gleich, Tante Antonia und ich, wir müssen nur noch etwas besprechen. Setzt euch schon mal ins Auto. Aber ladet vorher noch das Altglas ein.«

Als ich es klappern hörte, sagte ich in eisigem Tonfall: »Du wolltest etwas sagen. Bezüglich der Kinder.«

Antonia schwieg noch einen Moment, dann holte sie Luft und sagte: »Der Hof wird verkauft. An den Leuthold. Und damit basta.«

In dieser Nacht hörte ich es wieder, ein Scharren oder Kratzen, ein Poltern, das aus dem Stall kam. Einen Moment lang dachte ich an Geister und an die Seelen Verstorbener, die keine Ruhe fanden. Dann fiel mir der Marder ein, über den der Vater schon damals geflucht hatte. Der ihm irgendwelche Leitungen in seinem 190er zerbissen hatte. War er es immer noch, der dort sein Unwesen trieb? Oder ein Sohn oder gar der Marder-Enkel? Aber mein Unbehagen blieb. Gab es einen Menschen auf der Welt, der für das Landleben weniger geeignet gewesen wäre als ich?

Am nächsten Vormittag ging ich auf das Grab der Mutter. Eine Weile lang stand ich dort herum und starrte auf das Holzkreuz. Luise Haller. Ich versuchte mich zu erinnern, wie sie ausgesehen hatte. Wie sie gewesen war. Aber alles, was mir einfiel, war die Gulaschsuppe, die von der Wand lief. Ich wollte beten, das Vaterunser, aber die Worte blieben mir im Halse stecken.

In diesem Moment bemerkte ich die Frau.

Sie stand dort, zwei, drei Grabreihen von mir entfernt, und starrte mich an. Der Wind wehte ihr ein paar dünne graue Strähnen ins Gesicht, die sich aus ihrem Dutt gelöst hatten. Jetzt setzte sie sich in Bewegung. Kam langsam näher, ohne den Blick von mir zu nehmen. Als sie vor mir stand und zu mir heraufsah, sagte sie mit zitternder Stimme, so leise, dass ich die Ohren spitzen musste, um sie zu verstehen: »Du bischs wirklich.«

Und dann erkannte ich sie.

»Grüß Gott, Sophie.«

»Du bisch die Elisabeth, sei' Tochter.«

»Das bin ich.«

»Die Leut haben damals schlecht g'redet über ... dich und über ihn. Über euch zwei.«

Ich nickte nur. Und plötzlich wurde mir eines klar. Aber konnte das sein? Und dann sagte ich langsam, wobei die Worte sich wie von selbst formten:

»Du hast den Vater ... gut gekannt, damals, gell?«

Sie antwortete nicht, machte Anstalten zu gehen. Rasch sagte ich:

»Du hast ihn auch ... gemocht.«

Sie hielt in ihrer Bewegung inne, schien unschlüssig, was zu tun sei. Und so stand sie einen Augenblick völlig reglos da, halb abgewandt, mit der Rechten auf einen Grabstein gestützt und sah an mir vorbei irgendwo ins schwarze Geäst der Bäume. Als ich schon glaubte, dass sie nicht antworten würde, drehte sie sich plötzlich wieder zu mir um und sagte in einem fast beschwörenden Ton:

»Ich hab's nie wirklich glauben wollen.«

Sie sah mir direkt in die Augen, eine Krähe flog auf, über uns, krächzte heiser und die Stille, die darauf folgte, schien noch dichter gewebt zu sein. Mit angehaltenem Atem wartete ich darauf, dass sie weitersprechen würde.

Aber sie wandte sich einfach ab und ging.

Die nächsten Tage verbrachte ich grübelnd. Über Sophie. Über den Vater. Über Antonia. Hilde kam und redete auf mich ein, nannte mir den Namen eines Immobilienmaklers und bestand darauf, für mich einen Termin mit ihm auszumachen. Immer wieder schlich ich um den Friedhof herum, in der Hoffnung, Sophie zu begegnen. Als mir die Sache nach drei Tagen immer noch keine Ruhe ließ, machte ich mich schließlich auf den Weg zu ihr. Ich nahm an, dass sie noch auf dem Hof neben dem Grottenbach wohnte. Ich klingelte und wartete. Klingelte noch einmal. Als ich schon wieder gehen wollte, schwang plötzlich die Tür auf.

»Du bisch's!«

»Ja, ich bin's. Ich muss mit dir reden.«

»Jetzt willsch du reden, nach dene' viele' Johr.« Ihre Stimme klang müde. Sie musterte mich noch einen Augenblick schweigend, weder freundlich noch unfreundlich. Und sagte schließlich:

»Na kommsch halt rein.«

In der Küche hieß sie mich Platz nehmen.

»Magsch ebbes trinken?«

»Nein, danke. Ich wollte eigentlich nur was fragen.«

»So?« Sie legte ihre Hände auf die Wachstischdecke. Betrachtete sie. Wartete.

»Was wolltest du nie wirklich glauben?«

Sie reagierte nicht. Sah weiterhin auf ihre Hände, die sie jetzt ineinander verschlungen hatte.

»Bitte, Sophie, ich muss das wissen.«

Sie schnaubte. »So dringend kann's ja jetzt nimmer sein. Nach zwanzig Jahr.«

Ich schwieg. Wartete. Betrachtete ihre knotigen Hände auf dem Tisch. Endlich sagte sie:

»Ich hab nie wirklich geglaubt, dass dein Vater einfach so abg'hauen isch.«

»So? Und warum nicht?«

»Weil ... er und ich ... weil wir ein Paar waren.«

Es war also, wie ich vermutet hatte. »Du und der Vater ...«

»Ja. Und er *wollte* weg – das ja – aber zusammen mit mir. Wir hatten alles geplant. Auch schon eine Wohnung gemietet.

Drüben auf der anderen Seeseit'. Wir haben uns verabredet, an einem Samstag Abend wollt' er mich abholen, heimlich natürlich. Es durfte ja keiner wissen, weil ich war ja verheiratet mit dem Franz. Ich hab auf ihn gewartet, auf deinen Vater, am Bildstock unten, an der Weggabelung. Bis in die Nacht hinein hab ich gewartet, aber er isch nicht gekommen. Ich hab ihn nie wieder g'sehen.«

Ich saß da wie gelähmt. Hörte ihre Stimme aus weiter Ferne.

»Der Anton wollte in der Schweiz eine Arbeit suchen. Und dann hätte er ja au' ein Geld gekriegt, nach der Scheidung.«

»Er wollte sich scheiden lassen?«

»Wenn'd mir nicht glaubsch, warum bisch dann gekommen?«

»Ich glaub dir ja. Aber der Hof ...«

»Sie hätt ihn halt auszahlen müssen.«

»Auszahlen?«

»Ja, auszahlen. Aber dann isch er nicht gekommen«, sagte Sophie tonlos.

»Und dann?«

Sophie zuckte mit den Schultern. Sie sah unendlich alt und müde aus.

»Irgendwann nach Mitternacht bin ich heimg'schlichen. Der Franz hat Gott sei Dank nix g'merkt.«

»Aber warum hast du denn nichts gesagt? Als der Vater einfach so verschwunden war.«

Sie lachte auf, ein bitteres, höhnisches Lachen: »Was hätt ich denn tun oder sagen sollen, deiner Meinung nach? ›Liebe Leut, wo isch der Anton, ich wollt doch mit ihm abhauen. Aber er isch nicht gekommen!‹ Wahrscheinlich hat er sich's einfach andersch überlegt. Und isch halt allein mit dem Geld auf und davon.«

»Mit welchem Geld?«

»Ja, er hat doch ein Geld gespart gehabt. Davon hätten wir die erschte Zeit gelebt. Bis er eine Arbeit gefunden hätt.«

»Und du hast nie daran gedacht zur Polizei zu gehen?«, fragte ich plötzlich.

Verwundert blickte Sophie auf. »Warum das denn? Ich hätt' mich nur zum Gespött gemacht. Und wo hätt ich denn dann hinsollen, ich musst doch hier leben. Und dann hätten alle g'sagt: da hat der Hallodri noch eine Dumme g'funden.« Sie stand auf, zum Zeichen, dass die Unterredung für sie beendet war. An der Tür sagte sie:

»Und so war's ja dann auch.«

Ich fuhr auf direktem Weg nach Hause. Die Kinder würden heute bei ihren neuen Freunden übernachten und ich hatte mir vorgenommen, früh schlafen zu gehen.

Der Dezemberhimmel glühte in einem feurigen Rot und plötzlich erinnerte ich mich, dass die Mutter bei diesen Himmeln immer gesagt hatte: »Das Christkindle backt Brötle«. Immer noch tief in Gedanken bog ich in die Zufahrt zum Hof ein. Bei Antonia im Austraghaus brannte Licht und plötzlich fragte ich mich, wie es sein würde, hier ganz allein zu wohnen, ohne Antonia neben uns. Ich zog den Zündschlüssel ab und blieb noch eine Weile im Wagen sitzen. Und dann fiel mir ein, dass es noch etwas gab, was ich wissen musste.

Ich klopfte an ihrer Haustür. Es dauerte keine drei Sekunden und Antonia stand im Türrahmen. Ohne Umschweife fragte ich: »Wer hat euch damals geholfen?«

»Was?«, fragte Antonia, aber ich sah an ihrem Blick, dass sie mich genau verstand.

»Ich will wissen, wer euch das Geld geliehen hat, damals, als der Vater weg ist.«

»Warum willsch denn das jetzt wissen? Hat dich doch all die Jahre nicht kümmert.«

»Ich will wissen, wer.«

»Du kannsch mich mal.«

Niemand hatte ihnen Geld geliehen. Niemand hatte ihnen Geld leihen müssen. Das wusste ich nun. Ich hatte es in ihrem

Blick gelesen. Morgen würde ich noch einmal zur Sophie gehen. Und dann?

Ich fror, in der Küche war es kalt, ich öffnete die Klappe des alten Holzherdes und begann Feuer zu machen. Dann kochte ich Glühwein. Ich holte das Kästchen, das ich aus mir selbst unerfindlichen Gründen in der Abseite versteckt hatte, setzte mich mit meiner Tasse an den Küchentisch und klappte den Deckel auf. Die Mundharmonika. In seinen guten Tagen hatte der Vater am Kachelofen gesessen und darauf gespielt. *La Paloma* und anderes Zeugs. Das Eiserne Kreuz. Ich fuhr mit den Fingern über die Kanten, drehte es um. Reinhold Haller. Der Heldenmut des Großvaters. Niemals hätte der Vater, der im Grunde ein sentimentaler Hund gewesen war, das zurückgelassen. Aber was konnte, was sollte ich jetzt noch tun, nach all diesen Jahren. Weiterbohren, bei wem sie sich – vorgeblich – das Geld geliehen hatten, damals? Der Sache auf den Grund gehen, ein für alle Mal. Zur Polizei gehen?

Ich trank meinen Glühwein leer, schenkte mir noch eine zweite Tasse ein und trank auch diese. Eine dritte folgte. Ich konnte doch nicht die eigene Schwester hinhängen. Nein, dachte ich, das würde ich nicht. Dann fiel mir die Sache mit dem Leuthold wieder ein. Und dass ich auch hier nicht Bescheid wusste. Am besten wäre, ich würde am Montag einfach zum Bauamt gehen, um mir zumindest diesen Zweifel zu nehmen. Und wenn es stimmte, was Hilde gehört hatte, dann drängte sich natürlich die eine Frage auf: Wusste Antonia das mit dem Bauland? Machte sie mit dem Leuthold gemeinsame Sache gegen mich?

Mir schwirrte der Kopf. Von all den unbeantworteten Fragen, vom Glühwein. Schließlich ging ich nach oben. Durch das Fenster im Treppenhaus sah ich, dass im Austraghaus alles dunkel war. Ich guckte auf die Uhr. Kurz nach neun. Antonia ging also noch immer mit den Hühnern ins Bett. Wie früher. Ich duschte und schob die ganzen ungelösten Fragen beiseite. Morgen. Ich würde morgen weiter darüber nachgrübeln.

Es war nach zwei, als ich das Scharren wieder hörte. Es war wie die anderen Male zuvor. Nur dass ich nun allein im Haus war. Ich schloss die Augen und hielt mir die Ohren zu. Ich hatte genug. Wollte nichts mehr hören, nichts mehr fühlen. Keine Gespenster mehr sehen.

Irgendwann lag ich da und starrte mit offenen Augen in die Nacht, in diese tintenschwarze Finsternis, vor der mir schon früher, als Kind, gegraut hatte. Sicher war das mit ein Grund, warum ich mich in der Stadt so wohl fühlte. Weil es dort nie richtig Nacht wurde.

Plötzlich hörte ich das Knarren. Diesmal kam es nicht aus dem Stall, auch nicht von draußen, nein. Ich lauschte so angestrengt, dass mir die Stille in den Ohren rauschte. Plötzlich hörte ich, wie jemand die Klinke der Schlafzimmertür herunterdrückte. Und dann sah ich die Fratze und hörte das Lachen.

Ich sprang aus dem Bett und schrie, schrie so laut ich konnte. Auf einmal fiel mir die Wasserflasche ein, die neben dem Bett stand. Fieberhaft, wie von Sinnen tastete ich danach. Und hielt den kalten, harten Flaschenhals in der Hand. Ich stand da, zitterte. War unfähig, mich zu rühren. Zischend sagte die Fratze:

»Mich hast du wohl nicht erwartet.«

Erst da erkannte ich ihn. Es war Tom. Tom, der dort stand und sich von unten eine Taschenlampe ans Gesicht hielt. Er kam näher, ich war wie gelähmt. Ein Film fiel mir ein, in diesem Moment, der Film über eine Frau, die von ihrem Exmann gestalkt wurde. Die einfach so von ihm umgebracht worden war. Er kam noch näher. Legte seine Hände um meinen Hals und drückte zu.

Da flammte das Deckenlicht auf und im nächsten Moment schwankte Tom. Aus irgendeinem Grund, den ich nicht verstand, schwankte er. Torkelte zurück. Sackte zusammen. Und dann sah ich sie: Antonia, den Hammer in ihrer Hand.

Es war nicht leicht, den Toten nach unten zu bekommen. Wir zerrten und zogen und irgendwie gelang es uns schließlich, ihn in meinen Kofferraum zu wuchten.

»Des Wichtigschte isch, dass wir uns nicht noch feschtfahren, mit der Leich hinten drin.«

Ohne ein weiteres Wort setzte Antonia sich hinters Steuer und startete den Wagen. Wir überquerten den Fluss, fuhren den steilen Waldweg hinauf, immer tiefer in den Wald hinein.

»So«, sagte Antonia und stellte den Motor ab. »Zum Glück isch der Boden wieder aufgetaut.«

Einen Moment lang blieb sie einfach so sitzen, hinter dem Steuer, und starrte durch die Scheibe, dorthin, wo der Weg endete. Dann wandte sie sich abrupt zu mir um. Im Halbdunkel sah ich das Weiße ihrer Augen. Vorwurfsvoll sagte sie:

»Aber dass du glaubsch, dass ich dich mit dem Leuthold über den Tisch ziehen wollt, nehm ich dir übel.«

Ich reagierte nicht, erwiderte nur stumm ihren Blick.

Irgendwann stiegen wir aus und begruben Tom neben dem Vater.

Und fuhren zurück nach Trauteinsamkeit.

Karr & Wehner

Der letzte Zug nach Mölschow

Haus Sperling befindet sich in landschaftlich reizvoller Lage am Rande des touristischen Geschehens in Mölschow. Bis zum Ostseestrand sind es circa vier Kilometer.
Gregor wusch den Salat, teilte die Tomaten und würfelte die Gurken. Er gab alles in die große Schüssel und bereitete das Dressing vor. Knoblauch-Vinaigrette.

Draußen brannte die Sonne, der Sommer war heiß, seit Wochen schon. Wenn man auf die große Terrasse hinterm Haus trat, ahnte man die leichte Brise von der Ostsee eher, als dass man sie spürte. Aber es lag ein schwacher Geruch von Meer in der Luft.

Auf dem Parkplatz des Nebenhauses drängten sich die Familienkutschen. Kinder tobten vor dem Eingang zur Modellbahn herum.

Das 2003 komplett renovierte Anwesen verfügt über großzügige Ferienwohnungen im gehobenen Standard.
Gast A hieß Andersen, so hatte er sich jedenfalls bei der Buchung über *usedom.de* genannt. Die Vorkasse war von einer Bank in Dortmund gekommen, aber die Postadresse für die Unterlagen war in Berlin gewesen.

Gregor saß auf der Terrasse; er hatte sich zum Salat ein Hüftsteak gemacht, knapp zweihundert Gramm, medium gegrillt. Der Wein stand im Kühler und etwas im Schatten, das Glas, das er sich eingegossen hatte, war beschlagen.

Gast A kam mit der Bahn, über Züssow, dann weiter mit der Bäderbahn bis Bannemin-Mölschow. Den Transfer, den Gregor normalerweise mit seinem SUV für die letzten sechshundert Meter bis zum Haus Sperling anbot, hatte er abgelehnt.

Stattdessen kam er mit seinem Trolley durch die Hitze die Straße herunter. Gregor hörte das Schrattern der Plastikräder auf dem Asphalt, hörte, wie es verstummte, hörte, wie es dann wieder einsetzte.

»Sie können Haus Sperling nicht verfehlen. Achten Sie nur auf Lokomotive vor dem Haus und das Eisenbahnsignal!«

Die Lok war eine Werkslok aus dem Bestand einer Stahlfabrik im dem Ruhrgebiet, Gregor hatte sie vor drei Jahren günstig im Internet bekommen. An den Tag, an dem der Schwerlastkran sie hier vom Tieflader auf das vorbereitete Gleisbett gehoben hatte, erinnerte sich noch heute jeder in Mölschow. So etwas war hier in der Provinz ein Ereignis, von dem man noch Kindern und Kindeskindern erzählen konnte.

Der Trolley mit dem Mann kam um die Ecke. Anfang fünfzig, schätzte Gregor. Dichtes rotes Haar, wulstige Lippen, blasses Gesicht, mindestens zehn Kilo Übergewicht. Schweiß auf der Stirn. Der Trolley hatte die Ausmaße eines Kindersarges.

»Schön, dass Sie da sind!«, sagte Gregor. »Ihre Wohnung ist schon bereit.«

*N 54° 04.6(B*6-14) E 013° 50.0(A+43)*

Gregor hatte das Kaninchen von Karl bekommen, von dem jeder hier wusste, dass er in seiner Freizeit noch Zigaretten und nachgemachte Markenturnschuhe aus Polen herüberbrachte.

Er hatte dem Tier das Fell über die Ohren gezogen, es für zwei Tage gebeizt und zerlegte es jetzt.

Es dauerte eine Weile, bis die ersten Fleischstücke in der Kasserolle schmorten. Der Duft wehte durchs Haus und lockte die Katze an, die erst Ruhe gab, als Gregor ihr ein paar Fleischfetzen hinwarf.

Durchs Küchenfenster sah er Gast A um die Lok im Vorgarten herumstreichen. Vor dem Signal machte er halt, trat mit dem Fuß gegen den Betonsockel, studierte die Kurbel für den Signalarm, ging in die Knie, spähte durch das Metallgestänge.

Zwei Rucksacktouristen kamen aus dem Ort die Straße herunter. Blieben stehen, sahen sich um, entdeckten das Signal.

Gregor schob das Kaninchen in den Umluftherd und sah zu, wie die beiden Rücksäcke zu Gast A an das Signal traten. Sie holten ihre Smartphones heraus, tippten darauf herum, tuschelten. Gast A wusste ganz eindeutig nicht, was er tun sollte. Dann hantierten die Rucksäcke am Fundament des Signals, fanden die kleine Metallbox und gaben sich zufrieden High Five.

Gast A verdrückte sich zur Modellbahn im Nebenhaus und fing ein Schwätzchen mit Karl an, der unten an der Kasse saß.

Bis das Kaninchen durch war, hatte Gregor eine Stunde Zeit. Er ging über die Terrasse hinaus, hinten ums Haus herum und nahm den Seiteneingang zu den Ferienwohnungen. Mit seinem Schlüssel öffnet er das Appartement von Gast A.

Das große Zimmer wirkte fast unberührt. Ein Laptop auf dem Tisch, der UMTS-Stick blinkte. Vergeblich, wie Gregor wusste. Die Netzabdeckung hier auf Usedom ließ zu wünschen übrig. Gast A würde über das WLAN von Haus Sperling ins Netz gehen müssen.

Gregor machte eine kurze Runde. Der Kindersargkoffer stand im Schlafzimmer vorm Kleiderschrank, ein paar Hemden lagen zerknüllt auf dem Boden. Gregor warf einen Blick in den Koffer. Zwischen der Unterwäsche steckte eine große MagLite. Die Pistole entdeckte er ganz unten, eine Walther P99. Geladen und gesichert.

Außentemperatur 29 Grad - Luftfeuchtigkeit 88 Prozent - Luftdruck fallend

Gregor hatte die halbe Palette Metallfarbe als Zugabe zur Lok bekommen, weil sie im Ruhrgebiet nichts mehr damit anfangen konnten. Er stand auf der Haushaltsleiter an der Lok im Vorgarten und besserte die Roststellen am Führerstand aus.

Am Morgen hatte er entdeckt, dass jemand das Eisenbahnsignal umgestellt hatte, der Signalflügel stand jetzt auf HALT.

Wahrscheinlich wieder irgendwelche Jugendliche aus dem Ort, die im besoffenen Kopf nicht gewusst hatten, welchen Unsinn sie anstellen sollte. Die Möglichkeiten hier im Mölschow waren beschränkt, knapp achthundert Einwohner, wenn nicht gerade Saison war. Außer dem landwirtschaftlichen Erlebnismuseum und der Modellbahn gab es nichts, was Touristen lockte.

Von Gast ›A‹ hatte Gregor heute noch nichts gesehen, dafür war Gast ›B‹ angereist. Gast B hatte Wohnung zwei für zehn Tage gebucht, er war mit dem Motorrad angekommen, einer kräftigen BMW Tourer, die er auf Gregors Empfehlung auf der alten Pferdekoppel hinter der Modellbahnanlage geparkt hatte. Gast B hieß Behrend, hatte telefonisch vor einer Woche gebucht und die Anzahlung als Barscheck geschickt. Unterlagen brauchte er angeblich nicht, deshalb hatte Gregor auch keine Postadresse. Gast B war klein, drahtig, dunkelhaarig und hatte beim ersten Plausch auf der Terrasse behauptet, früher mal Kampfschwimmer in Kühlungsborn gewesen und aus Nostalgie wieder hergekommen zu sein.

Gregor malte weiter die Lok an. Gestern Morgen hatte er entdeckt, dass sich jemand Zutritt zu seiner Wohnung verschafft hatte. Das Streichholz hatte nicht mehr im Türschlitz geklemmt, als er mit seinem SUV vom Einkaufen aus Bannemin zurückgekommen war. Ganz klar, dass Gast A dahintersteckte, denn der war am Morgen mit einem leichten Rucksack und in saloppen Turnschuhen angeblich zu einer Wanderung aufgebrochen, aber als er dann um halb zwei zurückkam, hatte er keine Spur von Dreck an den Schuhen. Außerdem hatte Gregor das Gefühl, dass sich jemand im Keller unterm Haus umgesehen hatte. Vorsichtshalber hatte er deshalb gestern Abend seinen Weinvorrat im Nebenraum kontrolliert – alles da, nichts fehlte, beruhigt war er wieder nach oben gegangen.

Als Gregor nach zwei Stunden mit den Ausbesserungen an der Lok fertig war, packte er die Farbe weg und ging ins Haus. Die Anzeige auf seinem Computermonitor in der Arbeitsecke sagte, dass Gast A im Internet gewesen war.

Gregor rief das Schnüffelprogramm auf, mit dem er die Zugriffe der Gäste kontrollierte und überflog die Zeitungsausschnitte aus der Ostsee-Zeitung, die sich Gast A angesehen hatte.

Modellbahn Mölschow - 110 Quadratmeter, 1.200 m Gleise, 300 Loks. Ein Stahlwerksbereich, ein Überseehafen und ein Braunkohletagebau sind in die Anlage integriert.
Eintritt fünf Euro, Kinder bis 14 frei.
Gregor hatte sich etwas Brot und Oliven als leichtes Abendessen auf die Terrasse mitgenommen. Dazu eine Flasche Wein aus dem Keller. Der Rote funkelte im Glas, als er ihn gegen das Licht hielt. Das Bukett schmeichelte seiner Nase. Kräftig, blumig, flüssige Sonne.

Karl kam um die Ecke. Seine Armeestiefel, ohne die ihn bisher noch nie jemand gesehen hatte, glänzten blankgewichst, die weißen Schürsenkel waren ordentlich durch die Ösen gezogen, die Schleifen penibel geknüpft. Er hängte seine Bomberjacke über die Lehne des zweiten Stuhls und setzte sich. Sein Kurzhaarschnitt ließ ahnen, dass er blond war. Karl hatte die Modellbahn von Gregor gepachtet und führte sie mit dem raubeinigen Disziplin eines Feldwebels. Anders, meinte er, konnte man die Gäste nicht davon abhalten, dauernd über die Balustrade nach den Modellhäusern, den Loks und den Waggons zu grapschen, die er bei seiner Modellbahnshow computergesteuert über die Platte rauschen ließ.

»Er hat sich nach dir erkundigt!«, sagte Karl. Er griff nach der Flasche und goss sich ein Glas Wein ein. Versenkte die Nase im Bukett und für eine Sekunde wich der angespannte Ausdruck aus seinem Gesicht.

»Wer?« Gregor hob sein Glas und stieß mit Karl an.

»Wohnung zwei.«

Also Gast B. »Und?«

»Seit wann du hier bist, was du für das Haus bezahlt hast.«

»Und?«, fragte Gregor. »Was hast du ihm gesagt.«

»Was soll ich ihm sagen – Erbschaft, halbe Million und so weiter. Und dass ich sonst nichts weiß.«

Gregor nickte und schob sich eine Olive in den Mund. »Sonst noch was?«

»Der andere hat hinten im Garten rumgemacht, beim Brunnen.«

Das hatte Gregor auch schon bemerkt, weil eine Fußspur auf dem geharkten Sand rund um die Betonröhre gewesen waren. Außerdem hatte es so ausgesehen, als ob die Abdeckung auf dem Betonring verschoben worden wäre.

Karl starrte auf die Wiese. »Ich sollte mich um den Brunnen kümmern.«

»Tu das«, sagte Gregor.

Bei mittlerer Hitze gut neunzig Minuten schmoren lassen.
Wenn sie es noch nicht bemerkt hatten, dann war es den beiden spätestens seit heute Morgen klar, dass Gregor keine Lust hatte, sich mit ihnen zu unterhalten. Kein Ferienwohnungsvermieter unterhielt sich mit seinen Gästen mehr als nötig. Man vermietete Wohnungen, keinen Familienanschluss.

Gast A war auf der Terrasse aufgetaucht, als Gregor sich gerade sein Drei-Minuten-Ei aufschlug und eine Flocke geeister Butter in das heiße Eigelb gleiten ließ.

»Was mich interessiert, Herr Sperling ...«

Gregor hatte aufgeschaut und nicht erkennen lassen, ob es ihn interessierte, was den Gast interessierte.

»... was Sie hierher verschlagen hat?«

Gregor hatte nur mit den Schultern gezuckt und ehe er in die Verlegenheit gekommen war, ihm etwas von »der Liebe« oder einer »guten Gelegenheit« zu erzählen, war Gast B auf seiner BMW hinter der Modellbahn hervorgetuckert und über die Einfahrt auf die Straße gerollt.

»Komischer Typ«, hatte Gregor gesagt und sein Ei gelöffelt. »Redet wenig, aber fragt viel rum.«

Gast A hatte die Augenbrauen hochgezogen.

»Wollte wissen, wo Sie herkommen und was Sie am Brunnen gesucht haben und so.«

Gast A starrte dem anderen nach. »Die Modellbahn«, sagte er dann. »Ist das auch Ihr Ding?«

»Hab ich vom Vorbesitzer übernommen«, sagte Gregor. »Nur die Lok im Garten, die hab ich dann noch dazugekauft. Als Blickfang.«

»Was suchen die Leute eigentlich immer bei dem Signal?«

»Geocacher«, hatte Gregor gesagt. »So eine Art Schatzsuche. Läuft übers Internet.« Er hatte sein Ei ausgelöffelt und war aufgestanden. »Und jetzt entschuldigen Sie mich.«

www.ostsee-zeitung.de
Archiv vom 10.12.2000
Millionenbeute. Maskierte Gangster rauben Euro-Transport aus.

10. Dezember 2000. Unbekannte haben gestern einen Transport auf der Strecke der Usedomer Bäderbahn zwischen Züssow und Bannemin überfallen, mit dem fast eine Million der neuen Euro-Währung, die ab 1. Januar 2001 gilt, in den Landkreis gebracht werden sollten.

Die Lieferung bestand aus nagelneuen Euro-Scheinen in unterschiedlicher Stückelung und war zur Verteilung an die Geldinstitute und im Landkreis bestimmt.

Gregor klickte die Meldungen auf seinem Computermonitor weg und sah über den Bildschirm hinaus in den Abend. Die Sonne war bereits zur Hälfte hinterm Horizont verschwunden.

Aus den Wohnungen war nichts zu hören. Gast ›B‹ war gegen Abend mit seiner BMW zurückgekommen, in seiner knarrenden Lederkombi einmal ums Haus herumgestiefelt und hatte Karl abgefangen, als er gerade die Modellbahn abschloss. So, wie die beiden schon nach fünf Minuten die Köpfe zusammensteckten, hätte man meinen können, dass sie sich schon jahrelang kannten.

Schließlich hatte noch irgendetwas zusammengefaltetes – Gregor tippte auf hundert Euro – beim Handschlag den Besitzer gewechselt und Gast ›B‹ war in seiner Wohnung verschwunden.

Gregor hatte sich den Rest des Kaninchens zum Abendessen gemacht und saß mit einem Glas Wein auf der Terrasse. Vorher war er in den Keller hinuntergegangen und hatte sich zwei Flaschen aus dem Lager geholt und in die Küche auf ihren Platz neben dem Schrank gestellt, damit der Wein sich an die neue Umgebung gewöhnte.

Als die Sonne verschwunden war, ging Gregor hinein und löschte das Licht. Die Wiese hinterm Haus lag im Mondlicht. Die Katze miaute fast zehn Minuten vor der Terrassentür und verdrückte sich schließlich. Dann glitt der Lichtstrahl der Taschenlampe über die Wiese. Von links, vom Eingang der Ferienwohnungen. Wieselte hin und her. Saugte sich am Betonring des Brunnens fest, zuckte wieder zurück.

Eine dunkle Gestalt bewegte sich über die Wiese. Gregor kniff die Augen zusammen. Gast A schlich auf den Brunnen zu, die MagLite in der Linken und die Pistole in der Rechten.

Am Brunnen angekommen leuchtete er die Abdeckung ab, legte Lampe und Waffe weg und machte sich daran, die Stahlplatte zur Seite zu schieben. Weil Gregor wusste, dass das nicht so einfach war, ging er im Dunkeln in die Küche, tastete nach dem Korkenzieher und öffnete eine Flasche Wein. Im schwachen Mondlicht das durchs Fenster fiel, goss er sich ein Glas ein und kehrte leise ins Wohnzimmer zurück. Durch das bodentiefe Fenster sah er, dass Gast A es fast geschafft hatte, die Abdeckung zu entfernen. Endlich fiel die Platte und Gast A leuchtete in den Brunnenschacht. Die Steigeisen und die Markierung, die Karl etwa zwei Meter unter Null auf dem Innenring angebracht hatte, blieben nicht ohne Wirkung.

Gast A nahm seine MagLite und kletterte in den Brunnen.

Gregor schnupperte am Bukett des Weins und gönnte sich einen langen Schluck. Flüssiges Mondlicht, mit einem Hauch Silber im Abgang.

Er wartete eine halbe Stunde und zwei weitere Schlucke Wein, ehe er das Licht anmachte und die Terrassentür öffnete. Die Katze sah ihr Chance und schlüpfte ins Haus, als Gregor über die Wiese zum Brunnen ging. Er beugte sich über den Rand und schaute hinunter. Die beiden Steigeisen, die er so locker montiert hatte, dass sie aus dem Beton brachen, sobald sie belastet wurden, waren verschwunden. Gast A trieb leblos etwa dreieinhalb Meter tief unten im Wasser, das vom ersterbenden Licht der MagLite tief unten aus dem Brunnen beleuchtet wurde. Das Wasser im Brunnen war eiskalt, keiner überlebte das länger als eine Viertelstunde, besonders wenn er verzweifelt versuchte, an der Oberfläche zu bleiben und das letzte feste Steigeisen zu erreichen, das aber unerreichbar über dem Wasserspiegel lag. Um sich mit Rücken und Beinen im Schacht hochzustemmen, hatte die Röhre einen zu großen Durchmesser.

Unten im Wasser verlosch die MagLite und Gregor überlegte, ob er die Abdeckung erst einmal wieder über den Brunnen schieben sollte, bis er Gelegenheit hatte, den Toten zu bergen und am Ende der Wiese beim Holunderbusch zu vergraben.

Noch ehe er zu einem Entschluss kam, legte sich plötzlich von hinten eine Hand auf seinen Mund, ein Arm schlang sich um seinen Hals und er wusste, dass ihm Gast B bei der geringsten Bewegung das Genick brechen würde.

»Ihr wart zu dritt!«, sagte Gast B. Sein Kopf mit den tiefliegenden Augen wirkte im Mondlicht wie ein Geisterschädel. Gregor saß auf dem Boden, an den Brunnen gelehnt, und Gast B stemmte ihm seinen Fuß auf die Brust. Er bekam kaum noch Luft.

Als er nicht antwortete, verstärkte Gast B den Druck mit dem Fuß. Sein schwerer Motorradstiefel wirkte wie ein Felsblock.

»Arndt, Benno und der Tippgeber!«, zischte Gast B. »Arndt und Benno haben die Kohle aus dem Zug geholt. Perfekte

Sache. Halten die Füße still, draußen auf dem Gehöft bei Trassenheide. Können ja noch nix mit der Kohle anfangen, weil die ja erst Silvester in Umlauf kommt. Und dann auf einmal – *bumm*. Wie hast du das gemacht, sag's mir? Benzin?«

Gregor zuckte mit den Schulter. »Keine Ahnung, wovon Sie reden!«

»Keine Ahnung, ja?« Der Druck des Stiefels verstärkte sich. Er kicherte. »Aber ja, du hast keine Ahnung gehabt, dass Benno vorher bei seiner Schwester groß rumgetönt hatte. Was er und Arndt und der Tippgeber für ein tolles Ding am laufen hätten. Millionending ... Du hast bloß Glück gehabt, dass ich da noch die zehn Jahren für den Geldboten abzureißen hatte, den ich in Unna plattgemacht hab. Bennos Schwester hat mir alles erzählt, und ich hab mein Maul gehalten, bis ich jetzt rausgekommen bin.«

»Glückwunsch«, keuchte Gregor und bereute es auch gleich wieder. Aus den Augenwinkeln sah er die Katze scheu über die Wiese schleichen und dann auf einmal in einem Haken davonrasen.

»Ich hab mich umgehört«, zischte Gast B. »Bei den Kumpels von Arndt, mit wem er damals so zusammengehangen hat, vor dem Ding, als er den Aushilfsjob auf dem Bahnhof von Züssow gehabt hat. Und sieh mal an, was hör ich da: so ein Typ, Sperling oder so, aus dem Disponentenbüro. Hatte nach dem Coup die Kripo am Hals, genau wie der Lokführer, aber sie konnten ihm nichts beweisen. Aber wer kauft sich ein paar Jahre nach dem Ding das Haus Sperling?« Gast B spuckte in den Brunnen. »Der da unten war wohl aus Arndts Clique und hat dann auch zwei und zwei zusammengezählt, als er mitgekriegt hat, wie ich rumgefragt habe.« Der Druck des Stiefels wurde jetzt unerträglich. »Also sag mir, wo ist die Kohle? Eine halbe Millionen hat das Haus gekostet, fehlt der Rest!«

Gregor nahm alle Kraft zusammen. »Leck mich!«, keuchte er.

Karl fackelte nicht lange. Gregor hatte gesehen, wie er vom Haus herübergeschlichen gekommen war, und jetzt, als er hinter Gast B stand, versetzte er ihm einen Schlag in die Nieren, der den BMW-Fahrer sofort fällte. Er lag kaum am Boden, als Karl auch schon über ihm war, den Arm um seinen Hals legte und kräftig ruckte. Gast B zuckte noch einmal, ehe er erschlaffte.

Gregor schnappte nach Luft. Karl reichte ihm die Hand und half ihm hoch. Dann warf er einen Blick in den Brunnen und nickte zufrieden.

»Danke!«, krächzte Gregor.

»Kein Problem!«, sagte Karl.

www.ostsee-zeitung.de
Archiv

Millionen-Gangster sterben in Feuer.

Bei den beiden Toten, die nach dem Brand eines alten Gutshofes bei Trassenheide am 18. Dezember in den Trümmern entdeckt wurden, handelt es sich offenbar um die Gangster, die wenige Tage zuvor bei einem Überfall auf einen Geldtransport fast eine Million Euro erbeutet hatten. Das gaben Staatsanwaltschaft und Kriminalpolizei jetzt bekannt. Bei den beiden soll es sich um Berufskriminelle aus den alten Bundesländern handeln. »Offenbar hatten sie sich nach dem Raubzug mit der Beute in dem alten Gutshof versteckt«, erläuterte Staatsanwalt Hartmut Muchtel. »Nach den im Brandschutt gefundenen Waffen und anderen Beweismitteln steht außer Frage, dass es sich um die Gesuchten gehandelt hat.« Auf Fragen nach dem Verbleib der Beute wollte die Staatsanwaltschaft keine Auskunft geben. »Die Ermittlungen konzentrieren sich derzeit auf den Mittäter, der in der Presse »der Tippgeber« genannt wird, sagte Muchtel.

»Danke«, sagte Karl. Er löffelte das Sorbet, das Gregor als Dessert gemacht hatte. Sie saßen auf der Terrasse. Gregor goss ihnen Wein nach. Nachher würde er noch eine Flasche aus dem Keller holen, damit sie sich an die Temperatur im Haus gewöhnte.

Neben der Terrassentür leckte die Katze ihre Fressnapf leer. Gregor hatte ihr eine Dose ihrer Lieblingssorte spendiert.

»Du hast recht, es ist besser ohne Polizei«, meinte Karl und leckte seinen Löffel ab. »Sonst fängt die ganze Fragerei wieder an.«

Das fand Gregor auch. Gast A und Gast B ruhten in der Grube, die sie bei Sonnenaufgang bei den Holunderbüschen am Ende der alten Pferdewiese ausgehoben hatten.

Karl sah ihn an. »Sie haben dich für den Tippgeber für den Überfall gehalten, weil du damals der Disponent warst?«

Gregor nickte. Er nahm einen Schluck Wein. Genoss das Funkeln im Glas. »Deshalb hatte mich die Polizei ja auch damals in Verdacht«, sagte er schließlich. »Und dich, weil du der Lokführer des Zuges warst, der überfallen wurde. Es war absolut klar, dass einer von uns beiden der Tippgeber gewesen sein musste. Außer uns beiden kannte niemand den genauen Fahrplan.« Er lehnte sich zurück und genoss mit geschlossenen Augen die Sonne.

Karl rutschte auf seinem Stuhl hin und her. »Du hast nie gefragt«, meinte er schließlich. »Hast mir alles verpachtet, als ich dich gefragt hab, ob ich hier die Modellbahn machen kann. Und du hast ja auch gesagt, dass irgendwann vielleicht mal solche Typen auftauchen könnten und man da besser vorbereitet ist.«

»Naja«, sagte Gregor langsam. »*Ich* weiß, dass ich *nicht* der Tippgeber war.«

Karl wirkte auf einmal unsicher. Schaute nach links, dann nach rechts. Schwieg. Nahm einen Schluck Wein. Beugte sich schließlich vor. »Hör zu ... ich hab das damals gar nicht richtig gecheckt ... das klang wie Spinnerei, was Arndt und Benno da dauernd von dem Überfall gequatscht haben ...«

»Ist schon okay«, meinte Gregor.

Wieder schwiegen sie eine Weile. »Hast du dich nie gefragt, wo das Geld geblieben ist?«, fragte Karl.

Gregor hob die Schultern. »Wird verbrannt sein. Oder?«

Karls Blick wurde wehmütig. »Ich hab nie einen Euro gesehn. Arndt und Benno hatten sich auf diesem Hof bei Trassenheide verkrochen, und ich hab ihnen noch gesagt, dass sie mit dem alten Kanonenofen vorsichtig sein sollen ... Sie wollten mir erst nach der Euro-Einführung meinen Anteil geben. Damit ich vorher keinen Blödsinn mit der Kohle mache. Aber dann ...«

»*Bumm*!«, machte Gregor leise.

»Schöne Scheiße!«, sagte Karl. »Aber das kann man ja so Typen wie den beiden da drüben nicht begreiflich machen.« Er nickte zu den Holunderbüschen.

»Ich denke, da kommt so bald keiner mehr!«, sagte Gregor. »Ich habe ihre Buchungen nicht in die Bücher genommen. Offiziell waren die nie hier.«

»Meinst du, ich kann das Motorrad von dem einen haben?«, fragte Karl.

Gregor schüttelte den Kopf. »Zu gefährlich. Das kommt in den alten Pferdestall, für die nächsten Jahre.«

Karl nickte schwermütig.

Sie saßen noch eine Weile zusammen, dann räumte Gregor ab und Karl half ihm beim Spülen. Es dämmerte bereits, als Karl endlich ging. Gregor holte eine neue Flasche Wein aus dem Keller.

Sonnenuntergang: 16:22 Uhr / Dämmerung 17:45 Uhr
Gegen Abend holte Gregor eine Flasche Wein von dem Platz in der Küche und nahm sie mit auf die Terrasse. Karl hatte damals nicht bemerkt, wie Gregor ihm nachgefahren war, als er seine Kumpel auf dem Hof in Trassenheide besuchte. Als er die drei dann durchs Fenster drinnen mit den folienverschweißten Geldbündeln sah, war das nur die Bestätigung dafür gewesen, was er ohnehin gewusst hatte. Weil er nicht der Tippgeber gewesen war, war nur Karl, der Lokführer, in Frage gekommen.

Dann später, als Karl weggefahren war und Arndt und Benno sich mit dem Wodka, den er ihnen mitgebracht hatte, den Kopf zugezogen hatten, war es ganz einfach gewesen, sich in den Hof zu schleichen und das Feuer zu legen. Nachdem er die folienverschweißten Banknoten zuvor in den Kofferraum eines Wagens geladen hatte. Knapp eine Million Euro.

Es hatte eine Weile gedauert, bis er jemanden fand, der ihm helfen konnte, das Geld zu waschen. Sebastien war Franzose gewesen; über seine Kontakte zu irgendwelchen Korsen hatte er Gregors Bargeld bei einer diskreten Bank verschwinden lassen können, um dann die halbe Million, die er brauchte, um Haus Sperling zu kaufen, später mit ein paar halbseidenen Dokumenten per Banküberweisung als ›Erbe‹ von Gregors französischem Onkel wieder auftauchen zu lassen.

Zwanzig Prozent Provision hatte Gregor das gekostet. »Und für den Rest«, hatte Sebastien gesagt, »kann ich dir ein absolut diskretes Anlagemodell empfehlen …«

Der Rest, das waren fast 300.000 Euro, die an Sebastiens Cousin oder Neffen gegangen waren, einem Weinhändler bei Bordeaux, für eine Subskription. Seitdem kamen einmal im Jahr eine Lieferung mit hundert oder hundertfünfzig Flaschen – Chauteaux Lafite oder Le Pin oder teure Rieslinge von der Mosel. Gregor betrachtete das Etikett der Flasche, die geholt hatte. Eine 2009er Egon Müller Scharzhofberger Trockenbeerenauslese. Im Internet hatte er irgendetwas von dreitausend Euro pro Flasche gelesen, und in fünf oder zehn Jahren konnte sie gut und gern das doppelte wert sein. Er goss sich ein Glas ein und genoss einen Schluck flüssiges Gold.

Carsten Klemann

Mädchen von der Mosel

Nun ist sie ja meine Schwester und natürlich helfe ich in der Not, wie ich immer geholfen habe. Trotz des Vorsatzes, nie wieder an die Mosel zurückzukehren, dem ich in all den Jahren nur sehr selten untreu geworden bin. Die Menschen hier im Norden bekommen leuchtende Augen, wenn sie von meiner Herkunft erfahren. Sie denken an Weinberge, an denen sich ein romantischer Fluss vorbeischlängelt, an fröhliche Winzerabende und römische Ruinen. Für mich hat sich die Schönheit dieser Landschaft, die ich einst selbst empfand, in etwas Düsteres und Abschreckendes verwandelt. Wie Wein, der vergiftet wurde.

Meine Schwester nimmt alles einfach hin. Wir sind sehr verschieden, verschiedener als man es bei zwei Mädchen für möglich halten würde, die im selben Haus in einem kleinen Ort aufwuchsen. Gut, Charlotte ist acht Jahre älter, aber das kann nicht alles erklären.

Sie blieb als Einzige dort, als meine Eltern mit mir damals aus dem Moseltal wegzogen. Seither hat sie die Gegend zwischen Bernkastel-Kues und Traben-Trarbach kaum je verlassen. Ob sie jemals einen Mann geküsst hat, wage ich zu bezweifeln. Charlotte scheint kaum etwas anderes im Kopf zu haben als ihre Pflichten in der Gemeinde und in *Willy's Fischlokal*. Für einen Hungerlohn serviert sie sechs Tage in der Woche Schuppenzeug und ist dem Wirt noch dankbar, weil er sie in der kleinen Dachkammer wohnen lässt. Wunderbare Idee von ihm, seine Kellnerin und Putze stets in Rufnähe zu haben. Aber damit ist es nun ja vorbei. Gestern rief Charlotte weinend an: »Ich weiß nicht, wie ich anfangen soll.«

»Ja, was ist denn?«, säuselte ich. »Mir kannst du alles sagen.«

Schnief, schnief, machte sie. »Ja also, der Willy ist tot.«

»Oh, das tut mir aber leid.«

Natürlich tat mir nicht dieser Willy leid, sondern Charlotte. Sie hatte doch nichts als ihre Gewohnheiten. Welches andere Lokal würde die Dienste einer Kellnerin mit schleppendem Gang und tranigem Blick, kurz, die Dienste meiner Schwester in Anspruch nehmen? Es würde ihr nichts übrigbleiben, als etwas völlig Neues anzufangen. Ich fand das gut, aber ich verstand ihre Angst.

»Das ist noch nicht alles«, sagte sie.

»Und?«

»Er hat mich in sein Testament eingesetzt.«

Der alte Willy hatte ihr das Fischlokal am Rande Traben-Trarbachs, das ganze uralte Haus am Moselufer vermacht! Jetzt war mir nach einem Glas Sekt, denn man konnte doch sagen, dass Charlotte beglückt worden war. Und es war ja auch möglich, dass sie ihren neuen Reichtum mit der Zeit zu schätzen lernte.

»Trotz der Trauer«, sagte ich daher vorsichtig zu Charlotte, »dies ist keine schlechte Nachricht ...«

»Ich weiß nicht mehr, was ich tun soll!«, krähte sie wehleidig. »Die Leute, die Fragen. Ich will mir morgens nach dem Aufwachen nur noch die Decke übern Kopf ziehen.«

»Lehn dich doch erst einmal zurück und lass auf dich wirken, dass du Hausbesitzerin bist.«

»Das will ich nicht! Ich will es so schnell wie möglich loswerden. Aber die Leute reden mich schwindelig und ich habe doch keine Ahnung von solchen Geschäften.«

Ich hörte zu atmen auf. Die Vorstellung, dass meine Schwester selbständig ein Haus verkaufte, war wie Nägellackieren mit Fausthandschuhen. »Ich komme sofort!« Charlotte hatte natürlich versäumt mir zu erzählen, dass Willy keines natürlichen Todes gestorben war.

Das Bild vergesse ich nie: Pfarrer Gerhart und Polizist Berger in Charlottes schmaler Küche. Vor den kleinen Dachfenstern sah man, wie sich Frachtkähne über die Mosel schoben. Auf dem Ufer gegenüber erhob sich ein Ungetüm von Berg, der mit Reben dicht bepflanzt war, an vielen Stellen aber auch steiles Schiefergestein zeigte, als sei es seine nackte Haut. Die Sonne prallte auf die Pflanzungen und auch in Charlottes Kammer war es unangenehm heiß.

Sie war hinausgegangen, um nach einer besonderen Flasche zu suchen. Beide Männer reckten die Hälse zur Tür, ängstlich lauschend, ob sie auch ja noch nicht wieder in Hörweite war.

»Sie ist so mitgenommen«, flüsterte der Pfarrer, »sie darf auf keinen Fall erfahren, wie Willy genau umkam.«

»Hat er sich an einer Fischgräte verschluckt?«, fragte ich.

»Zum Glück hat nicht sie ihn entdeckt«, fuhr der Pfarrer fort. »Wobei ich auch nur gehört habe, dass ...« Er nickte dem Polizisten zu, der nun das Wort ergriff.

»Das hat ein so gläubiger Mensch nicht verdient: Jemand tauchte Willys Glatzkopf in den Kessel mit siedender Fischsuppe. Darin ist er von uns gegangen. Nur sein Hinterkopf ragte noch heraus, als wir ihn fanden. Dass Willy in der Suppe noch lange weiterköchelte, ist schlimm, doch merkte er davon nichts mehr.«

Ich tastete nach einem Küchenstuhl und die Herren schoben ihn beflissen heran. Ich kannte sie gut aus alten Tagen, vom Religionsunterricht, der Verkehrserziehung, Besuchen im einstigen Weingut meiner Eltern. Es war klein gewesen, aber die Lage gut. Irgendwann wäre die harte Arbeit meiner Eltern belohnt worden, wenn man sie gelassen hätte.

»Ich werde nicht ohnmächtig«, sagte ich. »Wer hat das getan?«

»Noch unbekannt. Hat sich den Safeschlüssel geschnappt, den Willy immer in seiner Hemdtasche trug, und ist mit einer unbestimmten Menge Geld geflüchtet.«

»Zum Glück nicht mit dem Testament«, meinte der Pfarrer. Lauter fuhr er fort: »Zum großen Glück für unsere Charlotte hier. Ich weiß, sie wird die Kirche so großmütig unterstützen, wie Willy es getan hat.«

Die ernsten Gesichter der beiden wechselten zu bübischer Fröhlichkeit, als meine Schwester wieder in der Tür erschien. Sie ließen sich zu einem ›Abschiedsschluck‹ überreden, einer süßen Auslese. Ich lehnte dankend ab, ich hatte mich im Norden an trockene Weine gewöhnt. Als Charlotte mit dem Pfarrer über ein Gemeindeproblem debattierte, fragte ich Berger leise: »Ist der Täter über alle Berge?«

»Die Jungs von der Kripo glauben das – ich aber nicht! Willy muss den Täter doch reingelassen haben nach Geschäftsschluss, als er die Suppe für den nächsten Tag kochte. Der Mörder wusste, wo der Safe ist. Sogar das Versteck von dem Schlüssel kannte er!«

Ich schluckte. »Der Mörder ist unter uns?«

»Ich glaube es fest. Und Willys Kopf wird ihn überführen.«

Ich konnte nicht mehr nachfragen, was er damit meinte, denn Charlotte unterbrach uns: »Und nun muss ich wieder an mein Tagwerk gehen!«

Die Männer verließen die Wohnung schließlich unter fröhlichem Gemurmel. Es klang, als sei ein neuer Erdenbürger auf die Welt gekommen, statt ein alter grausam ermordet worden.

»Da habe ich aber wie auf heißen Kohlen gesessen, dass die beiden Herren endlich das Weite suchen«, meinte Charlotte.

Sie nahm ihr noch fast volles Glas und kippte es herunter. Ich betrachtete sie nachdenklich: »Geht es dir nicht gut? Das ist verständlich.«

»Die Würdenträger müssen ja nicht alles anhören. Gleich kommt Besuch, den ich dir unbedingt vorstellen will: Herr Bowender. Ein unglaublicher Mann. Und so nett! Er wurde mir von der Bank empfohlen!«, erklärte Charlotte. »Wegen dem Hausverkauf.«

Als es an der Tür klingelte, bat sie mich zu öffnen und holte Tortenstücke aus dem Schrank, die sie den beiden anderen Herren vorenthalten hatte.

Ihre Betriebsamkeit versetzte mich in schlechte Stimmung. Was wollte dieser Unbekannte ausgerechnet heute? Warum schickte Charlotte ihre alten Vertrauten wegen ihm fort? Woher rührte ihre plötzliche Erregung, die überhaupt nicht typisch für sie war? Ich sah Probleme heraufziehen.

Der Besucher war schon fast oben, als ich aufmachte. Das zeugte von seiner Kondition. Überrascht von seinem Anblick, trat ich einen Schritt zurück, damit mehr Licht aus der Wohnung auf ihn fiel. Da eilte schon Charlotte heran und die beiden tauschten Wangenküsse aus.

Herr Bowender besaß ein feines Gesicht mit Lippen, die weder zu schmal noch zu wulstig waren. Wie konnte ein Mann gleichzeitig so klug, träumerisch und teilnahmsvoll aus seinen Augen schauen?! Er lächelte mich warmherzig und ein wenig schüchtern an, dann sagte er etwas mit einer angenehm jungenhaft klingenden Stimme. Obwohl Bowender sicher nicht mehr unter fünfzig war. Charlotte war fünfundvierzig und ich siebenunddreißig. Wie wir aber schrill mit den Kaffeelöffeln klapperten und lachten, hätten wir Sechzehnährige im Eiscafé sein können.

Leider zeichnete er ein recht düsteres Bild vom Immobilienmarkt. Es sei schwierig, Objekte an der Mosel zu verkaufen. Er würde es aber schon irgendwie schaffen.

»Gut vorausdenken – darauf kommt es an. Jeder Verkaufserlös ist nur so viel wert wie das, was man aus ihm macht.«

Herr Bowender legte Broschüren mit Farbfotos von Wolkenkratzern, Industrieanlagen, Schiffen und Einkaufszentren auf den Tisch und erklärte, dass in Zeiten niedriger Zinsen leider oft nur die Banken Geld verdienen würden.

»Außer, man umgeht diese Geldvernichtungsmaschinen der kleinen Leute und beteiligt sich direkt an lukrativen Projekten.« Er deutete auf das Bild einer Brücke. »Dank meiner Kontakte ist dies für Sie möglich. Direkte Beteiligung an einem einzigartigen Brückenbauprojekt. Mit Renditen um zehn Prozent im Jahr.«

Meine Schwester und ich hörten seinem Singsang über geschlossene Fonds und Gläubiger zweiten Ranges zu und begriffen immer weniger. »Es macht nichts, wenn ich Sie jetzt nicht überzeugen kann«, erklärte er einfühlsam. »Aber falls Sie das Haus verkaufen wollen – was vernünftig wäre – würde das Erbe noch einmal vergoldet werden.«

»Naja, man ist inzwischen skeptisch, wenn das schnelle Geld versprochen wird«, sagte ich.

»Sehr gut! Hervorragend. Ich wünsche mir sowieso nur kritische Kunden. Aber bedenken Sie: Sie beteiligen sich an der Arbeit von Menschen, die wirklich etwas schaffen. Das ist keine heiße Luft.«

Da spürte ich ein kribbelndes Gefühl, als Herr Bowender das sagte. Meine Eltern wollten damals auch etwas erschaffen, aber die Banken, denen sie jahrzehntelang ihr Erspartes anvertraut hatten, gaben ihnen keinen Kredit. Das war die Stunde scheinbar guter Bekannter, die zwar halfen bei der Anschaffung dringend nötiger Maschinen, aber zu genau festgelegten Bedingungen. Das Ende vom Lied war die gerichtliche Zwangsvollstreckung des gesamten Weingutes.

Bowender blätterte in grünen Seiten mit vielen Paragraphen und Zeilen, auf denen man unterschreiben musste. »Es handelt sich um eine Mischung aus Fremd- und Eigenkapital bei zweitrangiger Schuld. Ich gehe mit Ihnen die wichtigen Punkte durch.«

Meine Schwester fing plötzlich an, das Geschirr abzuräumen.

»Herr Bowender«, sagte sie mit zitternder Stimme, »ich habe immer zu sparen versucht und mich über jede Zinszahlung gefreut, wenn mein Geld ehrlich für mich arbeiten konnte. Von zweitrangiger Schuld habe ich aber noch nie etwas gehört. Und es klingt nicht so, als wollte ich mehr darüber wissen!«

»Sie zu verunsichern, ist das Letzte, was ich mir wünsche.« Bowender erhob sich, die Hand auf seinem Herzen und in seinen Augen einen Ausdruck von Traurigkeit, der mich zutiefst rührte. Ich spürte, dass meine Schwester genauso empfand. Es hinderte sie nicht, ihm die Prospekte mit den Worten in die Hand zu drücken: »Sie finden bestimmt einen anderen Dummen.«

Natürlich schlief ich nicht mit Charlotte in ihrer engen Kammer, sondern wohnte im Hotel. Der Mord an Willy war überall ein beliebtes Gesprächsthema, zumal der Täter nach wie vor nicht erwischt worden war. Auf meinen Spaziergängen an den Ufern von Traben-Trarbach begleitete mich Polizist Berger gern einige Schritte und erzählte mir raunend vom Stand der Dinge. »Ihnen kann ich es ja sagen. Sie haben Besseres zu tun, als zu klatschen und Unsinn zu verbreiten. Wir wollen ja nicht die Touristen vertreiben, weil einige glauben, hier könne so etwas nicht passieren – aber wenn es passierte, stünde der Weltuntergang bevor!«

Mit dem gestutzten Bart, der wettergegerbten stumpfen Nase und dem Schmerbauch unterschied er sich nicht von zahllosen Besuchern, die uns auf der Promenade entgegenströmten. Ich konnte sie mir alle gut zusammen beim Schunkeln in einer Weinschenke vorstellen.

»Die Leute gehen zwar zu den Trauerfeiern, lauschen ihrem Pfarrer und stellen Blumen auf die Gräber, aber wissen, was der Tod ist, das wollen sie nicht«, erklärte er, als wir die Treppe zur schmucken Brücke hinaufgingen, die Traben und Trarbach verbindet. Als ich dann da oben stand und um mich blickte, sah ich all diese herrschaftlichen Villen, die von vielen Leuten fotografiert wurden, und spürte eine große Traurigkeit und Leere. Es kam mir vor, als würde niemand hinter den phantasievollen Jugendstilfassaden wohnen, allenfalls Geister. Ich riss mich von dem Anblick los und hoffte, dass mich der Blick auf die Mosel erfreuen könnte. Doch ich sah nur Wasser, das sich plump durch die Landschaft wälzte.

Der Polizist war in Schweigen verfallen. Wovon hatte er noch geredet? Ach ja, der Tod und der Mord und irgendwelche Erkenntnisse.

»Was gibt's denn Neues?«, fragte ich.

»Am Tatort lag ein Briefumschlag unterm Tisch. Nun, Willy war nicht sehr ordentlich und überall lag viel herum. Ich glaube aber fest, dass der Verfasser der Täter ist.«

»Und wieso?«

»Da wird übel über den Willy geschimpft. Der eigentliche Anlass wird nicht klar. Aber ich wette, der Verfasser ist der Mörder. Er ist die Person, die Willys Kopf in die heiße Suppe gedrückt und Fingerabdrücke auf seiner Hinterkopfglatze hinterlassen hat.«

»Auf seiner Glatze?«

»Auch auf der Haut einer Leiche lassen sich Fingerspuren nachweisen. Vor allem, wenn der Mörder fest gedrückt hat. Das haben die Kripowissenschaftler erst jüngst exakt untersucht.«

»Ja, dann habt ihr doch den Mörder!«

Er sah mich verständnislos an.

»Nein, auf dem Brief steht kein Name. Und die Fingerabdrücke finden sich in keiner Verbrecherkartei. Aber so Unrecht haben Sie nicht. Wir bräuchten nur die Finger von allen Moselanern untersuchen und der Mörder wäre überführt. Unsere Oberen meinen aber, wir können kaum alle herbitten wegen einer fixen Idee. Ich habe eine bessere.«

»Ach!« Ich blieb stehen und schaute verblüfft in seine strahlenden Augen. Da schien ein Feuer in ihm zu lodern, das ich dem Mann nicht zugetraut hätte. Er tippte sich zum Zeichen, dass er Köpfchen hatte, an dasselbe. »Wenn der Mörder ein guter Bekannter war, ist es leicht, die Schrift auf dem gefundenen Dokument zu vergleichen. Denn alle, die sich gut kennen, besuchen einander auf ihren Beerdigungen. Und verewigen sich in den Kondolenzbüchern. Wahrscheinlich war Willys Mörder sogar bei Willys Begräbnis dabei und hat Trauer geheuchelt. Und sich ins Kondolenzbuch eingetragen.«

»Sie sind genial«, sagte ich und in diesem Moment meinte ich es auch. »Was hindert Sie noch?«

»Meine Vorgesetzten haben mir nicht einmal richtig zugehört! Niemand außer mir interessiert sich für das Kondolenzbuch. Der Pfarrer hat es, denn in Willys Kirchenspenden war seine Beerdigung praktisch enthalten. Angehörige hatte er ja keine mehr. Der Pfarrer ist in Trier. Wenn er zurück ist, hole ich mir den Mörder.«

»Und wie?«

»In eigener Regie! Jetzt will ich auch die Lorbeeren. Ich gehe zum Verdächtigen, bringe ihn dazu, was aufzuschreiben, wo dann gleich auch die Fingerabdrücke dabei sind. Und bekomme später ein Geständnis, bei dem meine Vorgesetzten auf den Allerwertesten fallen. Wäre schön, wenn Sie darüber schweigen.« Er zwinkerte mir zu. »Ihnen darf ich es ja verraten. Sie waren seit zehn Jahren auf keiner Beerdigung an der Mosel mehr.«

»Allerdings. Und ich verzichte auch auf künftige.«

»Ach – Sie verlassen uns?«

»Vorübergehend. Ich habe zu Hause einige Angelegenheiten zu regeln. Aber hier ist auch noch viel zu tun. Ich beehre die Mosel so bald wie möglich wieder.«

»Ich freue mich. Aber immer daran denken ...« Er legte den Zeigefinder bedeutungsvoll gegen seine Lippen.

Natürlich lasse ich mir nicht von der Polizei vorschreiben, wem ich was erzähle. Wobei ich noch so freundlich war, lediglich meine Schwester in Bergers haarsträubende Ermittlungsmethoden einzuweihen. Die schaute dabei nicht einmal von ihrer Suppe auf. Am nächsten Morgen brach ich auf nach Hause und war erst eine Woche später zurück an der Mosel ...

»Das kann doch nicht dein Ernst sein!«, rief ich. »Da lasse ich dich nur ein paar Tage allein ...«

Meine Schwester zog den Kopf ein, als müsste sie einen kräftigen Wind aushalten. Aber sie wollte ihn aushalten.

»Es ist schon alles unter Dach und Fach. Und ich bin froh darüber. Ich habe auch schon eine neue Wohnung in Bernkastel.«

»Aber der Preis ist ein absoluter Witz für ein Objekt in der Lage!«

»Herrn Bowender vertraue ich. Er kennt den Markt.«

»Ach ja? Wie viele Interessenten hat er denn eingeladen? In welchen überregionalen Zeitungen inseriert?« Sie hatte das Haus für läppische 200.000 Euro losgeschlagen.

»Das braucht Herr Bowender nicht. Er hat einen guten Kundenstamm.«

Jetzt wurde mir einiges klar. Dieser Finanzberater hatte einem Kumpel das Haus zum Spottpreis verkauft, dafür von ihm eine Extra-Provision kassiert und perfekt beiden in die Tasche gewirtschaftet. Nur meiner Schwester nicht, der Melkkuh. Zumindest hatte sie nichts dagegen, dass ich ihn anrief. Mit seiner samtweichen Stimme lud er mich ins Café ein. Glaubte Bowender, er könne mich ebenfalls einwickeln?

»Lassen Sie uns einfach in Ruhe darüber sprechen«, sagte er. »Sprechen hat schon immer geholfen.« Er räusperte sich und setzte hinzu: »Vielleicht nächste Woche nach der Beerdigung?«

»Welcher Beerdigung?«

»Von Polizist Berger. Sind Sie nicht dabei?«

Ich schluckte. »Ich gehe an der Mosel auf keine Beerdigungen.«

»Ein furchtbarer Tod.«

»Wo sehen wir uns?«

Versonnen betrachtete Bowender die Tasse, in der er herumrührte. Entweder freute er sich auf den heißen Kaffee oder er genoss seine eigenen Worte, mit denen er haarklein schilderte, wie der Beamte ums Leben gekommen war.

»Was treibt er sich zu so später Stunde bei den Schiffsanlegern herum? Nicht mehr ganz nüchtern nach den süffigen Rieslingen. Außerhalb der Dienstzeit, gut. Aber an einem so feuchten windigen Tag – da rutscht man leicht aus.«

Wir saßen in einem Café an der Bahnstraße. Laut donnerten Campingmobile und Lieferwagen irgendwelcher Weingüter an uns vorbei.

»Man rutscht also aus, stößt sich den Kopf und hat das Glück, lediglich das Bewusstsein zu verlieren.« Bowender nahm einen großen Bissen von seiner Torte und ich stocherte in meinem Streuselkuchen. »Man könnte gerettet werden, nun gut, aber zu der Stunde und mit Promille im Blut ertrinkt man eher. So wie geschehen!«

Die Art, wie er gleichzeitig Lippen und Augenbrauen bewegte war irgendwie ... süß. Ich konnte nichts dafür, ich hörte Herrn Bowender einfach gerne zu, schaute ihn gerne an.

»Wir hätten also einen Toten haben können, mit dem der Bestatter nicht viel Arbeit hat. Aber wer rechnet damit, dass viel zu früh am Morgen eine Schiffschraube ausgerechnet die Stelle durchpflügt, wo sein lebloser Körper schwimmt und zum Schluss alles aussieht wie nach der Frischfleischfütterung im Haifischbecken?«

»Er war auf der Spur von Willys Mörder«, sagte ich. »Vielleicht hat der ihn ...?«

Bowender kicherte. »Das wäre ja noch schöner!«

Aus dem Nachmittag mit ihm wurde ein Abend. Wir spazierten über die Moselbrücke und durch die verschwiegenen, dörflich anmutenden Gassen von Traben. Endlich mal ein Ort, wo ich mich wohl fühlte. Bowender erzählte von seinen Finanzkonstruktionen. Nachdem ich ihm unablässig Vorwürfe wegen dem zu billig verkauften Haus gemacht hatte, erklärte er, nicht die Höhe des Preises sei entscheidend, sondern die Marktlage. Sei Baumwolle billig, aber Kuchen begehrt, könne es vorteilhaft sein, die Baumwolle zu verkaufen, um Mehl zu erstehen. Damit konnte er Recht haben, auch wenn ich noch länger darüber nachdenken müsste.

Als ein Rebenfeld auftauchte, kraxelte Bowender einfach über die Mauer und verschwand zwischen den Weinstöcken.

Triumphierend hielt er kurz darauf einen Zweig mit klitzekleinen Beeren in der Hand. Wir probierten von den noch viel zu sauren Reben und verzogen gleichzeitig die Gesichter. So was hatte ich seit Jahren nicht mehr gemacht. Und dann, ich gestehe es einfach, haben wir uns geküsst. Etwas an ihm reizte mich, vielleicht sah ich auch einige Ähnlichkeiten zwischen mir und ihm, die ich nicht oft antreffe. Tatsächlich hatte ich auch lange keinen Mann mehr geküsst.

Natürlich half ich Schwesterherz beim Umzug. Viel gab es ja nicht zu tun. Sie wohnte wieder unterm Dach, wenn auch auf etwas größerer Fläche und mit Ausblick auf den Doctor-Weinberg. Nach getaner Arbeit wanderten wir den berühmten Spazierweg hoch, auf dem man über die Weinberge bis nach Traben-Trarbach kam.

»Es war vielleicht doch richtig«, erklärte ich.

»Was war richtig?«

»Das Haus zügig zu verkaufen. Du erinnerst dich an Bowenders Vorschläge zur Anlage des Geldes. Die Brücke.«

»Damit will ich nichts zu tun haben!«

»Das ist eine kluge Entscheidung normalerweise. Aber manchmal muss man vielleicht die Baumwolle verkaufen, um Kuchen zu backen.«

»Oh, Gott!«, entfuhr es meiner Schwester. Ihr Kiefer klappte herunter und ich folgte ihrem Blick. Das sah tatsächlich gefährlich aus! An der nächsten Biegung, direkt am Wegesrand, war eine alte, mannshohe Steinmauer halb in sich zusammengebrochen. Daneben ging es steil bergab. Schieferplatten hingen wie lose im Wind und wehe dem, der hier unglücklich abrutschte.

»So schlimm sah das bei meinem letzten Besuch aber noch nicht aus«, meinte Charlotte.

Wir gingen weiter. »Ich habe mit Herrn Bowender gesprochen«, erzählte ich.

Sie seufzte.

»Er scheint ein vernünftiger Mann zu sein. Willys Haus hat zwar eine gute Lage, steht aber unter Denkmalschutz und man muss viel Geld reinstecken. Jedes Jahr. Außerdem eignet es sich eher als Spelunke für Stammzecher, statt als gemütliches Wohnhaus für dich.«

»Aber ich habe doch eine neue Wohnung.«

»Ich meine«, fuhr ich fort. »Wer weiß, mit wem du noch alles zusammenlebst, wenn du Geld hast, eine Familie gründest ...«

»Oh Gott!«

»Du solltest ein eigenes bequemes Haus mit nicht zu vielen Treppen haben. Wo deine Schwester dich auch mal besuchen und längere Zeit verbringen kann, statt im Hotel wohnen zu müssen.«

»Daran habe ich noch gar nicht gedacht.«

»Siehst du. Mit Bowenders Finanzidee ist jedes Jahr eine Rendite von zehn Prozent möglich. In fünf Jahren fünfzig Prozent Gewinn! Damit lässt sich aus dem Vollen schöpfen. Vielleicht ziehe ich auch einmal wieder hierher. Wenn es wieder ein passables Anwesen in Familienbesitz gibt.«

Eine Weile hörten wir nur unsere Schritte und den Wind.

Was gibt es Schöneres, als mitten in der Nacht nackt am großen dunklen Fenster zu stehen, ohne dass mich jemand sieht? Tief unten fließt die Mosel und auf den bewaldeten Bergrücken der anderen Uferseite zeichnen sich die Umrisse der Ruine Grevenburg im Dunst ab. Ich gehe auf den Balkon und fürchte immer noch keine unwillkommenen Blicke. Die Sterne werden von tiefhängenden Wolken verdeckt, aber die Luft ist schwülwarm. Trabens Lichter schimmern friedlich über den Fluss herüber, während ich auf meiner Trarbacher Uferseite die Stimmen einiger ausgelassener Zecher höre, die ich sehen könnte, wenn ich mich über den Balkon beugen würde. Tue ich aber nicht.

Ich fühle mich glücklich, wie lange nicht in meinem Leben, und als hätte er meine Gedanken geahnt, kommt Bowender auch auf den Balkon, stellt sich hinter mich und umarmt meinen Körper. Ich hatte schon befürchtet, er sei endgültig erschöpft gewesen und dem Schlaf nahe, nachdem wir sieben Male – in solchen Dingen bin ich genau – Anlauf zur Glückseligkeit genommen hatten. Alles würde gut werden.

Bowender hatte noch einmal mit meiner Schwester gesprochen und inzwischen hatte sie die Verträge für die Geldanlage unterschrieben. Ich plädierte nicht nur wegen der Rendite dafür. Ich wollte mit diesem Mann an einem Strang ziehen. Seine Ideen erfüllten die Mosel für mich mit neuem Sinn und mich begeisterte die Vorstellung, bald wieder in meiner alten Heimat zu wohnen. Wer hätte das gedacht?

Nach dem Frühstück gingen wir zur Fähre, die uns nach Bernkastel-Kues bringen sollte. Später, nachdem wir von den Weinbergen die Aussicht auf das Moseltal genossen hatten, wollten wir Charlotte besuchen. Sie war zu solchen Vergnügungen derzeit nicht fähig.

An Deck war es wegen des windigen und wolkenverhangenen Wetters leer. Auch in Bernkastel erwärmten sich die Leute lieber in den Weinstuben, statt durch die Gassen zu schlendern. Es war herrlich, mit Bowender durch die Mittelaltergassen zu spazieren. Fachwerk, Brunnen und Kirchlein, die für mich lange Zeit nichts als eine Puppenstubenwelt dargestellt hatten, eine Lüge für Touristen, sah ich plötzlich gerne an. Wir gingen hinauf Richtung Weinberge. Jäh blitzten Reben und blauer Himmel zwischen den Häusern auf.

Ich konnte die Atmosphäre umso mehr genießen, da Bowender plötzlich wichtige Anrufe auf sein Handy bekam und sich nur noch im Schneckentempo vorwärts bewegte. Wir hatten schon fast den Ortsrand erreicht, als er endlich sein Handy einsteckte und ich meiner Freude einfach Ausdruck verleihen musste. Zugleich hatte ich das Gefühl, etwas Verbotenes zu tun. Warum eigentlich? Ich umschlang seinen Hals mit beiden Armen und küsste seinen Mund. Küsste, küsste und küsste ihn. Zuerst wirkte Bowender überrascht und fast widerspenstig. Als er merkte, dass Widerstand zwecklos war, gab er sich mir hin. Meinen Lippen, meinen Zähnen, meiner Zunge.

»Puuh, hahaha«, lachte Bowender, als wir uns voneinander lösten. Plötzlich stapfte er in hohem Tempo vorwärts, was sonst nicht seine Art war. Mehrmals blieb er auf dem Weg in die Weinberge stehen, legte den Kopf in den Nacken und seufzte.

»Ist etwas mit dir?«, wollte ich außer Atem wissen.

»Wenn nur mit mir etwas wäre, das würde ich gerne tragen. Wenn ich der Leidtragende wäre. Das wäre nicht so schlimm.«

»Aber wer trägt denn das Leid?«

»Deine Schwester«, antwortete er wie aus der Pistole geschossen.

»Ich verstehe nicht.«

»Der Brückeninvestor hat Insolvenz angemeldet. Dummerweise erst, nachdem wir Charlottes Geld überwiesen haben!«

Mein Herz blieb fast stehen. »Er soll es zurück überweisen!«

»Das geht nicht. Wir sind sogenannte nachrangige Schuldner. Zuerst bekommen alle anderen ihr Geld. Ich hätte nie mit Problemen gerechnet. Ich habe ja selbst mein halbes Vermögen in diese Anlage gesteckt.« Bowender mimte den Zerknirschten und wollte nach meiner Hand greifen. Ich zog sie weg.

»Keine Sorge, das ist nur eine Durststrecke«, redete er weiter. »Das Geschäftsmodell ist intakt. Es wird eine Auffanggesellschaft geben, wir schießen ein paar Euro nach und haben im schlimmsten Fall ein paar Renditeprozente weniger ...«

Ich würde es meiner Schwester beibringen müssen. Ich schätze, darauf hoffte Bowender auch. Sie war noch ganz perplex wegen dem Tod vom Pfarrer. Durfte ich ihr die schlimme Nachricht mit der Insolvenz überhaupt auch noch erzählen? Naja, das würde sie vielleicht sogar ablenken von der quälenden Vorstellung, wie der Pfarrer nach dem ersten Besuch in ihrer neuen Wohnung die Treppe heruntergeknallt war. Der Notarzt hatte nichts mehr tun können. Charlotte stand total unter Schock und brachte kein Wort mehr heraus. In einer Stunde war ihre nächste Beruhigungspille fällig.

Ich bat Bowender, nein befahl ihm, mir nicht zu folgen, bevor ich kehrtmachte. Er brauchte ja nur geradeaus zwischen den Weinbergen zu wandern, um wieder nach Traben-Trarbach zu gelangen. Ich eilte zu Charlottes Wohnung. Zu meiner Überraschung war sie ausgegangen und ihr Handy abgeschaltet. Der Himmel zog sich immer mehr zusammen. Ich verdrückte mich in ein Café, von wo aus ich nun alle fünf Minuten Charlottes Nummer wählte. Nichts! Die nette Wirtin erlaubte mir schließlich, ihr Internet zu benutzen, wo ich nach jenem Bauinvestor suchte. Anlegerschützer warnten seit Jahren schon vor seinem Geschäftsmodell. Davon hatte Bowender überhaupt nichts erzählt!

Als Charlotte sich endlich meldete, regnete es in Strömen. Sie wirkte völlig verstört und es dauerte seine Zeit, bis ich aus ihr heraushatte, dass sie über den Doctor-Weinberg gelaufen war und sich jetzt irgendwo untergestellt hatte.

»Bei dem Wetter gehst du spazieren!«, entfuhr es mir, bevor ich mir in Erinnerung rief, dass sie zurzeit noch gestörter war als sowieso üblich. »Bleib, wo du bist! Ich komme sofort.«

Ich rannte wie wild los und musste die ganze Zeit an Bowender denken. Natürlich würde ich ihm verzeihen, ich liebte ihn, und er mich auch. Aber ab jetzt durfte er nichts mehr tun, ohne mich zu fragen!

Wo war Charlotte bloß? Ich wandte den Kopf hin und her, sah aber nur Reben im Regen. Immer tiefer tauchte ich in die Einsamkeit des Weinbergs ein. Niemand interessierte sich für Charlotte, mich und die kleinen Trauben.

Endlich wankte sie mir auf der ausgewaschenen Piste entgegen. Völlig durchnässt, ein Bild des Jammers. Wie ich. Ich legte meinen Arm um sie und schob sie voran, obwohl ich selbst kaum mehr konnte.

»Es musste so kommen«, sagte Charlotte mit schwacher Stimme.

Wusste sie etwa schon etwas? »Es ist schlimm«, sagte ich vorsichtig. »Aber wir werden einen Weg finden.«

»Du hast keinen Grund, den Moralapostel zu spielen!«, prustete Charlotte heraus.

»Ich entschuldige nichts. Aber ich werfe auch nicht den ersten Stein.«

Charlotte lachte scharf auf. »Warum hast du den Pfarrer umgebracht?«

»Wie bitte?!« Zum Glück waren keine anderen Spaziergänger auf den glitschigen Pfaden unterwegs. »Ach, der Schock und die Beruhigungsmittel.«

»Ich habe es genau gesehen. Es war volle Absicht!«

Ihre Augen betrachteten mich kühl und entschlossen. Ich überlegte blitzschnell. Entweder sie würde mit mir an einem Strang ziehen. Oder sie würde auch dran glauben müssen. Die Gelegenheit war günstig.

»Weil wir sonst in Mordverdacht gekommen wären«, sagte ich.

»Wir?!«

Ich schaute zu, wie meine guten Schuhe verschlammten und suchte nach Worten. Es fiel mir schwer über die Dinge zu sprechen, die wir seit Jahrzehnten unterdrückten.

»Ich habe mich immer gefragt, wie du als einzige aus unserer Familie damals an der Mosel bleiben konntest«, fing ich an. »Ich stellte mir vor, dir sei alles egal. Dann fand ich die Briefe, die du vor vielen Jahren aus Traben-Trarbach an unsere Eltern schriebst. Deine Versuche, das Weingut doch noch zu retten. Die Bitten an Willy, die Schulden auszusetzen. Ich war ja noch ein Kind und wusste zuvor nicht, dass er der Hauptverantwortliche war! Trotzdem hast du für Willy gearbeitet, wohntest mit ihm unter einem Dach!

Voller Wut fuhr ich in derselben Nacht an die Mosel, um mit dir zu sprechen. Doch nur Willy war da. Er spielte den

Unschuldigen, aber ich habe ihm deine verzweifelten Briefe unter die Nase gehalten. Wo du beschriebst, wie unsere alten Eltern litten, wie schlecht sie sich fern der Mosel fühlten. Als ich laut wurde, erklärte er, sein Testament würde alles wieder geradebiegen.«

Charlotte nickte. »Irgendwann hat ihn das schlechte Gewissen gepackt und er wurde ja auch so christlich. Erst hat er mich eingestellt und nach Vaters Tod in sein Testament eingesetzt.«

Ich nickte. »Den Wisch zeigte er mir zum Beweis. Die Fischsuppe brodelte. Plötzlich dachte ich: Dann erben wir am besten sofort. Ich bin in derselben Nacht wieder weg. Niemand hat es gemerkt.«

»Oh Gott, oh Gott. Du hast seinen Kopf untergetaucht ... Und warum der Pfarrer?«

»Du willst die ganze Geschichte hören? Da muss ich ausholen.« Wir näherten uns der baufälligen Mauer – bis dahin sollte ich fertig sein und mich entscheiden. »Leider habe ich bei Willy eine Seite deines Briefs verloren. Der Polizist wollte die Handschrift mit dem Kondolenzbuch vergleichen. Das war mir zu gefährlich. Von dir wäre er schnell auf mich gekommen. Meine Fingerabdrücke hätten mich lebenslang hinter Gitter gebracht. Ich musste ihn aus dem Weg räumen.«

»Du hast auch ihn ...«

»Er hatte aber schon den Pfarrer ins Vertrauen gezogen, der selbst weiter forschte und schon auf unserer Spur war. Ich habe das alles für uns getan!«

Ich sah Charlotte von der Seite an. Sie wirkte gefasst. »Wirst du schweigen?«, fragte ich. Ich wusste genau, wann sie log.

»Ich schweige«, erklärte Charlotte. »Und du schweigst über Bowender.«

»Er hat dir doch schon von der Insolvenz erzählt?«

»Was für eine Insolvenz? Nein. Wir haben in den letzten Tagen nur über uns geredet. Wie sehr er mich liebt. Dass er mich auf Händen trägt und wir heiraten, sobald alle Investitionen getätigt sind.«

Mir entfuhr ein heiseres Keuchen. »Und dann?«, fragte ich schwach.

»Alles gelogen! Ich sah, wie ihr euch geküsst habt. Dann ist er in die Weinberge und ich bin ihm gefolgt. Ich war so wütend! Hier stellte ich ihn zur Rede.«

Über die Bruchstellen der verfallenen Mauer flossen dicke Rinnsale Regenwasser. Sie erschien mir noch zusammengefallener als vorher.

»Wir sind eben doch Schwestern«, sagte sie. »Er hat es verdient.«

Erst jetzt bemerkte ich unterhalb der Mauer, halb verdeckt von Gestrüpp, einen leblosen Arm. Mit einer Hand, die mich vor wenigen Stunden noch gestreichelt hatte.

Stefanie Koch

Die Schlange

Seit Jahren fuhren ich und meine Freundin Edda gemeinsam an den Niederrhein nach Xanten, eine Woche Weibercampingurlaub. Campingplatz Rheinaue. Ganz fein. Der Niederrhein, endlose Horizonte und weit und breit kein Berg, der einem die Sicht verstellt. Ich bin mir ganz sicher, dass der Rheinländer, allseits als freundlich und offen bekannt, nur deshalb so ist. Weil er von klein auf Horizonte sieht. Flaches Land soweit das Auge reicht. Deshalb reden wir auch den ganzen Tag, mal vor uns hin, meistens miteinander. ›Hast du schon gehört‹ ist ein guter Einstiegssatz. Es gibt am Niederrhein nicht so richtig viel zu gucken, es sei denn die Römer waren da, wie in Köln oder auch hier in Xanten. Xanten hat aus dem Besuch der Jungs aus Italien den Römerpark gemacht. Immerhin war hier mal die Ostgrenze des römischen Imperiums. Der alte Hafentempel hatte ja noch was Imposantes, aber im Park selbst, wenn da die Leute ein paar Steine hinter Gittern anstarren wie sonst Tiere im Zoo, blieb mir das ein Rätsel.

Wir waren genau einmal hingegangen und hatten Schlange, nein ich muss sagen ›Schlangen‹ gestanden. Erst für den Eintritt, dann für die Sehenswürdigkeiten. Seitdem besprachen Edda und ich immer wieder das Wesen und den Umgang mit der Schlange. Ein Thema, ähnlich ergiebig wie das Wetter oder die Lottozahlen. Während ich die Schlange stets als persönlichen Angriff auf meine Freiheit als Bürgerin wertete, gebrauchte Edda die salomonischen Worte: »Du stehst nicht in der Schlange, du bist die Schlange.«

Das hieß aber noch lange nicht, dass sie freiwillig Schlange stand.

Jedes Jahr losten wir, wer fürs Schlangestehen zuständig war und wer fürs Kochen. Edda hatte dieses Jahr gewonnen. Zumindest in meinen Augen. So stand ich in der Schlange an der Anmeldung, in der Schlange für die Zuweisung des Stellplatzes, in der Schlange für den Gasanschluss, in der Schlange für den Wasseranschluss. Camping ›de luxe‹. Freier Blick auf den gemächlich dahin fließenden Rhein hatte seinen Preis.

Schlange stehen kostet viel Zeit, so viel, dass ich den Blick auf den Rhein schon leid war, bevor der erste Tag rum war. Um mich abzulenken, fing ich an zu beobachten, wer sich auch dieses Jahr wieder blicken ließ. Wie immer, alle meine Feindbilder. Als ich das alles erledigt hatte, wedelte Edda mit dem Einkaufszettel für den örtlichen Supermarkt. Brav trottete ich los, hinreichend schlecht gelaunt von den Stunden, die ich bereits in diversen Schlangen verbracht hatte.

Es hatte mal eine Zeit gegeben, da faszinierte mich, wie viele Umstände zusammen treffen müssen, um das – wie ich es nannte – Supermarkballett zustande zu bringen. Ich freute mich fast drauf: Irgendwo in den Weiten der Gänge, zwischen Chips und Bier, Käse und Saft, Dosenfutter für Tiere, Dosenfutter für Menschen, zwischen der Tiefkühltheke und den Kinder- und Alkoholikerfallen befanden sich unterschiedliche Menschen mit unterschiedlichen Einkaufslisten, für die sie unterschiedlich lang brauchen würden.

Aber wie ferngesteuert und so sicher wie das Amen in der Kirche, würden die und ich kurz hintereinander an der Kasse eintreffen, um Schlange zu machen.

An diesem ersten Ferientag mit Edda bin ich also genervt in den Supermarkt. Draußen habe ich dann auch erst einmal so einen Fiftyfiftytypen angeblafft, dass ja wohl nichts so alt ist wie die Zeitung von gestern, und die verkaufen die gleich einen ganzen Monat!

Hinter mir die Kupfergeldzählomi, die jedes Jahr für drei Monate hierher kam mit ihrem Mann Ötte. Die blöde Kuh kaufte dem Zeitungsfritzen demonstrativ zwei Zeitungen ab und sagte laut: »Der tut wenigstens was für sein Geld.«

Ja ich etwa nicht? Ich fummelte meine Münze aus der Geldbörse und nach einigem Hin-und- Her-Ruckeln, löste sich der Drahtwagen. »Können Sie mir bitte helfen«, zwitscherte die Kupfergeldzählomi und hielt mir ihre Münze hin.

»Könnt ich, will ich aber nicht«, sagte ich.

Schneller als gedacht, hatte die ihren Wagen und klebte sich, zack, an meine Waden. Ich war im Supermarktkrieg. Ich stieß den Einkaufswagen gegen die Automatiktür. Die prallte bis an die Wand. Ich fix durch, damit sie mich nicht beim Zurückschnellen erwischte. Aber die Kupfergeldzählomi hinter mir putzte es weg.

Befriedigt hörte ich nur ein leichtes Knirschen, blickte zurück und sah, wie ihr herrenloser Einkaufswagen über den Parkplatz auf eine entsetzte Mutter mit einem kleinen Jungen zusauste.

Zunächst stellte sich mir an diesem Tag niemand in den Weg. Auf der ersten Strecke keine Gangblockierer, die sich rechts in die Kühlung beugen und links von sich am ausgestreckten Arm den Einkaufswagen bis ins Müsliregal drücken. Oder rechts von sich 'nen Kinderwagen und links den Einkaufswagen. Erst also alles frei!

Ich dachte, wird doch noch ein herrlicher Tag! Heute Abend würde ich mir mit Edda ein Piccolöchen gönnen. Auf halber Strecke blickte ich auf den Einkaufszettel und sah, dass ich Tomaten vergessen hatte und kehrte noch einmal an den Anfang zurück. Wie bei *Mensch Ärgere dich nicht*. Zu meinem Erstaunen stand doch tatsächlich zwischen den Gemüsekisten die Kupfergeldzählomi und meditierte über ihrem Einkaufszettel. Die ist hart im Nehmen, dachte ich so bei mir.

Ich duckte mich ein wenig und hoffte, ich würde schneller fertig sein mit Einkaufen als sie. Es lief weiterhin eigentlich ganz gut. Man hatte nichts vom letzten Jahr umgebaut, weil irgend so ein Marketingfritze meinte, Leberwurst in Dosen mache sich nicht so gut neben dem Katzenfutter. Keine Kinderwagen, keine Kartons lagen als Staumöglichkeiten in den Gängen bereit. Ich kam also gut durch. Dann aber: An der Wursttheke zwei Tanten und ein Typ, mit denen ich aushandeln musste, wer zuerst da war! Ich kochte innerlich. Meine Freundin Edda hatte wenig, nein, sie hatte gar kein Verständnis für meinen Verfolgungswahn von wegen der Schlange. »Hör auf zu jammern«, pflegte sie zu sagen, »und mach dir einfach ein paar schöne Gedanken, wenn du in der Schlange stehst.«

Haben Sie schon einmal versucht, sich im Supermarkt in der Schlange stehend schöne Gedanken zu machen? Anstatt gewissenhaft darauf zu achten, wer jetzt wieder mit welchen Störmanövern dazu beiträgt, dass Sie warten müssen? Mir gelingt es im allerbesten Fall, die Inhalte der Einkaufswagen vor und hinter mir zu studieren und mir zu überlegen, was für'n Typ Mensch der Besitzer sein musste. Bockwurst und Bier: Langweiler. Müsli, Biojoghurt und Trockenobst: so ne Selbstverwirklicherin. Lachs-Ersatz, Krebsfleisch-Imitat und Rotkäppchensekt: Möchtegern, ganz klar ...

Ich befand mich auf der Zielgeraden, jetzt noch rechts die Picollöchen für heute Abend, links eine Packung After Eight und dann, Kasse!

Vier mehr oder minder bepackte Wagen vor mir. Und genau über mir schaukelte das Schild im Durchzug:

›Wenn mehr als fünf Kunden vor Ihnen sind, sagen Sie uns bitte Bescheid! Wir öffnen gern eine weitere Kasse für Sie.‹

Ich hatte Tränen in den Augen.

Ein junges, schlankes Fräuleinwunder stapelte lasziv ihre gesunde Ernährung auf das Band. Berge von Tomaten, Kohl und Paprika ließen die Kassiererin verschwinden. Dahinter an Platz zwei: Kupfergeldzählomi, leicht eingeknickt an der Hüfte. Platz drei eine Schwangere, die mit verzückten Augen das Kind im Wagen hinter ihr anstarrte. Der Dreijährige saß nicht dort, wo Kinder hingehören, nein, er stand am Ende des

Einkaufswagen, zwischen Milchtüten und Joghurtbechern, beide Hände an die Wagenränder gekrallt und machte Bewegungen wie ich sie mal bei einem Orang-Utan im Zoo gesehen habe.

Die dazugehörige Mutter, blonde strähnige Haare, rutschte in ihren Flipflops hin und her, synchron mit dem Kaugummi, den sie im Mund wendete, und sagte in regelmäßigen Abständen wie eine aufgezogene Spieluhr: »Zorro lass das.«

Zorro selbst zeigte eine bemerkenswerte Null-Reaktion und brunfte weiterhin die Schwangere vor sich an. Die krummen Beine standen auf ein paar Fruchtzwergen rechts und einer Chipstüte links, die schon zum Platzen bereit war.

›Wenn mehr als fünf Kunden vor Ihnen sind, sagen Sie uns bitte Bescheid!‹

Ich war Nummer fünf. Würde ich den brunftenden Zwerg, der jetzt anfing zu sabbern, mitrechnen, war ich Nummer sechs, das Ungeborene dazu sogar Nummer sieben. Die kleine Kassiererin mit den Schweinsaugen, von der meine Freundin Edda immer sagte: »Die hat ein strunzdummes Gesicht«, kauerte hinter den Gemüsebergen. Ich wagte es, holte tief Luft und rief nach vorn: »Könnten Sie bitte eine weitere Kasse aufmachen?«

Stille! So still, dass ich mein eigenes Atmen hörte und plötzlich die Melodie: Spiel mir das Lied vom Tod!

Strunzdumm erschien wie in Zeitlupe hinter dem Paprikagebilde, verschaffte sich einen Überblick, heftete ihre Schweinsaugen auf mich, stieß mit dem Finger in meine Richtung und fragte in die beängstigende Totenstille des Supermarktes hinein:

»Welchen Teil von dem Satz: ›mehr als fünf‹ hasse nich verstanden? De rechnerische oder de sprachliche?«

Kupfergeldzählomi, Schwangerschaftsseligkeit und Zorrolassdas drehten sich langsam zu mir um. Alle mit einem Blick der Erleichterung, einem Blick, der sagte: Pohr! Gut dass ich das nicht gewagt habe.

Im Bruchteil einer Sekunde begaben sich alle auf die Schwingung von Strunzdumm und schüttelten verständnislos den Kopf.

Kupfergeldzählomi musterte mich eingehend: »Gerade Mittelalter und schon keine Zeit mehr!« Sie lachte und fletschte ihr Gebiss. Zorrolassdas und Schwangerschaftsseligkeit nickten synchron.

»Wat hasset denn so eilig, Mutti, oder sollte ich sagen Omi? Hähä!« Ich hörte die Melodie der Mundharmonika, gespielt von Charles Bronson.

Ich konzentrierte meinen Blick auf den kleinen Tisch mit Sonderangeboten und studierte die Beschreibung des Schwimmrings für Drei- bis Fünfjährige und tat so, als hätte ich es nicht gehört. Mach dir ein paar schöne Gedanken, kam mir Eddas Rat wieder in den Sinn.

»Eh, Mutti!« Aus dem Augenwinkel sah ich, wie sie ihren Stock hob und in meine Richtung zeigte. »Ich will ne Antwort!«

Zorrolassdas zupfte mich am Ärmel; Zorro selbst drehte sich im Wagen um, kletterte von Fruchtzwergen und Chipstüte rüber auf Tiefkühlhuhn und Dosenerbsen und brunfte jetzt in meine Richtung; sein Kinn glänzte von Speichel.

Schwangerschafsseligkeit kicherte blöde.

Strunzdumm hatte die Gemüseberge abgearbeitet, saß fest in ihrem Kassiererinnensattel und schmiss mir jetzt die Worte hin: »Alles in Ordnung dahinten auf den billigen Plätzen?«

Fräuleinwunder zückte ihre goldene Kreditkarte wie eine Waffe.

Was hätte ich jetzt darum gegeben, hätte Kupfergeldzählomi sich sofort um ihre Kupfermünzen kümmern müssen. Mach dir ein paar schöne Gedanken!

Kupfergeldzählomi humpelte gerade auf mich zu, da kommandierte Strunzdumm: »Eh, hier spielt die Musik!«

Ich sah Henry Fonda vor mir, mit den blauen Augen, wie er jetzt nach der Pistole griff. So gut es ging, versuchte ich mich unsichtbar zu machen.

Ich reagierte nicht, als endlich die Chipstüte platzte, auf der Zorro wieder seine Brunftübungen Richtung Schwangere ausübte, ich enthielt mich jeden Kommentars, als die Kassenrolle zu Ende ging. Und selbst als Kupfergeldzählomi mit Kupfergeldzählen fertig war um festzustellen , dass das Kupfergeld nicht reichte, nun doch den Schein nahm und natürlich erst dann drauf kam, dass sie noch eine von den Plastiktüten brauchte, die unter dem Band lagen, blieb ich ruhig.

Ich tat so, als hätte der Herrgott nie eine Uhr erfunden und als gäbe es kein Nachmittagsprogramm, das pünktlich um 16:15 Uhr anfing und für das Edda schon den Satelliten ausgerichtet hatte. Aber dann stieß Kupfergeldzählomi mit ihrem Stock in meine Richtung und sagte: »Eh, kannse dich mal für mich bücken?« Sie klopfte auf ihren Stock.

Zorrolassdas und Schwangerschaftsseligkeit, die immer noch vor mir standen, blickten mich gleichmütig an.

Ich bückte mich. Und wie immer hatte ich nicht nur eine, sondern gleich zwanzig Plastiktüten in der Hand, und der Rest rutschte und glitschte durcheinander und fiel zu Boden.

Hätte Kupfergeldzählomi da nicht gelacht, wäre vielleicht noch alles gut gegangen. Vielleicht hätte sie auch gut daran getan, nicht hinter der Kasse so offensichtlich langsam einzupacken.

Es gibt Tage, da reicht es einem einfach.

Sie lauerte hinter ihrem Einkaufswagen, in dem die eingepackten Tüten standen und wartete, bis auch ich fertig war. Ich peilte einen günstigen Moment an, in dem sie kurz abgelenkt war und nahm ihr die Vorfahrt. Sofort hatte ich ihren Wagen schmerzhaft an den Hacken.

Die erste Automatiktür funktioniert, Kupfergeldzählomi huschte mit mir durch. Nun standen wir gemeinsam in dem Zwischengang. Automatiktür vor uns, Automatiktür hinter uns.

Ich spürte ihren Einkaufswagen in meinem Rücken und ging zwei Schritte zurück. Die Tür vor mich schloss sich wieder.

»Eh, mach hin, Mutti, ich krieg keine Luft mehr!« krächzte sie.

»Die Tür klemmt«, behauptete ich, denn ich hatte aus dem Augenwinkel gesehen, wie der kleine Zorro seiner Mami den Wagen abnahm und mit der nur Kindern eigenen infantilen Freude direkt auf die Automatiktür zusauste, hinter der Kupfergeldzählomi eingequetscht bereit stand.

Dieses Mal knirschte es sehr deutlich.

Niemand konnte verstehen, wie es passiert war.

Nachdem Polizei und Leichenwagen weg waren, konnte ich es mir nicht nehmen lassen, Zorros Mutter die Schulter zu tätscheln und zu sagen: »Da haben Sie wirklich einen Mordsjungen in die Welt gesetzt!«

-ky

Panzerkreuzer Potemkin

»Das darf doch nicht wahr sein!« rief der Kommissar, als ich ihm mein großes Geheimnis anvertraut hatte.

»Doch. Ich habe zwar schon drei Dutzend Kriminalromane geschrieben, aber noch nie einem leibhaftigen Kriminalbeamten gegenüber gesessen.«

Der Kommissar überflog die Notizen, die ihm ein Kollege hinterlassen hatte. »Und nun sind Sie gekommen, um uns mitzuteilen, dass es letzten Sonnabend auf dem Labussee einen Mord gegeben hat?«

»Ja, so ist es.«

»Dann erzählen Sie mal ...«

Ralph Lindenkranz war auf dem Wasser groß geworden, hatte aber sein Faltboot verkauft, als er von seiner Firma für zwei Jahre nach China geschickt worden war. Wieder nach Berlin zurückgekehrt, war ihm Rebecca über den Weg gelaufen. Die große Liebe. Wie das eben so ist.

Sie waren jetzt schon über sechs Jahre verheiratet.

»Ich möchte wieder einmal paddeln«, sagte Lindenkranz. »Mein Freund Martin hat sein Faltboot an der Fleether Mühle liegen und würde es uns nächstes Wochenende für eine kleine Spritztour borgen. Über ein paar Seen nach Wustrow.«

Rebecca zog einen Flunsch. »Du weißt doch, dass ich wasserscheu bin.«

»Ja, ich weiß, aber du sollst weder über den Ärmelkanal schwimmen noch vor dem Grand Barrier Reef tauchen, sondern nur vorn im Faltboot sitzen, wo du höchstens ein paar Spritzer abkriegst, wenn wir mal eine Dampferwelle schneiden.«

Sie schüttelte sich. »Wenn schon Fleet, dann das Fleet in Bremen, das Restaurant, das jetzt Ständige Vertretung heißt.«

»Unser Fleeth liegt auf der Mecklenburgischen Seenplatte, und ist auch etwas zum Genießen.«

»Okay, ich werd's mir bis zum Abend überlegen.«

Funde belegen, dass die Fleether Gegend bereits vor über dreitausend Jahren in der Bronze- und Eisenzeit besiedelt war. Das Dorf Fleeth wird urkundlich zum ersten Mal 1270 erwähnt, als Fürst Nicolaus von Werle der Johanniter Komturei alle bisherigen Schenkungen bestätigt. Der Name geht auf das altslawische Wort vil, vila zurück und bedeutet Zauberer, Zauberin. Von Anfang an wird es eine Mühle gegeben haben, 1802 jedenfalls kam es zum Neubau einer kombinierten Mahl- und Sägemühle, die bis in die 1950er Jahre mit Wasserkraft betrieben wurde, 2001 aber niederbrannte.

»Lauter verkohlte Balken, das ist ja kein schöner Anblick«, sagte Lindenkranz, als sie nach gut zwei Stunden ihr Ziel erreicht hatten, auf den Parkplatz an der Fleether Mühle rollten und ausstiegen.

Rebecca reckte sich und streckte sich. »Ich muss erst mal ein bisschen Gymnastik machen. Steif geworden sind die Glieder.«

»Wohl dem, der gleich mehrere davon hat«, brummte Lindenkranz, während er nach Martin Ausschau hielt. »Und die dann auch noch derart reagieren.«

Der Freund hatte sie schon entdeckt und kam vom Anlegeplatz nach oben gelaufen, wo ein kleines Touristenzentrum entstanden war, typisch für Meck-Pomm.

Martin umarmte die beiden Berliner, ganz besonders innig aber Rebecca.

»Schön, dass du doch noch mitgekommen bist!«

»Erst wollte sie nicht«, erklärte Lindenkranz. »Dann aber hat sie sich doch überraschend erfreut gezeigt.«

Rebecca nickte. »Ehe ich mich aber aufs Wasser begebe, möchte ich noch einen Kaffee trinken.«

Martin war einverstanden. »Okay. Ich finde es auch immer wieder schön, wenn die Leute etwas tun, das an unsere ehemaligen Kolonien erinnert.«

»Wie …?« Sie konnten ihm nicht ganz folgen.

Martin lachte. »Na, steht doch überall dran: Coffee to go. Deutsch-Ostafrika, Deutsch-Südwestafrika, Kamerun, Togo …«

Lindenkranz stöhnte auf, Rebecca aber sagte, sie käme aus Calau und sei daher immun gegen so etwas.

Sie setzten sich auf die sehr rustikalen Gartenmöbel und plauderten noch ein wenig, über Privates, wie über das, was sie an ihren Arbeitsplätzen erlebt hatten. Martin war Politologie-Dozent an der FU Berlin, Lindenkranz Marketingmensch bei Siemens und Rebecca A 11-Beamtin im Bezirksamt Charlottenburg-Wilmersdorf.

Nach einer halben Stunde gingen sie zum Landeplatz hinunter, der gegenüber der Fleether Mühle gelegen war, und hörten sich Martins weise Worte an.

»Faltboote heißen Faltboote, weil man sie nach jeder Fahrt in ihre Einzelteile zerlegen und schön zusammengefaltet mit der Bahn oder dem eigenen Auto mit nach Hause nehmen kann. Bei der nächsten Wasserwanderung baut man sie dann wieder zusammen, was schnell geht, aber auch ein kleines Kunststück ist, besonders bei hereinbrechender Dunkelheit. Ich hab mich da beim letzten Mal ein wenig vertan, und der *Commandante* zieht immer leicht nach links …«

Lindkranz lachte. »Da kommt er ganz nach dir.«

»Ja, aber da du immer mehr nach rechts abdriftest, wird sich das schon wieder ausgleichen. Aber dennoch: Den *Commandante* kannst du ohne Steuer schlecht fahren.«

»Ich sehe aber gar kein Steuerrad«, sagte Rebecca.

»Ein Faltboot ist doch auch kein Motorboot!« rief Martin. »Wir machen es wie der Bobfahrer, wir steuern mit zwei Seilen.«

»Und wie soll ich da paddeln, wenn ich die Seile halten muss?« fragte Lindenkranz des Gags wegen.

»Mensch, wir haben eine Fußsteuerung!«

»Danke, das muß doch einem dummen Menschen gesagt werden.«

Martin wurde wieder ernst. »Und passt auf die Paddel auf, die sind nicht gerade billig gewesen.«

Lindenkranz warf einen kurzen Blick ins Innere des Bootes. »Hast du eine Schwimmweste für Rebecca?«

»Ich brauche keine!« kam es prompt von seiner Frau. »Ich kann schließlich schwimmen.«

»Ja, wie 'ne bleierne Ente auf'm Grund!«

Rebecca ließ sich nicht umstimmen. »Ich will mir die Sonne auf den Rücken scheinen lassen und schön braun werden.«

»Ein schöner Rücken kann auch entzücken«, sagte Martin, der Rebecca schon gerne mal im Bett gehabt hätte.

Lindenkranz zog sein T-Shirt aus und reckte sich. »Habe ich etwa keinen schönen Rücken?«

»Auch«, musste Martin zugeben. »Du solltest als Dressman gehen.«

Umständlich erklärte er Lindenkranz, wie man mit seinem selbst gebauten Steuer umzugehen habe. An den beiden Seilen, die vom Ruder hinten kamen, waren am vorderen Ende so etwas wie Steigbügel angebracht, in die man die Füße zu stecken hatte. Das sei praktischer als das übliche Pedal links und rechts.

»Und wenn ich mich da verheddere?!« rief Lindenkranz.

»Du wirst schon nicht kentern.«

Bevor sie in See stachen, verschwand Lindenkranz noch einmal auf der Toilette. Dies nicht nur, um seine Blase zu entleeren, sondern den mitgebrachten Flachmann anzusetzen.

Endlich saßen sie im Boot. Mit kräftigen Schlägen trieb Lindenkranz den Zweier das Fließ hinunter, das den Rätzmit dem Vilzsee verband. Wie im Rausch legte er los. Er sah sich im Endlauf des Rennens im K 1 über fünfhundert Meter, Peking 2008. Einmal Olympiasieger sein, ein Held wie Gert Frederiksson oder Aurel Vernescu. Auch ein Traum, der sich nicht erfüllt hatte, wie viele seiner Träume. Manche Träume waren auch zum Alptraum geworden. Rebecca zum Beispiel.

Es war Liebe auf den ersten Blick gewesen. Nach der Hochzeit aber hatte es nur noch Konflikte gegeben. Er wollte in die Oper und die Philharmonie, zu Daniel Barenboim und Sir Simon Rattle, sie wollte zu Hause bleiben und Dieter Bohlen sehen. Er wollte auf den Malediven Urlaub machen, sie auf Usedom. Er aß gerne das, was in noblen Restaurants von Sterne-Köchen zubereitet wurde, sie liebte Erbsen aus der Büchse. Er hätte gern drei Kinder gehabt, mindestens, sie hasste kreischende und egomanische Bälger. Das Schlimmste aber war ihr ungebremstes Dominanzstreben.

Hätte er eine Pistole bei sich gehabt, er hätte eine Kugel in ihren schönen Rücken gejagt, so sehr hasste er sie. Aber hätte er sie erschossen, wäre er im Knast gelandet, lebenslang womöglich. Da war sein Plan viel besser.

»Wo willst du hin mit mir?« fragte sie.

»Durch die Diemitzer Schleuse auf den Labussee.«

Dort sollte es geschehen. Sie hatte nichts anderes verdient. Er hatte ihr alles geopfert. Seine große Karriere bei Siemens, seinen Sport, seine Abende mit Martin und den anderen Freunden, seinen inneren Frieden. Und ihr Dank bestand einzig und allein darin, dass sie ihn betrog. Dass da ein anderer war, hatte er schon lange geahnt, dass er aber Kevin Wysocki hieß und ein protziger Versicherungsvertreter war, wusste er erst, seit es ihm gelungen war, Rebeccas Passwort herauszufinden und ihre geheimen E-Mails zu lesen.

Durch Rebecca und ihren Verrat war er zum Alkoholiker geworden. ›Ich trinke, du *er*trinkst.‹ Immer wieder ging es ihm durch den Kopf. ›Ich trinke, du *er*trinkst.‹

Sein Plan war einfach genug. Auf der Mitte des Labussees würde er das Faltboot zum Kentern bringen, und zwar so, dass Rebecca irgendwie heraus geschleudert wurde, er selbst aber den Kontakt mit dem Bootskörper nicht verlor und sich dabei in seine Steuerseile verwickelte. Bei der Polizei konnte er dann sagen, er habe sich erst von den ›Strippen‹ befreien müssen und hätte dadurch nicht gleich nach seiner Frau Ausschau halten können.

»Als ich es dann endlich geschafft hatte, war sie schon untergegangen und ich habe sie im trüben Wasser nicht mehr finden können.«

Alles hatte er sich reiflich überlegt, da konnte nichts mehr schiefgehen.

Kevin Wysocki war Inhaber einer Versicherungsagentur und verdiente nicht schlecht. Es hatte zu vielem gereicht, so auch zu einem Motorboot, das er in Canow liegen hatte. Er liebte das Wald- und Seengebiet südlich der Chaussee von Mirow nach Wesenberg – und er liebte Rebecca Lindenkranz. Dies mit einer Intensität, die Suchtcharakter hatte. Er kam nicht mehr los von ihr, doch sie wollte ihren Mann nicht verlassen, obwohl es in ihrer Ehe gewaltig kriselte.

»Er will sich am Sonnabend das Faltboot von seinem Freund Martin borgen und mit mir paddeln gehen«, hatte Rebecca ihm letzten Donnerstag beim kurzen Treffen in einem verwunschenen Café erzählt.

»Wieso denn das?«

»Wer weiß? Vielleicht, damit wir dann mitten auf einem See umkippen – und ich ertrinke.« Kokett hatte sich bei diesen Worten an ihn geschmiegt.

»Dann geh' doch nicht mit ihm paddeln.«

»Wenn ich nicht mit ihm paddeln gehe, schöpft er doch erst recht Verdacht, dass ich einen anderen habe.«

Kevin Wysocki hatte nur den Kopf schütteln können. Frauen! Gegen diese Logik war nicht anzukommen.

»Wo will er sich denn mit dir aufs Wasser begeben?«

»Von einer Fleether Mühle hat er was erzählt, und bis Wustrow will er mit mir, wo immer das ist ...«

»Das ist etwa da, wo ich mein Boot liegen habe.« Kevin Wysocki grinste. »Da fällt mir bestimmt was ein, um dich zu retten ...«

»Nicht, dass ich bei deiner Rettungsaktion auch draufgehe!« protestierte sie.

Kevin Wysocki blieb cool. »Das fällt in die Rubriken Restrisiko und unerwünschte Nebenwirkungen, damit muß man leben.«

Es war ein Sommertag wie aus dem Prospekt des Ferienlandes Mecklenburg-Vorpommern: *Die Mecklenburgische Seenplatte ist eine verzweigte Gewässerlandschaft mit über tausend Seen, Flüssen und Kanälen. Viele der kleineren Seen und Fließgewässer sind für Motorboote gesperrt und bieten Paddelbootfreunden ruhige Wanderwege. In einigen Orten werden Anfängerkurse in verschiedenen Wassersportarten angeboten, auch Bootsausleihstationen können genutzt werden. Die Seen mit den Sandstränden laden zum Baden ein. Der Fischreichtum der Gewässer lässt für Angler kaum einen Wunsch offen. Wer nicht angelt, kauft beim Berufsfischer den frisch gefangenen Fisch schon geräuchert.*

Oder er ließ es. Kevin Wysocki überlegte und beschloss, sich seinen Räucheraal in Canow kaufen. Er hatte alle Zeit der Welt dazu, denn er hatte die Nacht in einem kleinen Hotel im nahe Mirow zugebracht, um in Berlin nicht allzu früh aufstehen zu müssen. Lindenkranz und Rebecca konnten nicht vor zwölf Uhr auf dem Labussee auftauchen, und jetzt war es nicht einmal elf.

Der Fischer legte die Finger an seine Schirmmütze und grüßte militärisch stramm.

»Was Sie an schicken Sachen anhaben, das sieht aus wie die Ausgangsuniform unseres Korvettenkapitäns Göritz.«

»Rühren«, erwidert Kevin Wysocki. »Ich fühle mich geehrt.«

»Ach, der Göritz ...« Der Fischer schmunzelte. »Der ist inzwischen alt und grau geworden. Treffe ich ihn neulich in der Sauna. Und da mustert man sich ja immer gegenseitig so. Überall. Wer wo welche Tätowierungen hat. Und da sehe ich das Ding vom Göritz ... Ganz klein und verschrumpelt. Und wissen Sie, was draufsteht?«

»Vielleicht Rumbalotte?«

Der Alte machte ein enttäuschtes Gesicht.

Kevin lachte: »Nix für ungut, den kenne ich schon seit neunzehnhundertachtzig: Rumbalotte, *Ruhm und Ehre der baltischen Flotte.* Das haben sie sich auf ihr ausgefahrenes Ding tätowieren lassen, damals, als alle noch jung gewesen sind. Aber heute ...«

Gott, wie der Fischer die Berliner manchmal hasste.

Nachdem sie noch ein Weilchen geplaudert hatte, verabschiedete sich Kevin Wysocki und schlenderte zum Anlegesteg hinunter. Der Labussee, der seinen Namen vom slawischen *labut* gleich Schwan herleitete, lag mit seinen drei Kilometern Länge und achthundert Metern Breite südöstlich von Mirow. Nach Norden hatte er über die Dolbek eine Verbindung zum Gobenowsee, nach Südosten war er über die Canower Schleuse mit dem Canower See und nach Westen hin über die Diemitzer Schleuse mit dem Vilzsee verbunden. Aus dieser Richtung mussten Lindenkranz und Rebecca kommen.

Wysocki holte seinen Feldstecher hervor und suchte die Ausbuchtung ab, von der aus eine Art Kanal zur Diemitzer Schleuse führte. Noch waren sie nicht zu erkennen. Er sprang auf die Planken seines Bootes hinunter und setzte sich hinters Steuerrad. Mit geschlossenen Augen ging er noch einmal alles durch, was er vorhatte, so wie Hochspringer es taten, bevor sie auf die Latte zu liefen, oder Skispringer, bevor sie sich von der Schanze stürzten. *Wenn Lindenkranz hinten im Faltboot sitzt, dann rase ich mit meinem Motorboot auf ihn zu und ramme ihn. Später sage ich dann: »Seine Dummheit, er hat abrupt meinen Weg gekreuzt, ich konnte das Steuer nicht mehr herum reißen.« Rebecca nimmt das auf ihren Eid, so dass wir aus dem Schneider sind. Mein Bug fährt ihm krachend gegen den Hinterkopf, und er ist bewusstlos, wenn er in den See katapultiert wird. Ich springe ins Wasser, um Rebecca zu retten. Ich packe sie und suche gleichzeitig nach ihm. Bevor ich ihn erreicht habe, verschwindet er unter der Wasseroberfläche. Während ich mit Rebecca ans Ufer schwimme, ertrinkt er. Niemand kann mir einen Vorwurf machen.*

Es schien alles so einfach zu sein, und dennoch zögerte er. Wenn er nun mit seinem Bug, der absolut tödlich war, Rebecca traf ...? Wellen waren unberechenbar. Oder war das ganze eine Falle, hatte sich Lindkranz etwas ausgedacht, ihn zur Strecke zu bringen ...? Quatsch, wie denn, Lindenkranz hatte keine Seeminen, die er auslegen konnte.

Wieder griff Kevin Wysocki zum Feldstecher. Diesmal sah er Ralph und Rebecca. Er schwang das Paddel, sie streckte ihr Gesicht der Sonne entgegen. Sie war schöner als alles, was er bisher im Kino gesehen hatte.

Er machte die Leinen los und warf den Motor an. Langsam glitt er mit seinem Boot, das der Vorbesitzer, ein Witzbold vor dem Herrn, auf den Namen *Panzerkreuzer Potemkin* getauft hatte, am südlichen Ufer des Labussees entlang. Hier konnte er sich in einer kleiner Bucht so lange verstecken, bis er Lindenkranz vor sich hatte.

Das Manöver gelang. Das Faltboot zog an ihm vorbei, und er folgte ihm mit halber Kraft. Lindenkranz bemerkte ihn nicht. Paddler hatten immer schlechte Sicht nach hinten. Einen Rückspiegel besaßen sie nicht, und kein Mensch schaffte es, seinen Kopf um 180 Grad zu drehen. Rebecca hatte die Augen geschlossen. Das war gut so, denn bemerkte sie ihn plötzlich und erschrak, dann machte sie womöglich eine unbedachte Bewegung – und sie kenterten mit dem Faltboot, bevor er heran war. Dann konnte er seinen ganzen schönen Plan vergessen.

Verdammt, Lindenkranz hörte plötzlich auf zu paddeln und beugte sich nach unten, um im Innern seines Bootes etwas zu suchen. Eine Pistole etwa? Wysocki drosselte die Leistung seines Motorboots und duckte sich unwillkürlich hinter seine Windschutzscheibe. Nein, Lindenkranz hatte nur nach seinem Flachmann gegriffen. Nachdem er einen Schluck genommen hatte, begann er wieder zu paddeln.

Jetzt! Wysocki gab wieder Gas und setzte zu einer kleinen Kurve an. Er musste Lindenkranz von schräg hinten erwischen, sollte die erhoffte Wirkung eintreten. Aber das Aufheulen seines Motors hatte Rebecca hochschrecken lassen. Sie begriff, was Sache war und schrie auf.

Egal! Wysocki gab Vollgas und zog das Boot nach links herum. Wie ein Torpedo schoss er auf den *Commandante* zu.

Sekunden später war Ralph Lindenkranz ein toter Mann. Seine Leiche konnte erst zwei Tage später von Polizeitauchern geborgen werden.

Der Kommissar hatte mir aufmerksam zugehört. Als ich am Ende war, lehnte er sich zurück und lächelte milde.

»Ihre Phantasie möchte ich haben ...«

Ich wurde wütend. »Das sind alles Fakten! Ich bin schließlich selber alter Paddler.«

»Und das qualifiziert sie zum Entwerfen solcher Liebesdramen? Ach, nein, Sie sind ja Schriftsteller. Und manche von denen sind ja berühmt für ihre ... entschuldigen Sie ... für ihre blühende Phantasie.«

»Danke für die Blumen, aber ich bin von Hause aus Soziologe, Wissenschaftler!, und habe zwei der Beteiligten gut gekannt, Ralph und Rebecca, ich weiß, was bei denen in der Ehe gelaufen ist.«

»Es war ein bedauerlicher Unfall, die Schuld dieses Lindenkranz.« Der Kommissar war nicht bereit, sich auf längere Diskussionen einzulassen. »Und wenn es kein Unfall war, dann war es der Versuch von Lindenkranz, seine Frau zu ermorden, indem er sein Faltboot so steuerte, dass es zu einer Kollision mit dem Motorboot kommen musste. Die Aussagen sowohl der Rebecca Lindenkranz wie des Kevin Wysocki gehen eindeutig in diese Richtung.«

»Es war Mord!« beharrte ich.

Der Kommissar stand auf. »Darüber werden andere zu urteilen haben.«

»Gut, warten wir's ab. Aber für mich heißt der Mörder Kevin Wysocki. Er war und ist Rebeccas Geliebter, und beide haben gemeinsame Sache gemacht. Wenn Ralph vorhatte, Rebecca ertrinken zu lassen, dann hat sie bestimmt vom Vorhaben ihres Mannes gewusst, zumindest eine Ahnung davon gehabt, und Kevin Wysocki war nicht durch puren Zufall mit seinem Motorboot zur rechten Zeit an der rechten Stelle. Vielleicht hat er Rebecca nur retten wollen, doch dann sind plötzlich die Aggressionen in ihm hochgeschossen: In die Hölle mit dem Mann, der mir im Wege steht!« Ich sprang auf. »Mit seinem Motorboot hat er Ralph Lindenkranz sozusagen abgeschossen.«

»Das sind doch nur Ihre phobischen Ängste als Paddler!« rief der Kommissar. »Ihre Angst vor Motorbooten. Deren Besitzer sind doch von vornherein alles potentielle Killer für Sie.«

»Wollen Sie damit sagen, dass ich reif für den Psychiater bin?«

»Nein, aber Sie sollten in kein Paddelboot mehr steigen. Höchstens noch in einen Panzerkreuzer.«

Sandra Lüpkes

007 überm Watt

Ich nehme lieber die Fähren. Auch wenn es irrsinnig Stunden kostet; in der Zeit, in der man von Borkum nach Juist kommt, fährt man mit dem Auto von Hamburg nach Frankfurt. Wohlgemerkt, die beiden Nachbarinseln liegen nur sechs Kilometer auseinander. Trotzdem hocke ich ganz gern auf den weißen Passagierschiffen und esse Bockwurst mit Kartoffelsalat, während ich von Insel zu Festland und dann wieder zur Insel übersetze. Ich kann in der Zeit am Laptop arbeiten, ich kann Zeitung lesen, kann Musik hören, kann so vieles. Aber im April schaffe ich das einfach nicht.

Meine Nordsee-Apotheken-Filialen auf den sieben ostfriesischen Inseln öffnen alle zu Beginn der Osterferien, alle innerhalb einer Woche. Und da muss ich mich als Geschäftsführerin blicken lassen, um mit den Angestellten die neuen Produkte und Medikamente durchzugehen. Im Frühjahr drängt die Zeit, also mache ich dann eine Ausnahme und nehme den Flieger. Aber nicht Linienflug, so etwas findet leider nicht statt zwischen Borkum und Wangerooge. Es gibt nur einen, der die einzelnen flachen Sandbänke täglich von der Luft aus miteinander verbindet, und das ist der Kinoflieger: Ole Feddersen Luftverkehrs GmbH Mariensiel bei Wilhelmshaven.

Feddersen, ein alter Haudegen, fliegt selbst nicht mehr. Aber er hat eine kleine Staffel abgebrannter Kamikazepiloten um sich geschart, die mit insgesamt zwei altersschwachen einmotorigen Cessnas die Kinofilmrollen der Lichtspielhäuser auf den Inseln austauschen. Dirk ist zum Beispiel der Sohn von Feddersen und hat eigentlich keine große Meinung vom Fliegen, macht es aber seinem Vater zu liebe, übrigens mehr schlecht als recht. Manfred war lang bei der Luftwaffe in Wittmund, jetzt leidet er an schweren Depressionen, hat er mir mal während eines Fluges erzählt. Am merkwürdigsten in diesem ohnehin schon merkwürdigen Unternehmen ist Pekinese, dessen richtigen Namen keiner kennt. Der aber seinem falschen Namen alle Ehre macht, denn seine Nase ist ebenso platt wie die des Zuchthundes, nur dass sie nicht gewollt, sondern Ergebnis einer Schlägerei gewesen ist. Seine Augen stehen unheimlich weit heraus. Ich als Pharmazeutin habe lange vermutet, dass er an einer Schilddrüsenüberfunktion leiden könnte, damit ließe sich auch sein jähzorniges Verhalten erklären. Heute weiß ich es besser.

Keiner weiß, warum Ole Feddersen es sich leisten kann, drei Piloten anzustellen. Auch wenn Dirk, Manfred und Pekinese nicht zur Eliteeinheit der Fliegerzunft gehören, niemand glaubt, dass man mit dem Herumfliegen von Kinofilmen so viel Geld verdienen kann. Einige glauben an einen Lottogewinn und Feddersens gutes Herz.

Ich glaube nicht daran. Schon lange nicht mehr. Genau genommen seit letztem April.

Wir hatten die Tour von Osten aus begonnen. Wangerooge bis Baltrum hatte ich an einem Tag geschafft und die Nacht schon auf Norderney verbracht. Seitdem die Krankenkassen noch knauseriger beim Übernehmen der Arztrezepte waren, hatte ich alle Hände voll zu tun, die Mitarbeiter in meinen Nordsee-Apotheken für die kommende Saison zu motivieren. Die Geschäfte liefen nicht wirklich gut; ich dachte über die Schließung unserer Filialen auf Baltrum und Spiekeroog nach.

Ich wusste, dass der Flieger um elf Uhr auf dem Flugplatz hinten beim Leuchtturm zum Weiterflug nach Juist abhob. Zugegeben, alles war ein wenig hektisch an diesem Morgen, ich hatte nicht genügend Zeit, mein graues Kostüm gegen etwas Bequemeres zu tauschen, doch die Taxe lieferte mich immerhin pünktlich ab. Nicht ohne Kommentar, denn der

Wind hatte ordentlich zugelegt und die kleinen Propellermaschinen waren alles andere als komfortabel.

»Hals- und Beinbruch«, wünschte der Fahrer und blieb etwas länger als gewöhnlich beim Tower stehen, wahrscheinlich weil er neugierig war, ob ich mit meinen Lederschuhen, meinem Wollmantel und dem engen Rock tatsächlich in die winzige, nicht wirklich stabil wirkende Maschine stieg.

Ausgerechnet Pekinese hatte Dienst und saß schon im Cockpit. Er grinste breit und seine platte Nase zog eigenartige Falten über das ganze Gesicht. Er stand nicht auf, um mir beim Einsteigen zu helfen, er kontrollierte auch nicht, ob meine Tür korrekt geschlossen war. Er sagte nur: »Könnte ungemütlich werden.« Dann warf er den Propeller an, und es war zu laut für mich, um großartig nachzufragen, *wie* ungemütlich denn. Ich wusste nur, er meinte weder die zerschlissenen Pilotensitze, das klapperige, undichte Seitenfenster, noch die geringe Beinfreiheit. Wir rollten los. Nun war es eh zu spät, um noch irgendwelche Prioritäten zu setzten, Job oder Leben oder so etwas in der Art. Wir wurden schneller.

Ich schob meine kleine Aktentasche zwischen den engen Sitzen hindurch nach hinten. Dann hörte man einen zerhackstückten Funkspruch aus dem Tower, und wir hoben ab. Obwohl wir keinen Bodenkontakt mehr hatten, rumpelte es, als quälten wir uns über mittelalterliches Kopfsteinpflaster. Ich bekam eine Ahnung von *ungemütlich* und hielt mich an der Sitzkante fest, während ich stur geradeaus blickte.

»Nordwind«, sagte Pekinese. »Stärke fünf bis sechs.«

»Aha.«

»Wird gleich besser. Das sind nur die Luftverwirbelungen durch die Dünen. Sobald wir oben sind ...« Er zog am Steuer und wir stiegen im steilen Winkel höher. Ich hätte gern eines meiner Reisekaugummis aus dem Medikamentenkoffer gezogen. Doch die Tasche lag hinter mir, und wenn ich mich umgedreht hätte, wäre mir sicher im selben Moment so übel geworden, dass es für medizinische Hilfe ohnehin zu spät gewesen wäre. Also blieb ich regungslos sitzen und schluckte meinen vermehrt auftretenden Speichel hinunter.

»... sobald wir oben sind, wird es ruhiger«, führte der Pilot den Satz zu Ende.

Tatsächlich stoppte das Poltern, und ich atmete das erste Mal seit einigen Minuten durch. Langsam löste ich meine verkrampften Hände und blickte Pekinese von der Seite an. »Das war wirklich ungemütlich!«

Er grinste. Seine Zähne waren klein und stummelig. Ich dachte, gleich bellt er, so sehr glich er in diesem Moment seinem Namensvetter. »Warten wir ab, bis wir nach Juist kommen!«

Ich wandte den Blick zu meinem Fenster, das oben eine schmale Klappe hatte, die nur von einem Streifen Tesafilm gehalten wurde, und schaute hinaus. Die Aussicht unterhalb der Tragflächen erwies sich als beruhigend, denn von hier oben sah nichts wirklich bedrohlich aus. Der Nordwind brachte hier an der Küste oft den klarsten Himmel zustande. Wir waren gen Osten gestartet und flogen gerade im Halbkreis über das Naturschutzgebiet von Norderney. Die Aprilsonne war weißlich hell und ließ die Farben – das Graugrün der Dünen, das Graublau des Wassers, das Graubeige des Sandes – wie mit Scheinwerfern bestrahlt wirken. Die schäumende Brandung sah aus, als garniere sie den Strand mit Sahne. Ich beobachtete eine Möwe unter uns, die sich scharf gegen den Wind warf und ebenfalls die Aussicht zu genießen schien.

Wir ließen gerade die Norderneyer Hochhäuser hinter uns und überflogen das stürmische Seegatt zwischen den Inseln. Man konnte die schmale Silhouette von Juist voraus im Watt liegen sehen, und ich war fast soweit, mich zu entspannen. Da sackte die Maschine ab, keine Ahnung wie tief, aber es war ein Gefühl wie Achterbahn fahren, und ich hob einen kurzen Augenblick von meinem Sitz ab. Da ich nicht hysterisch wirken wollte, verkniff ich mir einen Schrei, ein albernes Kieksen kam mir stattdessen über die Lippen.

»Nur ein Luftloch«, sage Pekinese und steckte sich eine filterlose Zigarette in den Mund. »Überm Wasser sind die Luftschichten manchmal ein bisschen unruhig.«

Er zündelte mit seinem Benzinfeuerzeug herum und nahm dann einen tiefen Zug.

Ich hustete.

»Nichtraucherin?«

»Ja!« sagte ich und hoffte, er würde höflichkeitshalber den Glimmstengel löschen. Stattdessen blies er mir den Rauch ins Gesicht. Im selben Moment wurden wir von einer Böe nach links gedrückt. Er steuerte mit der freien Hand gegen.

»Ach ja, Sie sind ja die schicke Apothekentante. Hat mir der Chef mal gesagt. Dann leben Sie ja sicher ganz gesund, nur Vollkorn und so'n Kram.«

Ich nickte nur.

Er lachte. »Aber ein Flug mit mir kann auch gefährlich für Leib und Leben sein.« Er wies auf einen scheinbar selbst gebastelten, schwarzweißen Aufkleber, der neben den zahlreichen Mess- und Anzeigegeräten auf dem Armaturenbrett klebte, und auf dem der Gesundheitsminister verkündete: »Fliegen kann tödlich sein.«

Ich lächelte kurz und gezwungen. »Ich habe keine Flugangst«, sagte ich tapfer.

»Ach, das kriegen wir auch noch hin«, antwortete Pekinese.

Er bediente einen kleinen Hebel oberhalb der Scheibe, und man hörte ein leises Surren von der Seite her. Ich drehte mich in die Richtung und sah, dass sich an den schlanken Tragflächen kleine Flügel nach unten neigten. »Die Landeklappen?« fragte ich, bemüht um einen professionellen Unterton.

»Ja, so was Ähnliches. Wollen Sie die Landung machen, wenn Sie so viel Ahnung haben?« Er ließ demonstrativ das Steuer los, lehnte sich zurück und verschränkte die Arme hinter seinem Kopf.

Mein Herz blieb stehen. »Halten Sie das Lenkrad fest!«

»Das Lenkrad? Wir sind hier nicht bei der Formel eins!« Er lachte mich aus.

Ich konnte mich nicht erinnern, jemals einem so unangenehmen Menschen begegnet zu sein und legte mir in Gedanken schon die Worte für einen saftigen Beschwerdebrief an Ole Feddersen zurecht.

»Verdammt noch mal!«, rutschte es mir raus.

»Gut, wenn die feine Lady zu fluchen beginnt, will ich mal lieber nicht so sein.«

Ich bemühte mich nicht, meine Erleichterung zu verbergen, als er sich wieder nach vorn beugte und, nachdem er einen Lungenzug genommen hatte, wieder beide Hände an den richtigen Platz legte.

»Tower Juist, Tower Juist, wir haben Sie auf dem Schirm«, kam eine Metallstimme aus dem Lautsprecher. »Sind Sie im Landeanflug?«

Pekinese nahm ein kleines Mikrofon in die Hand, in der auch seine Zigarette glühte. »Roger, hier Cessna MARE-125, Kinoflieger, was gibt´s?«

»Keine Landung auf Juist!« kam die Antwort vom Tower.

»Pustekuchen!« sagte Pekinese und zwinkerte mir zu, als seien wir Verbündete.

»Das ist kein Witz, MARE-125, wir haben heftige Luftverwirbelungen auf der Landebahn, Windstärke sechs bis sieben aus Nord. Keine Landeerlaubnis!«

Pekinese zuckte die Schultern. Unter uns war inzwischen der breite Sandstrand des Juister Kalfamers auszumachen. Ich irrte mich nicht, das Land kam immer näher, wir gingen in Sinkflug, oder wie immer das auch heißen mochte.

»MARE-125, haben Sie verstanden? Keine Landeerlaubnis auf Juist!«

Pekinese hängte mit ausdruckslosem Gesicht das Mikrofon zurück an den Haken.

Ich starrte ihn an. »Was machen Sie da?«

»Diese Schönwetterpiloten haben mir gar nichts zu sagen!«

»Wie bitte?« Meine Beine fühlten sich mit einem Mal so bleischwer an, dass ich schwören konnte, ihr Gewicht brachte das Flugzeug noch schneller zur Landung. Inzwischen sah man die Landebahn geradeaus. »Sie wollen doch nicht etwa ...«

»Also, ich muss auf die Insel, ich habe da einen Job zu erledigen. Sie etwa nicht?«

»Doch, schon«, haspelte ich. »Aber doch nicht, wenn es so gefährlich ist. Wir können auch gern ...«

Wieder war das Rauschen der offenen Funkleitung zu hören. »MARE-125, hier Tower Juist. Ich weise Sie ausdrücklich darauf hin, dass Sie sich entgegen der Luftverkehrsordnung verhalten, wenn Sie jetzt ...«

Den Rest verstand ich nicht mehr. Der Flugzeugkörper ächzte, als mehrere Windstöße kurz hintereinander gegen seine Seite schlugen. Wir wurden in den Sitzen hin- und hergeschubst. Die Maschine sackte so schnell, dass ich dachte, wir würden direkt an einem der Dünenkämme unter uns hängen bleiben.

»Das ist lebensgefährlich«, vernahm ich die Funkdurchsage.

Wir sanken weiter. Die Tragflächen vibrierten fürchterlich, ich konnte die Erschütterungen sehen. Es sah aus, als würden sie wie Flügel zum Schwingen ansetzen, um das Schlimmste zu vermeiden.

»Sie haben doch sicher genug Verbandszeug dabei, als Apothekerin«, scherzte Pekinese, aber er drückte die Zigarette in eine Dose zwischen den Sitzen, und ich merkte, dass auch er nervös wurde. Wir waren jetzt fast unten, ich erkannte bereits die Fugen zwischen den Pflastersteinen der Landebahn. Wir neigten uns nach rechts. Ich dachte, jeden Moment schlitzt die Tragfläche an meiner Seite die Grasnarbe auf.

»Durchstarten!!« schrie der Tower.

»Scheiße«, fluchte Pekinese plötzlich, riss das Steuer nach oben, und ich hörte, wie der Motor aufjaulte. Mir kam es vor, als höben wir beinahe senkrecht wieder ab. Die ausgeleierte

Federung der Rückenlehne presste sich gegen meine Wirbelsäule.

»Das war knapp!« dröhnte es erleichtert aus dem Lautsprecher.

Erst jetzt merkte ich, dass ich meine Augen fest zusammengekniffen hatte. Als ich sie langsam wieder öffnete, sah ich zu Pekinese rüber, der wieder so gelassen vor sich hingrinste, als habe er nur einen Witz auf meine Kosten gemacht. »Diese kleine Showeinlage kostet Sie aber extra!«

»Sie können mich mal«, knurrte ich. Ich wusste nicht, welches Gefühl gerade mehr von mir Besitz ergriffen hatte: Die Erleichterung, dass der missglückte Landeanflug glimpflich verlaufen war, oder die Wut auf diesen Widerling, dem ich mich so gnadenlos ausgeliefert fühlte.

Wir waren wieder soweit oben angelangt, dass sich das Flugzeug ruhig verhielt, als wäre nichts passiert. Pekinese flog einen engen Bogen. Ich ahnte, was das heißen könnte und starrte ihn an.

»Probieren wir es aus der anderen Richtung«, sagte er lapidar.

»Nein, ohne mich!«

»Das wird aber schwierig ...«

Auch der Lautsprecher meldete sich prompt. »Pekinese, wir gehen doch wohl hoffentlich richtig in der Annahme, dass dies jetzt kein erneuter Versuch werden soll.«

Tatsächlich ging die Maschine wieder runter.

»Hören Sie? Tower an Pekinese! Die Kollegen von Norderney haben uns gerade mitgeteilt, dass Sie nicht allein sind. Somit gefährden Sie nicht nur ihr eigenes Leben, wenn Sie das jetzt durchziehen.«

Ich konnte nicht mehr an mich halten und fasste Pekinese am Arm: »Lassen Sie das! Ich bitte Sie, wem wollen Sie denn hier etwas beweisen?«

»Ihnen nicht, Chérie. Aber ich habe Ladung hinten drin, die dringend nach Juist muss.«

»Was kann denn wohl so wichtig sein?«

»Der neue 007!«

»Was?«

»Ich bringe den neuen James Bond zur Insel. Die Herrschaften auf Juist sind im Premierenfieber. Was soll ich also Ihrer Ansicht nach tun?«

»Markieren Sie hier nicht den Superhelden. Sonst landen wir alle samt 007 im ostfriesischen Watt!«

»Tower Juist an MARE-125. Sie haben keine Landeerlaubnis, verstanden? Das wäre unverantwortlich. Wir empfehlen Ihnen, in Borkum runter zu gehen. Dort liegt die Bahn in Nord-Süd-Richtung und Sie könnten wesentlich sicherer mit Gegenwind landen.«

»Hören Sie das?« vergewisserte ich mich, denn ich hatte den Eindruck, dass Pekinese nicht einen Cent auf die Ansage der Flugaufsicht gab. »Fliegen wir nach Borkum! Erfreuen Sie die Gäste dort mit 007. Die Juister werden es überleben. Und wir auch!«

Pekinese verzog den Mund. Seine Laune verschlechterte sich offensichtlich. »Es geht nicht nur um *den* Film. Ich habe noch eine Liebeskomödie mit Scarlett Johansson und noch so einen Kram. Wenn ich die Filme nun nach Borkum bringe, ist das ganze Programm-System durcheinander. Das gibt nur Ärger.«

»Ich glaube nicht, dass Feddersen Ihnen das übel nimmt. Wind und Wetter sind doch höhere Gewalt.«

»Sie haben keine Ahnung«, knurrte der Hund.

Wir sagten eine Weile nichts mehr. Zum Glück hatte er erst einmal den Sinkflug abgebrochen, wir bewegten uns im großen Bogen über dem Wattenmeer. Tief unten konnte man die feinen Wege der Gezeitenströme erkennen, die sich wie die Stämme und Äste und Zweige eines Baumes über der freigelegten Meeresfläche ausbreiteten.

»Fliegen Sie nach Borkum«, sagte ich ruhig. Wahrscheinlich war es wirklich besser, wenn ich in gemäßigtem Ton mit diesem Choleriker sprach.

Er seufzte und kramte mit der einen Hand in seiner Gesäßtasche, bis er eine zerknüllte Packung *Roth-Händle* hervorzog. »Scheiße, leer!« Er schnallte sich ab und machte Anstalten aufzustehen.

»Was wird das jetzt?« schrie ich etwas aufgeregter, als ich es mir eigentlich vorgenommen hatte.

»Hinten hab ich noch welche. Sind zollfrei von Helgoland!« Er schob sein Bein um die Ecke und drehte seinen Oberkörper in meine Richtung.

»Sie wollen nach hinten kriechen? Und das Flugzeug?«

»Fliegt im Kreis!«

Ich achtete nicht darauf, wo ich ihn zu fassen bekam, sondern krallte instinktiv meine, zugegeben recht langen, Fingernägel in seine Stoffhose. Erst als er aufjaulte, bemerkte ich, dass ich ihn im Schritt erwischt hatte. Ich zog ihn auf seinen Sitz zurück.

»Da bleiben Sie jetzt sitzen, verstanden?«

Er schaute mich mit großen Augen an. Damit hatte er anscheinend nicht gerechnet. Erst nach einigen Sekunden gelang es ihm, die Überraschung im Blick zu einem wütenden Ausdruck werden zu lassen. »Ich glaube, Sie sind nicht ganz echt. Wenn ich mir meine Zigaretten von hinten holen will, dann werde ich das auch tun. Ohne meine Dosis Nikotin werde ich noch unfreundlicher, als ich es ohnehin schon bin.«

Das waren schlechte Aussichten, auch wenn ich mir eine Steigerungsform seines Benehmens kaum vorstellen konnte.

»Ich hätte in meiner Tasche ein Rauchentwöhnungspflaster!« schlug ich vor.

»Schwachsinn!« murrte er und rieb sich noch immer über den Hosenstall.

Ich ahnte, dass ich schlechte Karten hatte, wenn ich versuchen wollte ihn davon abzubringen. Es sei denn ... »Dann sagen Sie mir halt, wo die Zigaretten sind, und ich krabble nach hinten!«

Er nickte mit halb hochgezogenem Mundwinkel. »Das ist brav!« Wie er meine Angst auskostete! Noch immer hatte er weder seine Hände am Steuer noch die Augen geradeaus. Ein kleines Luftloch erinnerte uns beide mit einem unangenehmen Ruck daran, dass wir uns ziemlich weit über dem Wattenmeer befanden. »Also gut, die Stange Zigaretten müsste hinten bei Scarlett Johannson liegen. Aber kramen Sie nicht so rum. Die Ladefläche mag chaotisch aussehen, aber da steckt ein Prinzip hinter. Kapiert?«

Zwischen seinem und meinem Sitz war eine schmale Lücke, durch die ich mühselig erst das eine und dann das andere Bein und schließlich meinen ganzen Körper zwängte. Mein Rock verrutschte unglücklich, meine Seidenstrumpfhose blieb an irgendetwas hängen. Ich kroch weiter. Nie und nimmer gab es hier eine Ordnung: Die gewaltigen, sechseckigen Metallkisten lagen schräg übereinander. Ich sah die leicht angerissenen Papieretiketten, auf denen die Namen der Filme vermerkt waren. 007 verrutschte, als ich mich über ihn hinweg schob.

»Aufpassen, verdammt noch mal!« kommandierte Pekinese.

Scarlett Johannson stand aufrecht gegen die Seitenwand gelehnt, stabil sah es nicht gerade aus, aber wenn die Liebeskomödie unseren missglückten Landeanflug überstanden hatte, würde sie auch diese vergleichsweise ruhige Verkehrslage überstehen. Ich drängte mich vorsichtig an ihr vorbei und entdeckte einen Wust aus Kartons, durcheinander gewürfelt in die Ecke geschoben. Es war ziemlich dunkel dort hinten. »Ein länglicher Karton?« fragte ich nach vorn.

»Eben 'ne Zigarettenstange. Lang und dünn. Und die anderen Kartons bleiben, wo sie sind, verstanden?«

»Ja ja«, sagte ich, und wirklich, ich schwöre: Es war nicht meine Absicht, dass mir der gesamte Inhalt eines anderen Päckchens auf den Boden kullerte. Es war wirklich nur wegen der Unordnung. Ich habe die Zigaretten auch gleich darauf gefunden und eine Schachtel *Roth-Händle* herausgepult. Aber diese merkwürdige Tüte mit den kleinen Dingern drin schaute ich mir dann doch noch genauer an.

Obwohl es dämmrig war im Laderaum, erkannte ich sofort die hellblaue Farbe, die viereckige Rautenform. Es waren sicher fünfhundert Stück. In einer durchsichtigen Tüte. Ich konnte gut rechnen. Über dreitausend Euro in einer Plastiktüte. Und diese Viagra-Pillen hier waren mit Sicherheit nicht die einzigen illegalen Medikamente an Bord. Wir flogen also, neben 007 und Cameron Diaz, ein kleines, verbotenes Vermögen spazieren. Auf diese Weise also verdiente sich Feddersens Luftflotte das nötige Kleingeld dazu. Pillenschmuggel auf den Inseln. Wie auch immer er den Handel organisierte, er konnte sich und seine Crew bestimmt bestens damit versorgen. Mein Mund wurde staubtrocken.

»Was ist jetzt mit meinen Zigaretten?«

»Bin schon unterwegs«, sagte ich. Ich zögerte nur kurz, dann nahm ich meine Entdeckung mit. Ich war froh, dass das Dröhnen des Motors das Tütenknistern und meinen aufgeregten Herzschlag übertönte. Während ich wieder nach vorn krabbelte, schob ich den Beutel unter meinen Sitz. Pekinese hielt seine Hand bereits fordernd geöffnet, ich legte die Zigarettenpackung hinein.

»Danke!« sagte er tatsächlich.

»Und jetzt landen wir auf Borkum?« fragte ich.

Er lachte, hantierte mit dem Feuerzeug, zog am Tabak, er machte wieder viele Dinge auf einmal, statt zu fliegen, wie ich es mir gewünscht hätte. Wie lange waren wir nun eigentlich schon in der Luft, 007, Scarlett Johannson, Pekinese und ich? Nach meinem Gefühl waren es schon mehr als zwanzig Minuten. Allein die Aktion auf der Ladefläche war mir wie eine Ewigkeit erschienen.

»Landen wir jetzt auf Borkum?« fragte ich wieder.

»Habe ich irgendwelche Versprechungen dieser Art gemacht?« fragte Pekinese zurück, und er ahmte meinen ängstlichen Unterton in der Stimme nach.

Ich musste mich erst einmal wieder orientieren. Beim Krabbeln hatte ich nicht nach draußen sehen können, und nun hatte ich keine Ahnung, wo wir steckten. Der Blick aus dem Fenster war wie ein Schlag ins Gesicht: Direkt vor uns, wirklich exakt geradeaus, lag die altvertraute Landebahn. Und wir waren schon wieder relativ weit unten. Warum hatte die Stimme aus dem Tower sich diesmal nicht gemeldet? Ich schaute zum Lautsprecher. Hatte dort nicht eben noch ein grünes Licht geblinkt? Jetzt war es aus. Pekinese hatte während meiner Suche einfach den Funk abgestellt. Ich griff nach oben und drehte an einem der Knöpfe.

»Was machen Sie denn da, Finger weg!« sagte Pekinese wütend und schlug mir auf die Hand. Doch ich hörte dennoch das Rufen aus dem Tower: »Das ist lebensgefährlich! Pekinese, lass den Scheiß!«

Er schaltete sofort aus.

Im selben Augenblick ging das Rumpeln wieder los. Der Tesafilm am Seitenfenster gab auf, und die Klappscheibe fiel herunter. Eisiger Wind packte meinen Scheitel. Gleich würden wir sterben. Gleich würden wir uns nicht mehr halten können, die Balance verlieren, auf den Boden aufschlagen, in tausend Teile zerschmettern. Gleich war mein Leben vorbei.

»Nein!« schrie ich, aber Pekinese schien seinen Spaß daran zu haben. Es hatte keinen Sinn, diesen Psychopathen mit Argumenten zu überzeugen. Er war verrückt. Und ich war ihm ausgeliefert.

Die letzten Sekunden meines Lebens, dachte ich, gleich würde dieser Film ablaufen, von dem so viele berichtet haben, wenn einem die Todesangst noch einmal alles von Geburt bis zum heutigen Tag im Schnelldurchlauf präsentierte. Welchen Film sah Pekinese wohl gerade ablaufen? Und Scarlett Johannson? 007? Auf Wiedersehen, schöne Welt.

Hatten wir noch eine Chance?

Ich griff unter meinen Sitz. Die Tüte. Mit einer schnellen Bewegung zog ich die Pillen hervor und hielt sie ihm nur kurz vor das Gesicht. »Pass mal auf, du Arschloch«, sagte ich dann und riss die Pillen zu meinem Fenster hinüber. Meine Hand mit den fünfhundert Viagras passte durch den offenen Schlitz.

Er starrte auf die wertvolle Fracht in meiner Hand, die vom Flugwind nach hinten gerissen wurde.

»Lassen Sie das!« schrie er.

»Ja, ich lasse das ... ich lasse das fallen! Verstanden? Ein kleines Vermögen wird auf Nimmerwiedersehen im Juister Watt verschwinden. Die Miesmuscheln werden eine hervorragende Fruchtbarkeit in den nächsten Jahren an den Tag legen. Aber Sie werden ziemlich viel Ärger von Ihrem Chef bekommen. Falls wir überleben. Es sei denn ...«

»Es sei denn was?«

»Quatschen Sie nicht rum! Reißen Sie das Steuer nach oben und nehmen Sie Kurs auf Borkum. Verstanden?«

»Was?« fragte er noch blöd, doch seine Arme befolgten instinktiv meinen Befehl und wir stiegen wieder nach oben, wahrscheinlich in letzter Sekunde. Ich konnte aus den Augenwinkeln ein paar Menschen auf dem Landeplatz sehen, die verängstigt und erleichtert unser Manöver verfolgten.

Der Himmel, auf den wir zusteuerten, war ebenso blau wie die illegalen Pillen, die mir soeben das Leben gerettet hatten. Meine Finger spürten die Kälte dort draußen gar nicht mehr. Meine ganze Aufmerksamkeit war auf meine starren Hände gerichtet, damit sie die Tüte nicht fallen ließen. Ich musste meine verkrampften Gelenke im Auge behalten, um den Griff nicht zu lockern. Diese Tüte war meine Lebensversicherung, das war mir klar.

Brav flog Pekinese gen Westen. Er sagte kein Wort, schaute nur ab und zu hektisch zu meinem Fenster hinüber. Endlich hatte ich den Mut, ihn mit einer gewissen Gelassenheit zu beobachten. Sein unglaublich hässliches Gesicht, seine Unruhe, er hatte wirklich nicht alle beieinander. Und jetzt, wo ich die Sache mit den illegalen Medikamenten herausgefunden hatte, war mir klar, dass seine Art wohl eher auf den

Missbrauch diverser Tabletten als auf eine Schilddrüsenüberfunktion zurückzuführen war. Sicher nahm er bei diesem reichlichen Angebot Aufputschmittel, Beruhigungspillen und im Bedarfsfall auch ab und an diese sagenumwobenen Potenzgaranten. Neben mir saß wahrscheinlich ein lebendiges Medikamentenlager. Ich mochte mir lieber nicht vorstellen, welcher Chemiecocktail gerade durch seine Adern floss und Einfluss auf Pekineses Flugtauglichkeit nahm.

Ich verdrängte den Gedanken gründlich, schaute wieder lieber auf meine inzwischen ungesund verfärbte Hand da draußen und die ersten Dünen von Borkum. So schön hatte noch nie eine Insel von oben ausgesehen. Ich lehnte mich bis zur sicheren Landung in meinem Sitz zurück.

Die Saison ist gut verlaufen. Es war ein heißer Sommer und wir haben guten Umsatz mit Sonnencremes und Kühlsalbe gemacht. Die Filialen auf Baltrum und Spiekeroog werden auch im nächsten Frühjahr in der Woche vor Ostern wieder ihre Türen öffnen.

Ole Feddersen und seine Truppe liefern ihre Ware täglich frei Haus. Vielleicht ist es ihnen sogar ganz recht, dass ich mich in den Handel eingeschaltet habe, so brauchen sie die Ware nicht an unprofessionelle DJs und Kneipenwirte verkaufen. Bei mir sind die Dinger in den besten Händen. Frisch eingeflogen via Helgoland, Pillen und Dragees in allen Farben des Regenbogens, billig eingekauft und teuer unterm Ladentisch zu haben. Gerade in den Sommerferien ist der Bedarf an Viagra enorm.

Pekinese ist jetzt zahm wie ein Schoßhund. Seitdem es in meiner Hand liegt, ob er seine kleinen Helfer weiterhin schlucken kann oder nicht, wagt er nicht den Mund aufzumachen. Nur einmal hat er was gesagt. Als ich gerade dabei war, zum Saisonende die dicken Scheine zu zählen. Ich weiß nicht genau, wie er den Satz gemeint, ob er ihn auf mich oder unsere Apotheken bezogen hat.

»Sie haben überlebt!« hat er gesagt.

Und ich habe genickt, die Scheine in die Aktentasche gepackt und bin mit dem Schiff zum Festland gefahren.

Franziska Steinhauer

Die Hand

2006

Gerald Westenbaum sah zu, wie der Sekundenzeiger sich von einem Teilstrich zum nächsten schleppte. Wie lang würde er hier noch tatenlos rumsitzen müssen, bevor er Elfie vermisst melden konnte?

»Vermisst!«, stieß er verächtlich hervor, was Penelope, die Hauskatze, zu einem kühnen Sprung aus dem Bett veranlasste. Wer sollte Elfie schon vermissen? Oder ihr plötzliches Verschwinden auch nur bedauern? Selbst der Katze schien es nichts auszumachen, dass die Dame des Hauses nicht mehr da war.

Es gab viele Fettnäpfchen in seiner momentanen Situation, wurde ihm klar. Vielleicht wäre es klug zu überlegen, wie er ihnen am besten ausweichen konnte.

»Verdammt! Jetzt habe ich in den letzten zwanzig Jahren so viele dieser blöden Krimiserien im Fernsehen angucken müssen – und jetzt, wo ich einen genialen Plan bräuchte, fällt mir gar nichts ein, was hilfreich sein könnte!«

Wütend starrte er den Wecker an. Die Zeit dehnte sich wie ein Schweinedarm beim Spülen.

Sofort fiel ihm wieder Elfies höhnisches Gelächter ein, als er das Schild über dem Laden anbrachte. »Gerald's Landmetzgerei & Hofladen« stand darauf. Seine Frau hatte ihn noch wochenlang aufgezogen, des falschen Genitivs wegen. »Das ist alles wurscht«, hatte er schlagfertig geantwortet, doch ihre Stimme hallte noch heute in seinen Ohren nach.

Heute. Es gab keinen Grund mehr dafür, die Sache aufzuschieben. Er würde es jetzt sofort in Angriff nehmen!

Träge schwang er die Beine aus dem Bett.

Registrierte eine unangenehme Kühle.

Seit Ende August kroch langsam der Herbst aus den Fließen in die Häuser. Feucht und klamm. Sein Hof lag nicht direkt an einem dieser Wasserläufe, für die der Spreewald bekannt war, aber eben auch nicht weit genug davon entfernt, um von den Nebenwirkungen verschont zu bleiben. Mücken im Sommer und im Herbst – nun ja. Dafür lag sein Hof in einer der schönsten Gegenden Deutschlands, tröstete er sich und das sahen die Touristen wohl ebenso. Sie hatten ihm in den letzten Jahren immer neue Rekordumsätze beschert.

Seine Gedanken kehrten wieder zu Elfie zurück.

Bevor er ihr Verschwinden bei der Polizei meldete, wäre es sicher gut, das fleckige Feinrippunterhemd zu wechseln. Wegen des guten Eindrucks, den zu hinterlassen er plante.

Verwahrlost durfte er auf gar keinen Fall wirken, wenn er auf dem Revier aufkreuzte, dann war er gleich verdächtig. Im Fernsehen war das auch immer so gewesen.

Ächzend stemmte er sich am Nachttisch hoch.

Seine Finger hinterließen schmutzige Flecken auf der Oberfläche.

»Auch gut. Putzen ist allemal besser, als nur stupide rumzusitzen!«, erklärte er Penelope, die ihn maunzend an ihr Futter erinnerte.

»Gleich! Erst gehe ich noch schnell ins Bad!«

Mit der Nagelbürste schrubbte er die bräunliche Schicht von den Händen, kratzte sie aus dem Nagelfalz und unter den Nägeln hervor. Er verwendete jede Menge Seife, um wirklich alle Reste davonzuspülen. Zufrieden betrachtete er dann das Ergebnis. Fast makellos. »Sauberer als zum Geburtstag.« Der penetrante Parfumgeruch würde sich rasch verlieren, hoffte er und rümpfte angeekelt die Nase, als er am Handrücken schnupperte. Elfie! Immer musste alles ›duften‹. Widerlich!

Gerald zog ungelenk das Unterhemd über den Kopf und überlegte, was damit am besten geschehen sollte. »Die Flecken sind echt. Bestimmt gehen die eh nicht mehr raus. Oder es bleiben Reste«, murrte er. »Wenn die Polizei sich hier umsieht und das findet, nehmen die gleich das Schlimmste an. Flecken auf dem Unterhemd, ne, das sollte besser nicht rumliegen. Immerhin ist es Blut.« Ohne lang zu überlegen trottete er in die Küche, feuerte den Ofen an, den er in der Übergangszeit gelegentlich anheizte und warf das Hemd hinein. Versonnen beobachtete er, wie die Flammen blakend die neue ungewohnte Nahrung erkundeten.

Eine Stunde später stand er frisch geduscht und in passabler Kleidung vor dem Spiegel im Flur, stieß mit seinem Gegenüber an. Der Wein in seinem Glas schwappte über den Rand und rann an Gerald›zwei‹ hinunter. Es sah aus, als weine er. »Dir fehlt sie wohl, was?«, fragte er den Doppelgänger mitfühlend. »Mir nicht!«

Mit der freien Hand lockerte der vereinsamte Ehemann den Knoten der Krawatte. Er sah so seltsam damit aus, dass er sich beinahe selbst nicht erkannte.

»Betrinkt sich einer, dem die Holde unerwartet abhandengekommen ist, bevor er zur Polizei geht? Oder eher nicht?«, erfragte er bei seinem Spiegelbild. Die beiden Geralds einigten sich darauf, dass eine Alkoholfahne sicher keinen guten Eindruck auf die Beamten machen würde. Außerdem sollte er unbedingt versuchen einen klaren Kopf zu bewahren. Nicht auszudenken, was passieren konnte, wenn er etwa die Diensthabenden auf der Wache zum Feiern einladen würde, weil Elfie endlich verschwunden war.

Nein, nein!

»Wie zerknirscht muss ich denn aussehen? Sie ist ja erst seit zwei Tagen weg.«

Gerald übte eine Reihe von Gesichtsausdrücken, die Trauer, Verzweiflung, Sorge oder gar Angst zeigen sollten. Sie kamen ihm sehr gestellt vor, unecht und aufgesetzt. So funktionierte das nicht. Das würden die Polizisten sofort bemerken, die hatten ja Erfahrung mit diesen Dingen. Nachdenklich wanderten seine Augen durch die kleine Küche. Im Vorübergehen kippte er den Wein in den Ausguss.

Sein Blick blieb am Ofen hängen.

»So könnte es gehen!«, flüsterte er. »Keiner sieht's. Besondere Situationen fordern eben besondere Opfer.«

Langsam entkleidete er seinen Oberköper.

Als er den glühenden Scheit gegen seinen Unterarm presste, der höllische Schmerz durch seinen gesamten Arm bis in die Brust fuhr, ihm der Gestank von verkohlten Haaren und verbrannter Haut in die Nase stieg, erfüllte ihn das mit unbändigem Stolz.

»Tja. Gerald Westenbaum ist eben doch ein ganzer Kerl!«, murmelte er. Kein Warmduscher und Waschlappen, wie es Elfie immer so gern ihren Freundinnen gegenüber behauptet hatte. Oh, nein!

Muss man bei solchen Gesprächen auf dem Revier weinen?, bohrte sich eine andere wichtige Frage in seine Überlegungen.

»Mein Nachbar, der allseits beliebte und geschätzte Herr Lehrer, würde es sicherlich tun!«, zischte er voller Verachtung. »Aber der ist ja auch nicht verheiratet. Schon gar nicht mit einer Hexe wie Elfie!«

Nun gut, auf Tränen wegen ihres Verschwindens wird Elfie eben verzichten müssen, beschloss Gerald trotzig, das passt auch gar nicht zu mir.

Er wickelte eine Mullbinde um die Brandwunde.

Verbarg alles unter den langen Ärmeln des Hemdes.

Wenn er auf dem Revier einfach von Zeit zu Zeit fest auf den Verband fassen würde, dann käme der schmerzerfüllte Gesichtsausdruck ganz von allein, ohne jede Schauspielerei. Das musste genügen.

Alexander Paschkes Blick glitt wohlgefällig über seinen Kahn.

Alles war aufs Beste vorbereitet. Seine Elisabeth hatte die Tische liebevoll mit Blumenarrangements dekoriert, passend zum Wechsel der Jahreszeiten in herbstlichen Tönen. Orangefarbene und rote Fleecedecken lagen über den Lehnen der Bänke bereit, falls die Gäste anfangen sollten zu frösteln. Für Wärme von Innen sorgten schon die Schnäpse, die Paschke von Zeit zu Zeit durch die Reihen geben würde. Er taxierte die Menge an ›Kurzen‹ in seinem Weidenkorb.

Gut, das wird reichen, dachte er zufrieden.

Ein Stopp an einem Spreewaldhof war auch geplant. Dort wurde, zum ersten Mal in dieser Herbst-Kahnsaison, Glühwein für die Gruppe vorbereitet.

Eigentlich war es heute nicht ideal für eine Kahnfahrt. In der Nacht war die Temperatur stark gefallen, über dem Fließ lag Nebel. Unheimlich mutete das an, sah nicht nach guter Laune und Sorglosigkeit aus.

Er hatte sich extra heute Morgen noch einmal telefonisch rückversichert. Die Gruppe war fest entschlossen, der Kunde König. An mir wird diese Fahrt jedenfalls nicht scheitern, freute sich der Fährmann, mir wird nicht so schnell kalt.

Deshalb stakte er auch in jedem Jahr regelmäßig Glühweintouren durch den Hochwald. Solche Events, wie das neuerdings hieß, waren nur etwas für witterungsresistente Rudelführer.

Alexander Paschke beobachtete das Grau des Himmels und machte sich dennoch Sorgen. Zufriedene Kunden waren in seiner Branche das wichtigste. Nicht auszudenken, wenn alle nach der Heimkehr zeterten, womöglich krank wurden!

Ihm waren die Schattierungen der Wolken vertraut und speziell dieser Farbton verhieß nichts Gutes. Sicher, der Wetterbericht hatte hoffnungsvoll von Aufheiterungen ja gar Sonnenschein am Nachmittag gesprochen, aber was wussten diese Wetterfrösche denn schon.

Paschke war praktisch jeden Tag draußen! Er hatte den Wetterbericht nicht nötig, er spürte, was kommen würde.

Schon von weitem hörte er seine Kunden.

Als er sie um die Ecke biegen sah, milderte ein anerkennendes Schmunzeln seine wettergegerbten Züge. Diese Geburtstagsgesellschaft war gut vorbereitet. Warme Jacken, Schirme, Mützen, Schals und Handschuhe – ja selbst Regenumhänge hatten sie dabei.

Paschke entspannte sich.

Das würde eine ruhige Fahrt werden, mit Passagieren die so schnell nichts erschütterte, die auf Überraschungen aller Art vorbereitet waren. Na ja, dachte Paschke und sein Schmunzeln entwickelte sich zu einem breiten Grinsen, Eisberge verirren sich eher selten in den Spreewald, eine Kollision war demnach nicht zu befürchten.

Es dauerte gar nicht lang und die Gäste waren eingestiegen.

Das Geburtstagskind, hatte Paschke inzwischen herausgefunden, stammte aus Burg und feierte heute nicht nur seinen 65.; die burschikose, sportliche Frau nahm gleichzeitig endgültig Abschied von ihrer Heimat.

Gut gelaunt berichtete sie von der geplanten Reise, die sie um die ganze Welt führen sollte und zu ihrem neuen Haus auf Neuseeland, wo die Tochter mit ihrer Familie seit gut einem Jahrzehnt lebte. Abenteuer, verkündete sie, wolle sie nun endlich erleben, bevor es dazu für immer zu spät sei. Schließlich feierte man unentrinnbar jedes Jahr einen neuen Geburtstag.

»Das Alter steht schon vor meiner Tür. Ich fürchte, es wird einfach eintreten und sich nicht aufhalten lassen. Und mal ehrlich, welche Abenteuer kann man schon in Burg erleben?«, meinte sie fröhlich.

Paschke hörte gut zu.

Schließlich wurde von ihm Konversation erwartet, womöglich irgendwann während der mehrstündigen Tour eine Ansprache. Wenn bei dieser Gelegenheit möglichst viele persönliche Informationen über die Dame einfließen konnten –

umso besser. Die ›Kurzen‹ sorgten schon dafür, dass sich die Zungen lockerten. Und lebenslustig schien das Geburtstagskind allemal zu sein.

Endlich legte er mit theatralischem Gehabe ab.

Den einleitenden Teil seines Textes über den Spreewald hielt er kurz. Einheimischen brauchte er nicht viel über ihre Gegend zu erzählen. Dennoch erwähnte er, dass die Fließe von Menschenhand gestaltet wurden, der Spreewald also keine natürliche, sondern eine Kulturlandschaft war.

Gleichmäßig stakte er durch das dunkle Wasser, stieß sich mit dem Rudel kraftvoll ab. »Möglicherweise sind in dieser frühherbstlichen Stille Begegnungen mit Tieren drin«, erklärte er und die Gruppe bemühte sich um etwas mehr Ruhe.

»Hier an dieser Biegung leben seit ein paar Jahren im Sommer Schwäne. In diesem Jahr haben sie drei Jungtiere großgezogen. Die erkennt man am grauen Gefieder und den dunklen Schnäbeln.«

Die Gäste reckten die Hälse, zehn Augenpaare suchten begierig das Wasser und den Uferbereich ab.

»Bitte behalten Sie unbedingt ihre Hände im Kahn. Das Männchen ist zurzeit ein wenig angriffslustig und so ein Schwanenschnabel ist ausgesprochen kräftig. Ich nehme an, Sie alle brauchen Ihre Finger noch!«

Verhaltenes Gekicher antwortete ihm.

Die Schwäne ließen sich nicht blicken.

»An dieser Stelle macht das Fließ einen ziemlich scharfen Knick und dahinter erweitert sich das Bett ein bisschen.« Paschke flüsterte beinahe. So war ihm die Aufmerksamkeit seiner Kunden gewiss. »Wenn wir um die Kurve biegen, steuert der Kahn durch ein Gebiet, in dem sich Nutria angesiedelt haben. Ursprünglich stammen diese großen Nager aus Südamerika. Aber sie scheinen sich bei uns pudelwohl zu fühlen, wenngleich der Winter für sie eine gewaltige Herausforderung ist. Einige Gruppen von Tierschützern sind der Meinung, die possierlichen Nager müssten eingefangen werden, es sei eben nicht ihre natürliche Umwelt. Ich persönlich glaube, wir werden sie ohnehin nicht mehr los und sollten uns lieber mit den Neubürgern arrangieren.«

Dass man die Tiere auch Biberratte nannte, verschwieg er wohlweißlich. Das Wort Ratte löste besonders unter den weiblichen Gästen gern unkontrollierbare Reaktionen aus.

Kraftvoll stieß er das Rudel ins Wasser, jene Stange, mit der man den Kahn vom Boden des Fließes abstieß.

Das Rudel verhakte sich. Er zog dran. Unheimlich blubberte es aus der Tiefe.

Empört wandte er den Kopf, um zu sehen, was er da vom Grund des Fließes befreit hatte, konnte aber nichts entdecken. Rasch glitt sein Blick wieder in Fahrtrichtung. Hatten die Gäste etwas bemerkt? Er bückte sich und reichte zur Ablenkung vorsichtshalber den Weidenkorb mit der flüssigen Stärkung für Stimmung und Kälteabwehr durch.

Doch auch der Geburtstagsgesellschaft war aufgefallen, dass sich die Stimmung über dem Kahn verändert hatte. Alle drehten sich zum Fährmann um.

Paschke wollte gerade zu einer Tirade ansetzten, erklären, dass die Fließe immer öfter als Müllhalde missbraucht wurden, ähnlich wie die Kanäle in Venedig, und aufzählen, was bei der letzten Reinigungsaktion ans Licht gefördert worden war – da stieß eine der Damen einen gellenden Schrei aus.

Paschkes Augen folgten dem zitternden ausgestreckten Zeigefinger.

Ihm war sehr bewusst, dass irgendetwas überhaupt nicht mehr in Ordnung war, auch wenn er nicht erkennen konnte, was die Reaktion ausgelöst hatte.

Das Plappern der Bootsgesellschaft war verstummt; alle starrten wie gebannt aufs Wasser.

Plötzlich sah er es auch!

Hinter dem Kahn trieb ein zu einem Päckchen verschnürtes Stück Persenning.

Aber das war es nicht, was den Schrei und das Entsetzen verursacht hatte.

Schockierend war der Anblick der knöchernen Finger, die durch die Verschnürung herausragten.

»Und da behauptest du, in Burg könne man keine Abenteuer erleben!«, dröhnte eine tiefe männliche Stimme durch das Schweigen. »Ich glaube, du solltest das mit dem Wegziehen noch einmal genau überdenken!«

Mit einem satten Schmatzen schloss sich die Tür zur Räucherkammer.

Alle Würstchen, die noch in den Ständern hingen, um hier den würzigen Buchenholzgeschmack zu bekommen, waren bereits verkauft, warteten nur darauf, abgeholt zu werden. Gerald Westenbaum rieb sich vergnügt die Hände.

In den letzten drei Jahren hatte sich alles wunderbar entwickelt.

Wie hatte Elfie nur gezetert, als er ihr damals voller Tatendrang von seinen Plänen vorschwärmte!

»Eine eigene Metzgerei? Ein Hofladen? Weißt du eigentlich, was so etwas kostet? Nein, natürlich nicht! Um Geld hast du dich ja noch nie geschert! Dir ist es doch vollkommen gleichgültig, ob wir den ganzen Winter über im Haus sitzen müssen, weil wir uns keine warme Kleidung leisten können!«

Ihre Stimme gellte noch heute in seinem Ohr. Elfie war keine Frau mit Verständnis für Visionen! Aber nur zwei Tage später war sie plötzlich zu ihm in den Stall gekommen, war überraschend handzahm. Sie habe ein Gespräch mit dem Lehrer gehabt und der fände die Idee mit der Selbstvermarktung toll! Das sei der neue Trend, andere seien sehr erfolgreich mit diesem Konzept.

Die Tatsache, dass er seinen Hofladen letztlich der Intervention dieses widerlich sülzigen Frauenverstehers verdankte, wurmte ihn noch immer.

Immerhin hatte er danach unerwartet freie Hand bei der Planung und den notwendigen Investitionen.

Der Hofladen war ein voller Erfolg.

Bei den Kontrollen durch Vertreter der Gesundheitsbehörde wurde niemals auch nur eine Kleinigkeit bemängelt, Obst, Gemüse, Fleisch und alle daraus gefertigten Produkte waren unbeanstandet geblieben. Die lokale Presse lobte seinen Laden in den höchsten Tönen, nannte die Produkte allesamt sehr empfehlenswert. Seither lief das Geschäft praktisch von allein.

Er zog die Gummischürze aus, hängte sie über einen Haken, wechselte die Gummistiefel gegen normales Schuhwerk.

»Mittagspause!«, freute er sich. Penelope erhob sich, streckte den Rücken tief durch und gähnte. Dann folgte sie ihm leichtfüßig ins Haus. Unglaublich wie viel einfacher sein Leben im vergangenen Jahr geworden war. Endlich! Ohne Elfie.

Er nahm drei Eier aus dem Kühlschrank, vorgekochte Kartoffeln, Zwiebeln, Speck und saure Gurken kamen dazu.

»Mhm. Das wird lecker!«, summte er und gab ein bisschen Fett in die große Pfanne. Geschickt schnitt er die Zutaten in Scheiben, Ringe und Würfel, schob dann die Kartoffeln ins aufzischende Öl.

Elfie hätte ihm nie ein Bauernfrühstück gebraten – nicht einmal zugelassen, dass er sich eines machte. Zwiebeln und Zwiebelgeruch waren ihr verhasst, saure Gurken konnte sie nicht ausstehen und Speck verursachte ihr Magenschmerzen. Er grinste und wendete die Bratkartoffeln vorsichtig, begann damit die Eier zu schlagen. Als alle Zutaten in der Pfanne dufteten, goss er das Ei darüber. Nahm einen Teller aus dem Hängeschrank und schaltete das Radio ein.

Beinahe wäre ihm der Teller aus der Hand geglitten!

Er zog die Pfanne vom Herd und lauschte dem Bericht, während er nun bedächtig das Bauernfrühstück auf den Teller hob.

»Heute wurde von einem Fährmann in Burg mit dem Rudel ein ominöses Päckchen vom Grund des Fließes gerissen. Voller Entsetzen musste die auf dem Kahn feiernde Geburtstagsgesellschaft entdecken, dass sich darin eine skelettierte Hand befand. Erste Nachforschungen unserer Redaktion beim zuständigen Polizeipräsidium ergaben, dass noch nicht mit Sicherheit zu klären war, ob es sich um eine männliche oder weibliche Hand handelt. Offensichtlich ist bisher nur, dass sie fachmännisch vom Rest des Körpers getrennt wurde. Ob das nach dem Tod der noch nicht identifizierten Person erfolgte, könne man zum jetzigen Zeitpunkt nicht feststellen, aber es werde in alle Richtungen ermittelt, versicherte uns der mit dem Fall betraute Hauptkommissar Peter Nachtigall; ein Tötungsdelikt sei zumindest nicht auszuschließen.«

»Herrgottnochmal, Elfie! Ist diese Pranke ein Geschenk von dir? So kurz vor meinem Hochzeitstermin! Wäre ja irgendwie typisch für dich!«

Und wenn schon, dachte er und aß mit großem Appetit. Er hatte damals alles bedacht, seine Geschichte war hieb- und stichfest. War ja klar, dass man ihn gründlich vernehmen, den Hof pingelig durchsuchen würde. Nichts hatten die Beamten gefunden, gar nichts, was ihn hätte belasten können.

Aber nun würde das Getratsche wieder losgehen. Wahrscheinlich zerrissen sich die Klatschweiber schon jetzt die Mäuler über ihn und Elfie, die Hand und die Hochzeit mit Charlotte in der kommenden Woche.

Sollen sie doch, dachte er trotzig, mir kann keiner was.

Charlotte lag mit ihrer Freundin Kirsten Grundelheim im Außenbecken der Burger Soletherme.

Ausgestreckt auf dem Rücken genossen die beiden Frauen die sanfte Massage durch die aufsteigenden Luftbläschen, träumten sich, vom anregenden Blubbern getragen, in einen angenehmen Schwebezustand.

Charlottes Lippen lächelten. Das taten sie seit ein paar Monaten beinahe permanent.

Keine Frage, sie war glücklich. So sehr, dass es schon beinahe wehtat.

Gerald würde einen wundervollen Ehemann abgeben. Sicher, in seinem Alter hatte er ein paar Eigenheiten, aber an die hatte sie sich schon fast gewöhnt. Charlotte seufzte selig und Kirsten stieß ihr sanft den Ellbogen in die Seite.

»Na! Mit den Gedanken schon wieder bei der Hochzeit?«, feixte die Freundin und lachte leise. Dann rollte sie sich auf die Seite und betrachtete Charlotte mit einem besorgten Blick. »Meinst du, dein Gerald wird gegen unseren Frauentag sein? Einmal in der Woche. Therme, Massage und Geplauder.«

»Nein. Er hat nichts dagegen. Warum sollte er?«, antwortete die Braut träge.

»Nun, manche Männer mögen es nicht so sehr, wenn ihre Frauen sich mit Freundinnen treffen. Sie glauben, nicht ganz unbegründet, es würde über sie hergezogen. Darum reagieren sie manchmal total grantig. Mein Alfred ist auch nicht ganz frei davon!«

»Dein Alfred hat ja auch schmerzliche Erfahrungen gemacht. Er hat seine erste Frau geliebt. Sie hat ihm stattliche Hörner aufgesetzt und ihn wegen des anderen Kerls sitzenlassen.«

»Stimmt schon. Aber im Unterschied zu deinem Gerald, weiß er sehr genau, wo seine Frau steckt.«

»Elfie? Über die sprechen wir nie. Ich glaube, er will sie einfach nur vergessen. Bestimmt wird sie nie mehr auftauchen!«

»Da wäre ich mir nicht so sicher!«, mischte sich unerwartet eine schneidende Stimme ein. »Was, wenn sie genau das heute getan hat? Auftauchen?«

Verständnislos sahen die Freundinnen der anderen nach, die zügig in den Strudel schwamm, um sich dort vom Sog erfassen und im Kreis treiben zu lassen.

»Wie meint sie das?«, murmelte Kirsten ratlos.

»Na, wie wird sie das wohl meinen?«, zischte eine andere Rentnerin, die ebenfalls auf dem Weg zum Strudel war. »Ihr hört wohl kein Radio ihr zwei?«, setzte sie hinzu und war verschwunden.

Ohne die Blasen wurde es langweilig. Die beiden Freundinnen beschlossen auf den Hexenkessel im Inneren des Kreises zu warten.

Dorthin schoben sich auch die beiden älteren Damen nach kurzem Zögern.

»Im Radio habe ich gehört, es sei eine Hand im Fließ aufgetaucht. Skelettiert. Was wohl heißen soll, dass sie sauber von den Fischen abgefressen worden war«, begann die eine mit wohligem Gruseln. Charlotte erkannte sie als die Mutter der örtlichen Blumenhändlerin.

»Tja, nun könnte es ja sein, dass da Elfies Hand ans Licht gekommen ist, nicht wahr? Fachmännisch vom Arm getrennt, hat der Reporter gesagt. Gerald weiß, wie man das macht!«

»So ein Blödsinn!«, reagierte Charlotte empört. »Elfie ist vor etwa drei Jahren abgehauen! Sie hat ihr ganzes altes Leben zurückgelassen und ist auf und davon.«

»Das ist es, was ihr Gerald uns alle glauben lassen möchte. Mehr nicht!«, widersprach die Mutter des Apothekers.

»Wenn eine Frau verschwindet, ist es nicht immer ein Mord durch den Ehegatten, der dahinter steckt«, schaltete sich auch Kirsten ein und stellte sich demonstrativ dicht neben ihre Freundin.

»Nun, das müssen Sie ja so sehen, nicht? Ist doch die erste Frau Ihres Gatten auch auf und davon!«

»Ja. Mit einem anderen Mann. Sie lebt in Marokko! Sie hat ihm eine Postkarte von dort geschickt«, gab Kirsten patzig zurück.

Ein unheimliches Grollen in der Tiefe kündigte an, dass die Mitte des Ringes in wenigen Sekunden in einen tosenden Wasserkessel verwandelt würde. Die vier Frauen hielten sich an der Brüstung fest, drückten sich mit den Oberkörpern fest dagegen, um nicht fortgerissen zu werden.

Brodelnde Wassermassen stürzten sich über ihre Schultern und Köpfe, rannen über ihre Gesichter. Charlotte kniff die Augen fest zusammen, damit das Solewasser nicht hineinlaufen konnte. Sie würde sich später noch mit Gerald treffen und wollte dabei nicht aussehen wie eines dieser bedauernswerten rotäugigen Kaninchen aus einem Versuchslabor für ›dekorative Kosmetik‹. Gerald wusste bestimmt schon von dem Fund aus dem Fließ. Der Ärmste. Nun ist gerade so etwas wie Ruhe um diese ganze leidige Angelegenheit eingekehrt, da muss durch so etwas alles wieder aufgewühlt werden, dachte sie mitfühlend und korrigierte das Wort ›aufgewühlt‹ erschrocken in ›aufgewärmt‹. Das war nicht ganz so beziehungsreich und Gerald könnte eventuell heute ein wenig empfindlich sein. Ich muss ihn ja nicht auch noch durch meine Wortwahl verletzen, nahm sie sich vor.

Als sie sich vorsichtig umschaute, waren die beiden Rentnerinnen verschwunden.

»So eine Unkerei!«, schimpfte Kirsten neben ihr. »Hör am besten gar nicht hin! Die suchen nach ein bisschen Abwechslung in ihrem trostlosen Leben, weißt du!«

»Dann könnten Sie auch die Klatschblätter lesen und über den schwedischen König lästern! Mein Gott, die sollen Gerald nur einfach in Ruhe lassen!«

»Aber Charlotte«, ergänzte die Freundin mit gespieltem Tadel, »der Fall Elfie ist doch viel interessanter! Schweden ist weit weg, Gerald wohnt vor der Haustür!«

»Anton auch!« Charlottes Humorvorrat war für heute aufgebraucht.

»Richtig!«, stimmte die andere fröhlich zu. »Aber davon sollten wir uns den Tag nicht vermiesen lassen. Ich werde uns zur Massage eine Flasche Rotkäppchen bestellen. Das hebt deine Stimmung wieder. Schließlich wirst du in ein paar Tagen heiraten! Willst du etwa bis dahin tiefe Gramfalten entwickeln?«

Gerald lauschte auf jedes Motorengeräusch.

Er wartete auf die Polizei.Der Ehemann war immer verdächtig. Kaum jemand im Ort hatte gewusst, wie gespannt sein Verhältnis zu Elfie tatsächlich gewesen war. Und umgekehrt. Aber das stand nicht zur Debatte. Elfie war verschwunden, nicht Gerald.

Ein wenig schuldbewusst dachte er, es ist ein Fehler gewesen, Elfies Kleider und all ihren privaten Besitz zu vernichten. Retrospektiv musste er wohl einsehen, dass diese Aktion nicht eine seiner intelligentesten Handlungen war. Bürsten, Kämme, Zahnbürste, Schal, Mütze, alles weg. Gerald hatte Elfie gründlich aus seinem Leben getilgt.

Passiert war eben passiert.

Ich werde sagen, dass ich sie verbrannt habe, weil ich enttäuscht und verletzt durch Elfies Verhalten war, beschloss er bei der strategischen Planung des Gesprächs mit den Beamten. Das ist allemal besser als zu sagen, ich sei sauwütend gewesen!

»Ich habe es ja geahnt«, fluchte er, »Elfie wird mir noch Ärger machen!«

Charlotte entspannte sich in einem der Liegestühle.

Stimmen drangen undeutlich an ihr Ohr, weit weg, ohne Bezug zu ihr. Hinter den geschlossenen Augen entstanden Videos ihrer Hochzeit, sie sah sich in ihrem extravaganten Kleid, an ihrer Seite einen strahlenden Gerald in hellgrauem Anzug.

Auf der Liege neben ihr nahm jemand Platz. Wahrscheinlich Kirsten, mit einem weiteren Glas Sekt. Sie lächelte.

Die knarrende Stimme einer der Rentnerinnen aus dem Außenbecken ließ ihre Mundwinkel wieder sinken. Die schönen Bilder verschwanden.

»Weißt du noch, wie Elfie uns damals erzählte, sie habe Angst vor Gerald?«

»Ja«, antwortete es, »stimmt. Sie meinte, er habe Visionen.«

Die erste Stimme kicherte böse. »Visionen von Fleischrezepten! Elfie war richtig in Panik. Er fing immer wieder damit an, es sei eine exotische Idee auch mal Fleischsorten zu verarbeiten, die nicht aus dem Spreewald stammten, Känguru zum Beispiel. Er experimentierte mit allem möglichen rum. Alles streng geheim. Straußenfleisch war das harmloseste dabei!«

»Mir hat sie erzählt, er habe seit neuestem so einen gierigen Blick, wenn er sie ansehe. Und man träfe ihn kaum noch ohne sein geliebtes Schlachtermesser in der Hand an. Sie dürfe auch nicht mehr ins Kühlhaus. Den Schlüssel trage er um den Hals, damit sie nichts ›ausspionieren‹ könne.«

»Das war zu der Zeit, als man den Rumtreiber vermisste. Ach, wie hieß der denn noch gleich? Du weißt doch, dieser nutzlose Jugendliche, der sich den Sommer lang am Fährhafen rumgetrieben hatte und in einem Zelt am Fließ wohnte.«

»Ja!«, freute sich die andere. »Der nannte sich *der lachende Hans*! Klar erinnere ich mich. Plötzlich war er weg und sein Zelt auch. Weitergezogen.«

»Elfie hatte beobachtet, dass der sich manchmal auf dem Hof rumdrückte. Er soll sich mit Gerald unterhalten haben, bevor er verschwand«, flüsterte die Mutter der Blumenhändlerin verschwörerisch.

Charlotte versuchte ruhig zu atmen.

Wie konnten die beiden nur!, dachte sie wütend. So ein haltloses Getratsche!

»Gerald hatte sich damals einen Film aus der Bibliothek ausgeliehen. *Der Totmacher*. Das weiß ich von meiner Nichte, die arbeitet dort.«

»Geht es in dem Film nicht um den Haarmann? Diesen Mörder, der aus seinen Opfern Wurst gekocht hat? Den habe ich mir mit Klaus auch angesehen.«

Es entstand eine lange Pause.

Plötzlich sagte dieselbe Stimme: »Du glaubst …? Oh, mein Gott! Du denkst, er hat Elfie …? Und den jungen Mann auch?«

Ein zitternder Seufzer entrang sich ihr. »Mein Klaus kauft auch bei Gerald! Wenn ich mir das vorstelle! Er hat …!«

»Der Verdacht liegt doch nahe. Er ist Metzger. Und es war schon eigenartig, dass er sie nicht mehr ins Kühlhaus gelassen hat. Und dieses dauernde Gerede über geschmackliche Varianten durch die Beimengung von fremdartigem Fleisch! Es passt alles zusammen«, gab die andere trocken zurück.

»Hey, träumst du? Komm, wir gehen nochmal schwimmen!« Kirstens Stimme hat Mühe, Charlottes Bewusstsein zu erreichen.

Träge schüttelte sie den Kopf. Sie musste nachdenken, Klarheit bekommen, zum Beispiel über die Frage, warum Gerald ihr verboten hatte, ins Kühlhaus zu gehen. Als er sie dort einmal angetroffen hatte, war er ganz außerordentlich in Rage geraten. Dabei hatte sie nur nachsehen wollen, ob sie einen schönen Braten für Sonntag finden könnte. Die Tür war nicht abgeschlossen gewesen, sie dachte sich nichts dabei. Umso unverständlicher der Wutausbruch.

Lass dich bloß nicht von diesem Geschwätz verunsichern, meldete sich die Vernunft, doch der Boden war bereitet.

Gerald wirkte gehetzt.

Charlotte versuchte Optimismus zu verbreiten. »Nein, ich sehe keinen Grund, den Termin zu verschieben. Es weiß niemand, wessen Hand da aus dem Fließ geborgen wurde.«

»Die Leute reden wieder. Selbst meine Kunden haben mich heute seltsam angestarrt. Es ist wie verhext«, schimpfte der Bräutigam. »Ich bin mir sicher, dass viele glauben, es sei Elfies Hand!«

»Mag sein. Es ist aber nicht Elfies Hand.« Fast hätte Charlotte ein fragendes ›oder?‹ daran gehängt, konnte sich aber gerade noch beherrschen. Gerald sollte schließlich nicht den Eindruck gewinnen, sie sei misstrauisch geworden. »Lass uns von etwas anderem reden!«

»Nur eins noch. Die Polizei wird auch glauben, es sei Elfies

Hand. Ich habe gehört, sie tauchen und suchen nach weiteren Päckchen. Nichts davon hat mit mir zu tun. Aber sie werden kommen, das ist klar.«

Charlotte legte ihre eiskalte Hand auf seine.

»Zu lange im Wasser gewesen?«, erkundigte er sich zärtlich und drückte seine warmen Lippen auf ihre Finger.

»Wahrscheinlich habe ich den Herbst unterschätzt. Die Jacke war zu dünn.«

Er stand auf und begann mit Töpfen zu hantieren.

»Ich habe etwas Neues ausprobiert. Du magst doch meine Buchenrauchwürstchen. Diesmal habe ich zwei Sorten Fleisch vermischt. Mal sehen, ob du herausschmecken kannst, was neben Schwein noch drin ist!«

Charlotte kämpfte gegen eine plötzliche Welle von Übelkeit. Ihre Augen suchten hektisch nach Penelope. Sei nicht albern, rief sie sich zur Ordnung und lächelte tapfer. »Toll! Was machst du dazu?« Sie entdeckte die Katze auf dem Fensterbrett und atmete auf.

»Stampfkartoffeln mit Crème fraîche und kleinen Würfeln von Spreewaldgurken. Das passt gut zu dem würzigen Geschmack der Buchenholzlinge.«

»Klingt lecker«, antwortete sie halbherzig. Sah Gerald zu, wie er virtuos mit dem Messer aus dicken Gurken winzige gleichgroße Würfel zauberte. »Bin gleich zurück«, informierte sie ihn und floh ins Bad. Schwer atmend lehnte sie sich an die Tür.

Er würde doch nicht heute Elfies Reste zu Buchenholzlingen verarbeitet haben! Sie brauchte Gewissheit. Sie konnte doch nicht einen Mörder heiraten! Womöglich landete sie selbst auch über kurz oder lang in der Wurst.

Hatte Gerald nicht neulich prüfend in ihre kleinen eher diskreten Fettröllchen gezwickt? So, als prüfe er die Konsistenz und Qualität des Fleischs?

»Bin ich schon fester Bestandteil eines neuen Rezeptes?«, fragte sie sich. Ihr Blick huschte durch das Badezimmer.

Und da, auf der Spiegelkonsole, lag der Schlüssel zum Kühlhaus! Ohne weiter nachzudenken griff Charlotte danach und schlüpfte aus dem Haus. Ich muss ja nur nachsehen, und alle Zweifel sind beseitigt, rechtfertigte sie diesen Vertrauensbruch vor sich selbst.

Mit zitternden Fingern schob sie den Schlüssel ins Schloss. Es ließ sich unerwartet schwer öffnen. Quietschte. Sie zog die schwere Tür hinter sich zu. Sauber und kalt war der erste Eindruck, den man bekam, wenn man hier eintrat.

An Haken hingen Tierkadaver, sie erkannte ohne Schwierigkeiten ein halbes Schwein, ein Stück Kalb. Zitternd vor Aufregung oder Kälte ging sie langsam an de Vorräten entlang. Der Geruch war ihr unangenehm.

Ganz am Ende hing ein Paket.

Eingeschlagen in eine Folie, trübe durch eine dünne Eisschicht, die sich darauf gebildet hatte. Waren das Haare? Welche Haarfarbe hatte Elfie eigentlich gehabt?

Sie streckte ihre Hand aus – da wurde die Tür aufgerissen.

»Hier also bist du!«, schrie Gerald sie unbeherrscht an.

Entsetzt sah sie, wie kampfbereit er sein großes Schlachtmesser in der Faust hielt. Neben seinem Schenkel, mit der Spitze in ihre Richtung.

Angstvoll wich sie zurück.

»Was willst du hier? Habe ich dir nicht genau erklärt, dass du in diesem Bereich nichts verloren hast? Dies ist *mein* Kühlhaus, was hier lagert geht niemanden was an!«

Charlotte begann zu wimmern. War das noch der Gerald, den sie kannte?

»Was ist denn nur los mit dir?«, flehte sie. »Ich habe doch gar nichts getan, worüber du dich aufregen müsstest.«

»Ich dachte, du liebst mich!«, brüllte Westenbaum, und Charlotte sah seine Augen aus den Höhlen treten vor Zorn. »Dabei war das nur gelogen! Ihr Frauen seid alle gleich! Du bist nicht besser als Elfie! Bist bloß gekommen, um zu spionieren!«

»Spionieren?«, hauchte Charlotte fassungslos.

»Meine Metzgerei ist mein Leben! Elfie wollte das auch nicht begreifen!«

Mit zwei Schritten war er direkt neben Charlotte, die sich an die Fliesenwand presste. Er drückte seinen mächtigen Brustkorb gegen ihren Oberkörper. Charlotte wurde die Luft knapp.

»Erst hat sie mich ausgehorcht, dann ist sie ins Kühlhaus geschlichen. Nur um meine Rezepte auszuforschen! Damit sie irgendwo anders reich werden kann! Oh, nein. Das habe ich bei ihr nicht zugelassen und werde es auch bei dir nicht tun.«

Mit der freien Hand entwand er ihr den Schlüssel.

Charlotte war zu schockiert, um sich zur Wehr zu setzen. Mein Gott, schoss es durch ihren Kopf, in einer halben Stunde hänge ich auch an einem der Haken hier. Vielleicht lag es am akuten Sauerstoffmangel, dass ihr das Fehlen jedweder Logik in dieser Überlegung nicht aufging.

Sie röchelte.

Geralds Brustkorb hob und senkte sich in einem kurzatmigen Rhythmus.

Charlottes Hände tasteten ins Leere. Fanden seine Hand. Sie spuckte ihm ins Gesicht.

Er zuckte überrascht zusammen.

Genau diesem Augenblick der Überraschung entriss sie ihm das Messer.

Schon nach dem ersten Stich, sank er zu Boden. Wie gefällt.

Charlotte rang gierig nach Atem.

Sie taumelte aus dem Kühlhaus, erreichte den Hof, sank röchelnd und hustend auf die Knie. Tränen stürzten über ihre Wangen. Aber als ihr bewusst wurde, dass er ihr womöglich nachsetzen würde, rappelte sie sich mühsam auf und lief unsicher in Richtung Straße. Weg von dem Grauen im Kühlhaus.

Ein Auto kam mit kreischenden Bremsen zum Stillstand, wenige Zentimeter von ihren Knien entfernt. Charlotte stürzte.

Zwei Personen sprangen aus dem Streifenwagen. Undeutlich erkannte sie einen Mann in Uniform und eine fremde Frau im Mantel.

Entschlossen um ihre Fassung ringend, schüttelte Charlotte die Hände des Polizisten ab, der ihr wieder auf die Beine helfen wollte und straffte den Körper. Ihre Hände hinterließen dunkle Spuren auf dem Kleid, als sie es glatt zog. Blut, dachte sie undeutlich, an meinen Händen klebt Blut.

»Lars Friedrich, Polizei Burg. Haben Sie sich verletzt?«

Charlotte schüttelte den Kopf, schniefte und betrachtete ihre schmutzigen Knie. »Nicht der Rede wert.«

»Sie sind Charlotte Schmidt?«

»Und Sie wünschen?« Förmlichkeit war immer gut, um Nervosität zu verbergen. Das hatte sie schon als Kind gelernt. Angespannt lauschte sie, ob etwa ein Poltern aus dem Kühlhaus ankündigte, dass Gerald sie verfolgte. Doch es blieb alles still.

»Wir suchen nach Ihrer Freundin«, erklärte der Beamte ein wenig irritiert. »Kirsten Grundelheim. Sie waren doch mit ihr in der Therme.«

»Ja«, antwortete Charlotte und wunderte sich selbst am meisten darüber, dass ihre Stimme nicht zitterte. Immerhin war sie gerade dem Tode entronnen.

»Wollte sie danach direkt nach Hause?«

»Das kann ich nicht sagen. Möglich, dass sie noch nach Cottbus ins Kino gefahren ist. Warum fragen Sie?«

»Sie ist verschwunden.«

Charlotte schwankte erneut. Hilfsbereit griff der Polizist wieder zu. Vertraulich wisperte er ihr zu: »Diese Hand aus dem Fließ. Davon haben Sie ja sicher gehört, nicht wahr?«

Die verwirrte Frau nickte vage.

»Tja, es gab eindeutige Hinweise. Röntgenaufnahmen zum Beispiel. Wir wissen ziemlich sicher, wessen Hand es ist. Für uns steht fest, dass Anton Grundelheim seine erste Frau und deren Liebhaber getötet hat. Er wurde festgenommen. Nun machen wir uns Sorgen um seine zweite Frau.«

»Ich denke, dass können Sie beide ohne mich klären!«, mischte sich die Unbekannte resolut ein. »Ich gehe jetzt mal rein.«

»Elfie? Sie sind Elfie?« Charlottes Augen irrlichterten zum Kühlhaus und zurück zu der Fremden. Ihr Verstand weigerte sich hartnäckig zu begreifen, was nicht misszuverstehen war.

»Ja«, bestätigte der Beamte. »Westenbaums verschwundene Ehefrau. Sie hat im Radio von dem Fund gehört und wollte klarstellen, dass wir nicht ihre Hand gefunden haben. Aber das wussten wir ja schon.«

»Na, der Gerald wird staunen. Überraschung perfekt!«

»Das glaube ich eher nicht«, hauchte Charlotte in endgültiger Gewissheit, bevor sie bewusstlos zu Boden sank.

Jörg Steinleitner

Der Tag, an dem Ming Maier nach Sushi fragte

»Bürgermeister«, sagte Hermine Bartelhuber mit ernstem Blick, »Bürgermeister, mir haben ein Problem.«

Der Bürgermeister der kleinen Seegemeinde im Blauen Land verräumte gerade mit höchster Konzentration die montäglichen Frühstückssemmeln in dem Einkaufskorb, den ihm seine Frau mitgegeben hatte, doch nun blickte er genervt auf und hielt der betagten Besitzerin des Kramerladens entgegen: »Jetzt fangen's mir bittschön nicht wieder mit dem Schmarren vom Gewerbegebiet oder der Straßenbeleuchtung an.«

»Aber ich wollt ja bloß ...«

»Auch vom Friedhof will ich nix hören. Sie wissen genau, dass mir keine neuen Leichen mehr auf dem alten Friedhof begraben können. Wer jetzt stirbt, der kommt auf den neuen Friedhof, Ende der Fahnenstange!«

»Nein«, flüsterte die Weißhaarige nun beinahe, »es ist etwas viel Schlimmeres: Die neue Urlauberin ...«

Leider konnte Hermine Bartelhuber den Satz nicht vollenden, denn just in diesem Moment ertönte die Ladenklingel und die Brunner Josefa schluppte in Hausschuhen in Richtung der kleinen Kühltheke. Ihre lange Nase hatte bereits viele Dorfintrigen erschnüffelt, und so verließ die Alte auch hier nicht das Gespür: »Was konschpiriert's ihr?«, fragte sie neugierig.

Doch Hermine Bartelhuber bügelte die Frage nieder: »Ach nix, was darf's heut' für dich sein, Josefa?«

»Zwei Semmeln und eine Scheibe Bierschinken«, orderte die Langnasige, die im Dorf für ihren Kontrollsinn bekannt, aber nicht unbedingt beliebt war.

Schon wollte sich der Bürgermeister in Richtung der Kasse des winzigen Tante-Emma-Ladens abseilen, da kam ihm Hermine Bartelhuber zuvor: »Karl, Kaaarl!«, rief sie nach ihrem Mann, der in der an den Laden grenzenden Küche die hiesige Tageszeitung, das *Murnauer Tagblatt*, studierte. Das Journal war an diesem sonnigen Morgen besonders interessant, weil sich – das kam, wenn überhaupt, höchstens einmal im Jahr vor – ein umfangreicher Artikel mit dem idyllischen, da von Globalisierung und Zivilisation vergessenen Dorf befasste. Grund für die überhaupt nicht alltägliche Berichterstattung war die Tatsache, dass sich an der Westseite des beinahe s-förmigen Sees, an den sich das Dorf schmiegte, ein Stück Ufer vom Festland gelöst hatte und mit seinem Bestand an belaubten Jungbirken wie ein Segelboot vom Wind an die Ostseite getrieben worden war. Die Ausmaße der schwimmenden Insel betrugen immerhin um die zweitausend Quadratmeter; die Dorfbuben hatten das Eiland bereits per Ruderboot geentert und eine Totenkopffahne gehisst. Das Landratsamt sah Gefahr im Verzug, nicht der Piraterie wegen, sondern weil der Boden der Insel ›einsturzgefährdet‹ sei und man befürchtete, einer der halbstarken Seeräuber – oder, noch schlimmer: ein abenteuerlustiger Feriengast – könnte ertrinken.

»Karl, jetzt geh' halt her, Zefix!«, befahl Hermine Bartelhuber (übrigens in einem Tonfall, der klarmachte, dass Karl Bartelhuber, käme er nicht unverzüglich mit düsenjetähnlicher Geschwindigkeit angesaust, im ehelichen Alltag mit eindeutigen Nachteilen zu rechnen haben würde).

Der schnurrbärtige Bürgermeister, kein Riese, verzog leicht angeekelt das Gesicht, weil er zu Recht befürchtete, dass er sich jetzt wieder eine dieser zeitraubenden Geschichten würde anhören müssen, die sich allesamt um seine aufopferungsvolle Tätigkeit als Ortsvorsteher der vielleicht vierhundert Seelen beherbergenden Gemeinde drehten, und die – das war nun seine ganz persönliche Meinung, welche er aber nie derart drastisch auszusprechen wagte – mit neunundneunzig Komma neun prozentiger Sicherheit keine alte Sau interessierten.

Die Kramerin wartete nicht, bis ihr Gatte Karl die Aufsicht über die Theke übernommen hatte, sondern stürzte sich gleich an die Kasse, die sich direkt bei der Tür hinter einem Regal voller Lebens- und anderer nützlicher Mittel verbarg. Es gehe sie ja nichts an, erklärte Hermine Bartelhuber dem Rathauschef geheimnisvoll, aber es sei eine neue Urlauberin am Campingplatz, und, da sei sich Hermine Bartelhuber todsicher: »Mit der ist etwas oberfaul!«

Der Bürgermeister dachte an den dampfenden Kaffee, der auf dem liebevoll von seiner Frau auf der Terrasse eingedeckten Frühstückstisch auf ihn wartete, sogar ein paar Blümchen aus dem hauseigenen Garten hatte sie hübsch hindrapiert, und stellte sich zum abertausendsten Mal die Frage, warum er sich dieses Ehrenamt eigentlich seit neunzehn Jahren zumutete. Für ein paar Kröten Aufwandsentschädigung hörte er sich nun schon seit einer halben Ewigkeit jeden Mist an, der den Menschen in den Kopf kam, und musste dabei auch noch stets freundlich lächeln.

Immerhin beseelte ihn die Hoffnung, dass er sich durch seinen ehrenamtlichen Einsatz gute Chancen auf ein warmes Plätzchen im Himmel ausrechnen durfte; jedenfalls hatte ihm der aus Indien stammende Pfarrer der Gemeinde nichts Gegenteiliges gesagt, als der Rathauschef ihn einmal nach der sonntäglichen Messe auf dieses Jenseits-Thema angesprochen hatte.

»Sie wissen schon, welche ich meine?«, fragte die Kramerin nun mit der ihr eigenen fordernden Art.

»Nein«, antwortete der Ortsvorsteher, hauptberuflich Briefträger, Großvater von sechs stolzen Enkelkindern und Briefmarkensammler.

»Ja, halt die mit dem kurzen roten Rock!«, stieß die Alte vorwurfsvoll hervor.

»Ah, die mit dem kurzen roten Rock«, wiederholte der Bürgermeister den Satz und zuckte bei seinen eigenen Worten ein wenig zusammen, weil er sich nicht sicher war, ob er da versehentlich ein wenig Ironie beigemischt hatte. Ein bayerischer Dorfbürgermeister durfte alles, nur von der Ironie sollte er die Finger lassen.

»Ja, genau die!«, erwiderte Hermine Bartelhuber erfreut, sie hatte das Zweideutige seines Tonfalls offensichtlich nicht wahrgenommen. »Der Rock ist ja derart kurz, dass man sogar die Unterhose sieht.« Dass dieser letzte Satz ihr zu laut hervorgerutscht war, merkte sie sofort an dem Blick der Brunner Josefa, die sich nun, nachdem sie ihre zwei Semmeln mit Bierschinken erstanden hatte, zu der Versammlung an der Kasse schob.

»Die ist mir auch schon aufgefallen«, bemerkte die alte Brunnerin fachmännisch. »Die wohnt aufm Campingplatz – und zwar allein.«

Hermine Bartelhubers ursprünglicher Plan war es eigentlich gewesen, die Sache mit der eindeutig verdächtigen Minirockträgerin mit dem Bürgermeister unter vier Ohren zu bereden (Gerüchte, üble Nachreden und kriminelle Machenschaften, verbreiteten sich im Dorf nämlich erfahrungsgemäß lauffeuerartig schnell, was etwaige Ermittlungen gewaltig erschweren konnte). Aber anscheinend verfügte die Brunner Josefa auch schon über einiges Insiderwissen bezüglich der neuen Urlauberin, so dass es vielleicht doch ratsam war, Fünfe gerade sein zu lassen und das über den Fall vorhandene Wissen zusammenzuwerfen.

»Kann ich jetzt zahlen?«, fragte der Bürgermeister; er hoffte, sich durch das Hinzutreten der Brunnerin dem nun zu erwartenden Getratsche entziehen zu können.

Doch diese Hoffnung war vergeblich, denn jetzt war Hermine Bartelhuber dran: »Ja, allein. Als Frau. Und dazu noch in einem feuerroten Zelt!«, sagte sie in einem Tonfall, als handle es sich bei der verdächtigen Person mindestens um eine Serienmörderin. Dann setzte die Kramerin eine kunstvolle Schweigepause.

»Kann ich *jetzt* endlich zahlen?«, insistierte der Bürgermeister noch einmal, »die Frau wartet doch mit dem Kaffee.« Dass er damit seine eigene meinte, war unzweifelhaft, hier im Dorf und auch sonst in Bayern mied man in Bezug auf enge Familienangehörige das Possessivpronomen. Zumindest sprachlich gehörte hier noch ein jeder sich selbst.

»Herr Bürgermeister«, röchelte Hermine Bartelhuber jetzt aufgebracht, »es geht um ein Verbrechen!«

Als hätte er gespürt, dass sich hier gerade etwas Interessantes anbahnte, betrat just in diesem Moment der junge Frommbichler den Laden. Der korpulente Bauernbub lief ein bisschen schief, weil er in diesen neumodischen Turnschuhen unterwegs war, in deren Fußsohlen kleine Räder eingelassen waren; auf denen konnte man sich rollen lassen, wenn man die Füße in einer ganz bestimmten Schräglage hielt. Das seien Heelys, hatte der pubertierende Frommbichler seinen Dorfspezeln stolz erklärt. Mit diesem Sportgerät könne man »sauschnell« per »Power-Slide« zum Kramer gleiten. Wer solche Heelys habe, sei mindestens »endscool «.

Als der Bürgermeister, die alte Brunnerin und die Kramerin hörten, wie der älteste Sohn eines der fünf Großbauern des Dorfs sich an der Tiefkühltruhe zu schaffen machte, flüsterte Hermine Bartelhuber weiter: »Mein Mann war zufällig am Campingplatz, wie die angekommen ist. Das war am Samstag. Und jetzt passt's einmal auf: Bevor die mit ihrem Minirock s'Zelt aufgebaut hat, ist's unters Auto gekrochen und hat dort was versteckt!« Hermine Bartelhuber vergewisserte sich kurz, dass sowohl die Brunner Josefa als auch der Bürgermeister aufmerksam lauschten und sprach dann geheimnisvoll weiter: »Und jetzt ratet's mal, was die da versteckt hat. Der Karl hat's nämlich gesehen.«

Regungslos starrte die alte Brunnerin die Kramerin an – und auch der Bürgermeister wirkte nun nicht mehr ganz so desinteressiert.

Daraufhin die Kramerin, mit einer Stimme, rau wie Schmirgelpapier: »Tüten, in denen was Weißes drin ist. Das hat die unter ihrem Auto versteckt! Jetzt sagt's nix mehr, gell!«, trumpfte sie auf.

Und Karl, der nun, da er hinten an der Theke keine Arbeit mehr hatte, bei den letzten Worten zu der Dreiergruppe getreten war, fügte an: »Ich hab's genau gesehen, wie die mit den Tüten unters Auto gekrochen ist, am helllichten Tag, im Minirock, knallrot, sogar die Unterhose hab' ich g'sehn!«

»Klingelt's da bei dir, Bürgermeister?«, fragte die Kramerin nun in Richtung des Dorfvorstehers.

Der erwiderte mit einer verständnislosen Grimasse: »Inwiefern?«

»Die Tüten! Was wird denn in den Tüten drin sein, ha?!«

»Ja, Sakrament, was weiß denn ich!«, rief der Bürgermeister aus. »Vielleicht eine Wertsache, Ohrringe, eine Goldkette ... Das ist doch mir wurscht, was eine Urlauberin an unserem Campingplatz unterm Auto versteckt.«

»Drogen«, zischelte die alte Brunnerin nun listig. »Drogen werden's halt sein.« Die beiden Kramersleute nickten heftig, denn genau so hatten auch sie kombiniert.

»Wo gibt's Drogen?«, wollte nun der endscoole Frommbichler wissen, der just in diesem Moment mit seinem Lutscheis in der Hand an die Kasse geslidet kam.

Ohne ihn eines Blickes zu würdigen, zischelte die alte Brunnerin weiter: »Das ist eine Dealerin, aber hundert Prozent. Gerade kürzlich war in der BILD so ein Artikel. Da hieß es, dass solche Drogendealer gern ihre Drogen unterm Auto schmuggeln.«

Der junge Frommbichler, den das Geschwätz der Alten sonst nicht so interessierte, weil er es als Gymnasiast gewohnt war, weit über den Tellerrand des Dorfs hinauszublicken – er wollte einmal international Karriere machen, mindestens als Consultant oder Investmentbanker, und jedenfalls möglichst in London oder New York –, stieg jetzt plötzlich doch mit Ernst in das Gespräch ein: »Von wem redet's ihr eigentlich?«

Hermine Bartelhuber wollte eben antworten, da betrat das Gesprächsthema leibhaftig den Kramerladen. Der vierzehnjährige Frommbichler spürte in seinem Bauch gleich ein gewisses Ziehen, eine Regung, die er sonst nur fühlte, wenn er sich mit der Laura-Cecilia von Buschhaus aus der Zwölften unterhielt, »die wo elendslange Beine hat«, wie er einem Kumpel, der nicht aufs Gymnasium ging, einmal versichert hatte.

Die alte Brunnerin reckte ihre Spürnase in den von der Ladentür her wehenden Sommerwind und stellte fest, dass hier ein blumiges Parfum von gewaltiger Intensität im Einsatz war. Das Wort ›Nuttendiesel‹ fuhr ihr in den Sinn, das hatte sie einmal von ihrem Sohn gehört, der aber schon lange nicht mehr bei ihr wohnte, sondern in Kassel.

Die Kramerin Hermine Bartelhuber grüßte mit einem spitzen »Grüß Gott«, der Bürgermeister mit einem ebensolchen, aber freundlich-interessiert, und Karl Bartelhuber eilte nach hinten an die Kühltheke, um der attraktiven Koksdealerin eventuelle Käse- und Wurstwünsche erfüllen zu können. Noch galt erstens die Unschuldsvermutung und zweitens hatten Drogendealer in der Regel Geld, was sie für einen Geschäftsmann wie Karl Bartelhuber einer war, nicht gerade uninteressanter machte.

An der Kasse schwieg man nun und wartete die paar Minuten, die es dauerte, bis die langbeinige Blonde mit einem der schweren, geschäftseigenen Metall-Einkaufskörbe angestakselt kam – sie trug zu ihrem kurzen roten Rock rote Pumps. Der junge Frommbichler, der der letzte in der Reihe war, ließ der Erscheinung den Vortritt, was ihm ermöglichte, deren Fahrgestell von hinten zu begutachten. Erfreut stellte er fest, dass man ihren Slip sah. Wegen der schlechten Lichtverhältnisse war er sich jedoch nicht sicher, ob die Unterwäsche hellrosa oder weiß war. »Schade, dass ich erst vierzehn bin«, dachte er bedauernd, während sein halbstarker Blick an den nackten Beinen nach unten glitt, hin zu den schlanken Absätzen, an denen sich etwas Kuhdreck gesammelt hatte.

Alle an der Kasse Stehenden winkten die Dealerin nach vorn durch, was wegen des schmalen Gangs nicht ganz einfach war. Insbesondere dem Bürgermeister war die Situation aber nicht gänzlich unangenehm, denn so kam er in den Genuss einer Berührung mit einem nach Blumen duftenden Busen.

Die Blonde war etwas irritiert, weil so viele Leute ihr den Vortritt ließen, packte dann aber doch ihre Waren auf die Kassentheke: eine Flasche Prosecco, eine Papiertüte mit Croissants, zweihundertfünfzig Gramm Butter, ein Glas mit Marmelade – natürlich blutroter – und eine Flasche Spiritus. Als sie zahlen wollte, zuckte sie zusammen: »Oh, jetzt habe ich mein Portemonnaie vergessen.« Und nach einem Zögern: »Kann ich das vielleicht auch heute Nachmittag bezahlen?« Sie spürte den bösen Blick der Hermine Bartelhuber, die es bei fremden Kunden gar nicht gerne sah, wenn sie anschreiben ließen. »Wissen Sie, ich urlaube auf dem Campingplatz«, schob die Kokshändlerin entschuldigend hinterher.

»Ja, das wissen mir schon«, ging Hermine Bartelhuber sie scharf an. »Das Geld haben's also auf dem Campingplatz vergessen?«

»Ja, es tut mir leid. Aber wahrscheinlich ist das schon der Erholungseffekt, dass ich so etwas vergesse. Es ist ja so traumhaft schön hier in ihrem pittoresken Dörfchen ...« Die Dealerin lächelte selbstvergessen.

»Jetzt komm' Hermine«, schaltete Karl Bartelhuber sich ein, »da können mir jetzt doch einmal eine Ausnahme machen, schreib's halt an. Die Frau Dame ist ja nicht aus der Welt.«

»Also dann«, lenkte die Kramerin widerwillig ein. »Auf wen soll ich das dann schreiben?«

»Ja, auf mich bitte.«

»Schon, aber wie war noch mal der Name?«

»Ming Maier.«

»Was?!«

»Ming Maier. Ming wie Ding und Maier mit ›ai‹.«

»So, und was soll jetzt *das* für eine Name sein?«, fragte die Kramerin vorwurfsvoll. Sie dachte tatsächlich, die Miniberockte erlaube sich einen Scherz mit ihr.

Prompt lachte die auch gleich los, um dann jedoch ernsthaft zu erklären: »Mein Vater ist Diplomat. Ich bin in China geboren, deshalb gaben mir meine Eltern den chinesischen Vornamen Ming. Das heißt auf Deutsch ...«, sie zögerte kurz mit sympathischer Verlegenheit, und sagte dann: »die Schöne.«

Weil sie ausgerechnet in diesem Moment ihn ansah, bekam der junge Frommbichler Backen, die so rot waren wie der Rock der Dealerin; auch den Bürgermeister ließ die Situation nicht kalt, weshalb er sicherheitshalber die Konzentration auf seine Sandalen richtete, aus denen Zehen in dunkelbraunen Socken schauten, als wären sie Schokoladenriegel aus der Kollektion des Vorjahres.

»So, dann notiere ich also Ming wie Ding und Maier mit ›ai‹. Das ist ja an sich ein ganz normaler bayerischer Name, Maier ... Und ihr Vater, der ist also Diplomat?«, fragte die Kramerin misstrauisch.

Die Dealerin Ming Maier nickte freundlich und wandte sich der Tür zu. Doch dann fiel ihr noch etwas ein: »Ach, eine Frage habe ich noch: Gibt es hier irgendwo Sushi?«

Jetzt sah die Kramerin sie an, als habe sie es mit einer Verrückten zu tun: »Ja, na ... Sie stellen Fragen! Mir haben doch jetzt Sommer. Da läuft doch nicht einmal auf der Zugspitze ein Lift!«

Nach einem kurzen, betroffenen Schweigen aller Anwesenden, schaltete sich der weltgewandte Bürgermeister ein: »Sie meint ›Su-shi‹. Das hat nix mit Skifahren zum tun, das ist ein chinesisches Gericht.«

»Japanisch«, fügte der junge Frommbichler hinzu. »Und aus rohem Fisch. Na, Frau Maier, hier im Dorf gibt's kein

Sushi, aber in Murnau, im China-Fassl, da gibt's schon welches, glaub' ich.«

Nachdem die Camperin mit den langen Beinen den Laden verlassen hatte, entspann sich eine heftige Diskussion unter den Einheimischen. Zunächst einmal regte sich die Kramerin auf, dass die Dealerin nicht bar bezahlt hatte, wie es sich für eine Fremde eigentlich gehörte. Nicht einmal der Schriftsteller, der seit einigen Jahren im Dorf wohne, habe das Recht, bei ihr anschreiben zu lassen; was natürlich auch damit zu tun habe, dass man bei einem Schriftsteller niemals wissen könne, ob der überhaupt kreditwürdig sei, weil so einer ja genau genommen nichts Richtiges arbeite. Aber hin oder her, fraglich sei ja schon in erster Linie, was sich dieses junge Ding – »Ming«, verbesserte sie der junge Frommbichler sachkundig – eigentlich einbilde!

»Hin oder her«, meinte nun auch der Bürgermeister: Er, der er mangels Polizei im Dorf die oberste Sicherheitsbehörde darstelle, müsse den Drogengerüchten auf jeden Fall auf den Grund gehen. Ob jemand eine Idee habe?

»Ich könnt' heut' ja mal rein zufällig einen Spaziergang zum Campingplatz machen«, schlug die alte Brunner Josefa vor. Bei der Gelegenheit könnt' ich mich ja einmal umschauen bei der Dealerin.«

»Aber das fällt doch regelrecht auf, wenn'st jetzt du da so betont unauffällig umeinander marschierst«, wandte der Bürgermeister ein, »so ganz ohne Hund oder sonst einen Grund, ist das schon sehr auffällig. Wie eine moderne Camperin schaust du jetzt auch nicht aus.« Er machte eine Pause und blickte dann zum jungen Frommbichler: »Du hast ja scheint's schon einen Draht zu der jungen Frau. Und Sommerferien hast du auch, also Zeit. Könntest nicht du heut' einmal am Campingplatz vorbeischauen?«

»Vielleicht mit einem Surfbrett als Tarnung«, warf Karl Bartelhuber, der Kramer, ein und fand seine Idee vom Fleck weg genial.

Der junge Frommbichler willigte ein und man beschloss, sich am nächsten Tag etwa zur selben Uhrzeit wieder zu treffen. Dieses Mal allerdings im Büro des Bürgermeisters, welches im selben Gebäude untergebracht war wie die Feuerwache; im Kramerladen ging's zu wie im Taubenschlag, das vertrug sich nicht mit professioneller Detektivarbeit.

Der junge Frommbichler eilte sofort nach Hause, zog sich seine tarnfarbene Anglerkluft über und radelte zum Campingplatz hinaus. Wegen der Hochsaison war dort viel los, er brauchte eine Weile, bis er das rote Zelt neben dem roten Auto gefunden hatte. Zum Glück hatte die Diplomatentochter einen Platz ziemlich am Rand des Zeltplatzes bezogen, so dass er sich hinter einem Baum, direkt auf der Campingplatzgrenze, auf die Lauer legen konnte. Um möglichst unauffällig zu wirken, bastelte er emsig an seiner Angel herum. In Wahrheit aber registrierten seine Sinne jede Regung der verdächtigen Zielperson. Die hatte mittlerweile nur noch einen Bikini an und nahm gerade einen Gaskocher in Betrieb. Ihr Bikini-Höschen hatte vor allem hinten praktisch keinen Stoff; eine Tatsache, die der Teenager im Angeloutfit aufregend, aber nicht unbedingt verdächtig fand. Nachdem sie einen Topf mit Wasser auf den Kocher gestellt hatte, hörte Frommbichler, wie im Zelt der Observierten eine Handymusik erklang. Die Dealerin stand auf und verschwand in der Behausung. Dann blieb es für eine gefühlte Minute ruhig. Der junge Frommbichler machte sich schon Sorgen um den allein gelassenen Gaskocher (er war auch bei der Freiwilligen Feuerwehr), als ihm fast das Herz stehen blieb: Was war denn das?

»Oooh ja! Aaaaah jaaaaah.« Der Gymnasiast sah sich um. Gab es andere, die das hörten, was er hörte? »Jaaaah, das ist gut. Jaaaah – oh, oh, oh – gleich, gleich, gleich bin ich, bei diiiiiiiir!« Frommbichlers Herz raste. Wer war da noch im Zelt? Was ging hier ab? Ehe er einen klaren Gedanken fassen konnte, hörte er, wie Ming Maier sagte, jetzt mit geschäftsmäßiger Stimme: »Na, Werner? War das gut? Ja? Bist du auch gekommen? Schön. Dann ruf mich doch wieder an, wenn du Lust hast.« Dann hörte Frommbichler das Geräusch, das entsteht, wenn man ein Handy auf einen Schlafsack wirft, und schon stand die Dealerin wieder neben dem Kocher und warf Spaghetti in den Topf.

Der Bub im Angleranzug blieb bis zum Abend auf seinem Beobachtungsposten und versuchte sich einen Reim auf das bislang Gesehene zu machen: die weißen Päckchen, der Spirituseinkauf, das ominöse Telefonat, der Tanga-Bikini. Mit Ming Maier passierte nicht mehr viel. Einmal ging sie noch zum See und kam nass zurück. Ein normaler Vorgang auf einem Campingplatz, der direkt am Wasser liegt. Als es kühler wurde, zog sie sich einen Jogginganzug über. Gegen 21.30 Uhr verschwand die Dealerin ganz im Zelt. Frommbichler wartete, bis das Licht ihrer Taschenlampe ausging. Dann robbte er sich vorsichtig zum Auto der Zielperson. Er wollte hier und jetzt Klarheit darüber, ob es stimmte, was die Kramerin beobachtet hatte.

Bald lag er auf dem Rücken und verschwand fast unter dem Auto. Sein Herz galoppierte. Nur noch seine nackten Füße schauten unter dem Wagen hervor. Die Anglerstiefel hatte er, um besser schleichen zu können, in seinem Versteck gelassen. Ebenso seine Taschenlampe. Ihr Lichtkegel hätte ihn ohnehin nur verraten. Gerade, als ihn eine Mücke herzhaft in die Lippe und in den Tränensack des rechten Auges gestochen hatte, und er schon versucht war, leise zu fluchen, hörte er, wie der Reißverschluss des Zelts aufging und sich Schritte näherten. Es musste Ming Maier sein, die da entschlossenen Schritts zu seinem Versteck unter dem Auto kam.

Hatte sie seinen Kampf mit der Mücke gehört? Würde sie ihn zur Rede stellen? Wie sollte er begründen, was er unter ihrem Auto machte? Hatte sie eine Waffe dabei? Die meisten Drogendealer hatten Waffen, das wusste jedes Kind. Würde sie ihn töten, um zu verhindern, dass er sie an die Polizei verriet? Derartige Geheimagenten-Gedanken rasten durch seinen Kopf, als er spürte, dass Ming Maier genau dort, wo seine Füße unter dem Auto hervorschauen mussten, stehenblieb. Er wagte es nicht, seine Extremitäten unters Auto zu ziehen, weil er fürchtete, die Dealerin könnte das dabei entstehende Geraschel hören. Oder hatte sie sein Versteck ohnehin schon enttarnt? Während ihm diese und jene Gedanken durch den Kopf jagten, zuckte er plötzlich zusammen: ein leises rieselndes Geräusch. Und Sekunden später spürte der junge Frommbichler auf seinen Füßen eine warme Flüssigkeit.

Der Ermittler im Angleranzug begann zu schwitzen. Was war das für eine Foltermethode? Was hatte die Frau mit ihm vor? Sicher würde sie ihn gleich anschreien und dazu auffordern, unter dem Auto hervorzukriechen, wo sie bereits mit einer entsicherten Handfeuerwaffe warten würde. Frommbichler wagte es nicht mehr zu atmen. Wie ein Film rauschte sein Leben an ihm vorüber. Kurz dachte er sogar an Laura-Cecilia von Buschhaus aus der Zwölften, insbesondere an deren wohlgeformte Brüste. Fuck, schoss es durch seinen vom Tod bedrohten bayerischen Schädel, Laura-Cecilia von Buschhausens Brüste konnte er nun wirklich vergessen. Jetzt war ihm auch klar, welch große Opfer Geheimagenten wie zum Beispiel James Bond in ihrem Job erbrachten.

Doch anstatt, dass die Dealerin ihn aufforderte, aus seinem Versteck zu kriechen, hörte er, wie sich ihre Schritte wieder vom Auto entfernten. Dann raschelte das Zelt, der Reißverschluss ging zu und Ming Maier war weg. Frommbichler blieb noch eine Weile regungslos liegen. Sein Herz tobte wie die riesenhaften Kaltblüter des Dorfschmieds, wenn sie im Frühling das erste Mal raus aufs Feld dürfen. Schlagartig wusste Frommbichler jetzt auch, was die Dealerin mit ihm gemacht hatte: Sie hatte ihm auf die Beine uriniert. Vermutlich aber ohne es zu wissen.

Eigentlich hatte Frommbichler sich nach der einschneidenden Erfahrung mit der bieselnden (so heißt das in Bayern) Dealerin vorgenommen, aus den Ermittlungen auszusteigen. Sollten der Bürgermeister und die drei Alten doch selber schauen, wie sie die Verbrecherin überführten. Aber dann hatte ihn die einem jeden Landbewohner eigene Neugier doch zum vereinbarten Termin im Gemeindeamt getrieben. Die Brunnerin, die Kramersfrau und ihr Gatte Karl saßen bereits im Bürgermeisterzimmer. Vor ihrem nur einen Steinwurf entfernten Geschäft sammelte sich derweil eine empörte Meute von Kunden. Man regte sich auf über die Tatsache, dass der Laden geschlossen war und rätselte über die Bedeutung der mit Kreide auf das Klappschild geschriebenen Worte:

»Heute erst ab neun Uhr geöffnet, wegen wichtiger Ermittlungen!«

Was für Ermittlungen?, fragten sich ratlos die Dorfbewohner, die eigentlich nur einen Leberkäs', ein paar Seelen mit Kümmel und Salz oder ein Stück Butter erstehen wollten. War der Name Bartelhuber etwa auch auf einer der Steuer-CDs aufgetaucht, die neuerdings kursierten? Hatte das Finanzamt die Kramer nun hops genommen?

Natürlich war ein Tante-Emma-Laden wie jener der Bartelhubers wegen seines Bargelddurchflusses geradezu ein Eldorado der Steuerhinterziehung. Auch als Geldwaschanlage war der Gemischtwaren-Laden sicherlich nicht ohne. Und war nicht der Bartelhuber Karl viele Jahre lang als Bankkaufmann tätig gewesen, weshalb er sich in Finanzdingen auskennen musste wie kaum ein anderer im Dorf?

Auch im Rathaus stellte man sich Fragen: »Was macht eine Diplomatentochter auf einem Campingplatz im tiefsten Bayern? Und was soll der Schmarren mit dem komischen Namen?

»Ming Maier, so heißt man doch nicht!«, hatte die Kramerin gerade wütend ausgerufen, als Frommbichler zu dem Quartett stieß. Sofort unterbrach die weißhaarige Detektivin ihre Suada und schaute den Gymnasiasten erwartungsvoll an: »Und? Hast' was rausg'funden?«

Frommbichler war sich nicht sicher, ob er die Sache mit dem Urinieren auch erzählen sollte, deshalb berichtete er zunächst nur davon, dass die Frau ein merkwürdiges Telefonat geführt habe. »Ah« und »Oh« habe sie dabei gemacht, habe den Gesprächspartner gefragt, ob er auch »gekommen« sei – es sei in der Zeit allerdings niemand gekommen – und am Ende sei sie wieder ganz normal aus dem Zelt getreten.

»Wenn man bei so einer Drogensüchtigen überhaupts von normal sprechen kann«, kommentierte der Bürgermeister gewichtig. Als einer, der viel mit Politikern zu tun hatte, kannte er sich mit Verrückten bestens aus.

Die alte Brunnerin aber wusste sofort, über was man hier sprach: »Prostitution«, zischelte sie unter ihrer langen Spürnase hervor. »Sexarbeit.« Dann schwiegen alle und lauschten der wild gewordenen Wespe hinter den gestickten Vorhängen, bis die Brunner Josefa sagte: »Das passt zusammen wie Fuchs und Has: Rotlicht, Rauschgift, vermutlich auch Schutzgelderpressung und Mord. Mir sollten schleunigst in der Seestuben und beim Westner nachfragen, ob denen schon jemand einen Besuch abgestattet hat – zwecks Gelderpressung; andere Wirtschaften, die wo in Frage kommen, gibt's ja nicht.«

Dem Bürgermeister wurde bei der Vorstellung, dass die organisierte Kriminalität nun auch in sein abgeschiedenes Dorf Einzug gehalten haben sollte, ganz schwindlig.

»Meinst du, das war so ein ...«, der Bürgermeister zögerte, ehe er seine an den jungen Frommbichler gerichtete Frage vollendete, »... so ein Telefonsex, was die da gemacht hat?«

»Das ist zu vermuten«, erwiderte der Vierzehnjährige, und die Brunner Josefa glaubte so etwas wie Scham in der Stimme des Pubertierenden zu hören. Der aber sagte: »Das muss ein Telefonsex gewesen sein, weil wenn es keiner gewesen wäre, hätte im Zelt ja jemand drinnen sein müssen.«

»War aber niemand«, stellte die alte Brunnerin fest.

»War aber niemand«, wiederholte der Kramer Karl, was ihm einen Tritt von seiner Frau einbrachte. Sie fand ihren Mann manchmal einfach ein wenig begriffsstutzig.

»Dann ruf ich jetzt die Polizei«, sagte der Bürgermeister und griff zu dem Hörer seines grauen, seit vierzig Jahren treue Dienste leistenden Telefons.

»Nein!«, gellte da der Ruf der Brunnerin. Ihre schrille Stimme drang durch das gekippte Fenster des Gemeindeamts, so laut, dass es sogar die Bäuerin von gegenüber, die gerade eine Ladung Kuhmist auf den Haufen leerte, hörte und aufschaute. »Bis die Polizei aus Murnau da ist, ist die Drogen-Hex' doch über alle Berge! Nullkommanix ist die in Österreich – und weg.« Die Alte mit der Hakennase machte eine wegwerfende Handbewegung. »Zumal die *Murnauer* uns sowieso nix glauben, wenn mir da jetzt anrufen.«

»Wenn ich da kraft meines Amtes bei der übergeordneten Sicherheitsbehörde, respektive Polizei, anrufe«, wandte der Bürgermeister gewichtig ein, »dann kommt die schon.«

»Ach wo«, stimmte auch die Kramerin der Brunner Josefa bei. »Wenn der Garmischer Bürgermeister anrufen tät', dann vielleicht, weil der ist als Kreisstadtchef schon so was wie ein scharfer Hecht. Aber du, Bürgermeister, bist ja doch bloß ein kleiner Fisch.«

»Mir müssen sie auf frischer Tat ertappen«, forderte die Brunnerin voller Überzeugungskraft. »Auf geht's!« Und schon sprang die Alte mit einer Behändigkeit auf, die ihr keiner am Tisch zugetraut hätte. Als sich niemand rührte, warf sie noch hinterher: »Zur Not leg' ich mich auf meine alten Tage noch persönlich unters Auto und hol' die Drogenpackerl raus. Aber eines sag' ich euch: Dann steh' aber auch bloß ich in der Zeitung, und nicht ihr!«

Weil auch die Kramersleute gerne einmal wieder im Tagblatt stehen wollten, und der Bürgermeister aus wahltaktischen Gründen sowieso, schlossen sie sich der Brunnerin an. Frommbichler, der sowohl bei Facebook als auch bei Xing registriert war, und deshalb aus seiner Sicht auf einen Bericht im Lokalblatt pfeifen konnte, kam trotzdem mit. Dies aber mehr, weil diese Frauenperson mit ihrem reschen Bikini-Hintern den Mann in ihm berührt hatte, und nicht so sehr, weil er scharf war, sie zu überführen.

Weil Karl Bartelhuber nicht so gut zu Fuß war, brauchte man recht lange bis zum Campingplatz. Die Frau hätte ihn lieber gar nicht mit dabei gehabt, aber die anderen fanden, dass, wenn er nun schon von Anbeginn an zum Ermittlerteam gehört hatte, er nun auch bei der Festnahme der Verbrecherin zugegen sein sollte. Genau in dem Moment, als das illustre Sondereinsatzkommando den Schlagbaum zum Campingplatz passierte, platzte es aus dem Bürgermeister heraus: »Und was machen mir, wenn die bewaffnet ist?«

Für einen Augenblick tendierten alle dazu, die Sache abzublasen, dann fiel dem jungen Frommbichler aber ein, dass er sich beim Wirt der Campingplatzwirtschaft eine Heugabel ausleihen konnte, was er umgehend auch tat. Doch die fünf Ermittler gelangten gar nicht bis zum Zelt der Dealerin, die sich Ming Maier nannte.

Dieselbe kam ihnen nämlich Sekunden später voller Angst entgegengerannt: »Polizei, Hilfe, Polizei!«

»Ja, die braucht g'rad nach der Polizei zum rufen«, brummelte die alte Brunnerin empört.

Doch Ming Maier – trotz des frühen Morgens schon in der Badekluft, die es dem jungen Frommbichler so angetan hatte – keuchte der Truppe, die zu ihrer Festnahme gekommen war, atemlos entgegen: »Sie müssen mir helfen. In meinem Zelt ist jemand. Kommen Sie schnell!«

Widerwillig folgten die fünf Detektive der Dealerin . Diese erzählte, dass sie eben vom Schwimmen gekommen sei, und gerade, als sie das kleine Vorhängeschloss zum Zelt habe aufsperren wollen, habe sie innen drin etwas Rumpeln gehört. »Das war so laut, dass es nur von einem Menschen stammen kann – oder von einem sehr großen Tier. Gibt es hier Bären?«

»An sich nicht«, antwortete der Bürgermeister vorsichtig. Als alter Polithase hatte er zumindest diese Lektion gelernt: Je unklarer sich ein Dorfbürgermeister ausdrückte, umso länger konnte er sich an der Regierung halten.

Dann standen alle zusammen vor dem Zelt. Und tatsächlich war deutlich ein lautes, unregelmäßiges Rumpeln zu hören.

»Das Schloss ist abgesperrt«, stellte der Bürgermeister fachmännisch fest.

Währenddessen hatte die Brunnerin das Zelt umrundet und sich davon überzeugt, dass nirgends ein Loch war. Deshalb sprach die alte Spürnase nun in Richtung der roten Stoffbehausung: »Achtung, Achtung. Wir sind die Ermittlungsbehörden. Sie sind umstellt und mir bewaffnet; und zwar nicht nur mit einer Heugabel.« Sie nickte dem jungen Frommbichler triumphierend zu. »Kommen Sie sofort mit erhobenen Händen raus aus dem Zelt, sonst kracht's!«

Doch trotz der drohenden Worte der alten Witwe rührte sich nichts. Da ergriff Frommbichler das Wort und sprach zu seinen Mitstreitern: »Erstens ist das Zelt zugesperrt und zweitens könnte da bloß ein Liliputaner mit erhobenen Händen rauskommen.«

Ohne ihn anzusehen, kommandierte die Brunnerin deshalb an Ming Maier gewandt: »Aufsperren!«

Zitternd sperrte die Diplomatentochter das kleine Schloss auf. »Reißverschluss öffnen!«, befahl die alte Spürnase nun.

Unsicher schaute Ming Maier auf.

Also trat Frommbichler mit seiner Heugabel neben sie und hielt die Waffe, die wie er aus dem gymnasialen Geschichtsunterricht wusste, sich in vielen Bauernkriegen bewährt hatte, in Richtung des Reißverschlusses. Behutsam zog Ming Maier den Reißverschluss nach unten. Innen drin rührte sich nichts. In der Ferne war das Geschrei und Geplantsche badender Kinder zu hören. Dann wieder das rüttelnde Geräusch im Zelt.

»Ich schau da nicht rein, ich hab' Angst«, gestand die Dealerin.

»Frommbichler, du!«, kommandierte die alte Brunnerin.

Der Gymnasiast kniete nieder und schob mit der einen Hand den Zeltstoff beiseite, während er mit der anderen die Heugabel im Anschlag hielt. Doch im Zelt war kein Mensch zu sehen. Frommbichler legte die Heugabel ab und kroch vorsichtig ganz hinein. Im hinteren Eck fand er eine rosafarbene Pappschachtel, aus der das mysteriöse Geräusch drang. Vorsichtig hob er sie hoch und kroch mit ihr nach draußen.

»Oh mein Gott, ist mir das peinlich!«, schrie Ming Maier entsetzt auf, als sie die Schachtel sah. »Entschuldigen Sie, entschuldigen Sie, entschuldigen Sie! Das ist nichts. Die Sache hat sich erledigt! Vielen Dank für Ihre Hilfe.«

Die fünf Dörfler sahen ihren Feriengast entgeistert an.

»Was ist da drin?«, fragte die alte Brunnerin bestimmt.

»Das wollen Sie wirklich nicht wissen«, erwiderte Ming Maier verlegen lächelnd.

»Ich glaub schon, dass mir das wissen wollen«, meinte die Brunnerin und suchte den Blick ihrer Mitstreiter, die allesamt nickten.

»Nein, das ist zu privat«, sagte die Dealerin zögerlich.

»Bei uns im Dorf ist nix privat. Nicht einmal, wenn jemand ›Ah‹ und ›Oh‹ am Telefon macht!«

»Oh«, stieß die Dealerin hervor, »Sie haben mich belauscht! Meine Arbeit geht Sie aber rein gar nichts an.«

»Ja, von wegen«, erwiderte die Brunner Josefa ungerührt. »Bei uns im Dorf geht uns alles was an. Das ist ja schließlich unser Dorf!« Als sie sah, dass der Bürgermeister in vorsichtiger Zustimmung nickte, machte die alte Brunnerin einen Schritt auf Ming Maier zu und versuchte der jungen Frau die Schachtel aus der Hand zu reißen. Doch diese zog sie behände weg und verschwand damit im Zelt. Kurz darauf war das Geräusch nicht mehr zu hören und Ming Maier stand wieder vor dem Zelt: »Ich danke Ihnen wirklich sehr für Ihre Hilfe, aber privat ist privat«, sagte Ming Maier, die nun ganz fröhlich klang.

Doch damit wollte die alte Brunnerin sie nicht durchkommen lassen. Und deshalb sagte die Spürnase gehässig: »Vielleicht so privat wie die Packerl mit dem weißen Pulver, die wo sie unter ihrem Auto verstecken, ha?«

Da lachte die Dealerin herzhaft auf. Allerdings verging ihr das Lachen gleich, denn die Brunnerin packte sie grob am Arm und sagte: »Sie sind festgenommen. Wegen Kokain aufm Campingplatz in Tateinheit mit gewerblicher Telefon-Unzucht.« Die anderen nickten drohend.

»Kokain?«, lachte die Bikini-Frau mädchenhaft auf. »Also ich weiß ja jetzt nicht, woher Sie wissen, dass ich unter meinem Auto ein paar Tütchen angebracht habe, aber wenn es Sie interessiert, kann ich Sie beruhigen: »Da sind ja nur Hundehaare drin.«

»Hundehaare«, wiederholte Karl Bartelhuber ungläubig.

»Ja, Hundehaare.« Ming Maier zögerte kurz und klimperte den bebrillten Kramer mit ihren künstlichen Wimpern an: »Damit mir der Marder nicht die Kabel zerbeißt.«

In der Folge konnten sich die fünf Ermittler höchstpersönlich von der Richtigkeit dieser Behauptung überzeugen. Denn geschmeidig wie eine asiatische Schlange glitt Ming Maier unter das rote Auto und hielt bald eines der Tütchen ins warme Licht der oberbayerischen Sonne. Dass sich in der ominösen Schachtel im Zelt ein Vibrator befand, erfuhr nur der Gymnasiast Frommbichler, der der vermeintlichen Dealerin noch am selben Abend einen Besuch abstattete. Aus rein privaten Gründen, natürlich.

Elmar Tannert

Strobels letzte Worte

»Angefangen hat's eigentlich mit dem Tisch, den mir der Strobel kaputtgeschlagen hat. Du kennst doch den Tisch, den ich bei mir in der Küche stehen hab?«

»Klar«, hab ich zum Keiler gesagt. »Dieses edle Teil, das du von deiner Tante geerbt hast. Mit der gläsernen Tischplatte.«

»Und genau die hat mir der Strobel zerdeppert.«

»Wie«, hab ich gesagt, »mit Absicht?« Und dass ich mir das beim Strobel gar nicht vorstellen könne.

Der Keiler hat einen Schluck vom Bier genommen und das Gesicht verzogen. Wir sind nämlich in der *Gülüm-Bar* gewesen, der Keiler und ich, und, nix gegen Türken, aber ein *Held* oder ein *Meister* oder ein *Hetzelsdorfer* kann man in einer türkischen Bar nicht erwarten. Die Türken sind keine Biergourmets. Aber die *Gülüm-Bar* in Gostenhof ist vor dem bayerischen Volksentscheid eines der letzten Lokale mit Aschenbechern auf den Tischen gewesen, und weil aus 'ner Menge Nichtraucherkneipen damals schon so 'ne Art Krabbelgruppentreff geworden ist, sind wir in die *Gülüm-Bar* gegangen und haben versucht, uns irgendwie mit dem Großindustriegebräu von *Becks* und *Warsteiner* abzufinden.

Und ich hab noch einmal nachgefragt: »Der Strobel hat dir doch den Tisch nicht absichtlich zerhauen, oder?«

»Nee, hat er nicht. Kennst ihn doch, äh, ich meine, hast ihn doch gekannt. Der hat an dem Abend bloß 'ne Bemerkung von mir in den falschen Hals bekommen. Und dann hat er plötzlich mit der Bierflasche auf den Tisch eingehauen.«

Ich hab darauf verzichtet, den Keiler zu fragen, was den Strobel so aufgeregt hat. Weil, erstens hat der Keiler wirklich manchmal so eine verdammte Art drauf, einen auf die Palme zu bringen, und zweitens weiß ich selber, dass der Strobel wie ein großes Kind ist. Im Grunde ganz gutmütig, aber im Suff kann er ausrasten, und er verträgt nicht viel, was für einen Kerl von zwei Zentnern und ein Meter neunzig erstaunlich ist. Und eigentlich dürfte ich vom Strobel nur noch in der Vergangenheit denken, weil es ihn ja nicht mehr gibt, aber dass es jemanden nicht mehr gibt, daran gewöhnt man sich nicht so schnell.

»In meiner Küche hat's ausgesehen, als wär einer abgestochen worden«, hat der Keiler weitererzählt. »Auf dem Fußboden ein See von Bier, Blut und Millionen von Glassplittern, und mittendrin der Strobel, der versucht hat, alles wieder halbwegs in Ordnung zu bringen. Und ich bin dagesessen mit 'nem Splitter im Fuß und konnte mich nicht von der Stelle rühren.«

»Mensch, Keiler«, hab ich gesagt, »jetzt komm doch endlich mal in die Gänge mit der Geschichte. Was hat dein verdammter Küchentisch damit zu tun, dass die Bullen auf den Strobel losgegangen sind?«

Darauf hat der Keiler erst einmal »naja« gesagt, so in die Länge gezogen, wie er's immer macht, und einen Schluck vom Bier genommen. Und hat mir dann erklärt, dass, wenn die Sache mit dem Tisch nicht passiert wär, dass er dann gar nicht auf die Idee gekommen wär, den Strobel auf die Hypobanktour mitzunehmen.

»Aber ich wollte natürlich«, so der Keiler, »dass der Strobel mir 'ne neue Tischplatte besorgt, und zwar mit Fayenceschliff, so wie die alte war. Und der Strobel hat gesagt, er ist pleite. Also hab ich zu ihm gesagt, ich hab 'nen Job für dich, kannst nächste Woche mit mir auf Hypobanktour gehen. Bloß hat sich da der Strobel was ganz anderes drunter vorgestellt, obwohl ich's ihm ein paarmal erklärt hab. Und ich hab ihm auch gesagt, wenn er was mit 'ner Bank vorhat, soll er sich mit dem Conny zusammentun, aber nicht mit mir, weil ich seit drei Jahren sauber bin. Und auch sauber bleib. Aber er hat bloß gemeint, der Conny, der sei für ihn seit der Sache in

Bad Kissingen damals gestorben, und mit dem mache er nix mehr.«

Ich hab zum Thema ›sauber bleiben‹ lieber nix gesagt. Weil nämlich der beste Freund vom Keiler, der Tschechen-Paul, der bloß so heißt, aber gar kein Tscheche ist, hat einen Trödelladen, und der Keiler hilft dem Paul manchmal bei Wohnungsentrümpelungen, und das kann sich jeder selber denken, was man da manchmal so findet und in die eigene Tasche wandern lässt. Da soll's schon Bargeldfunde in Backröhren gegeben haben. Und also hab ich nur gesagt, dass sich der Strobel wenigstens überhaupt was vorgestellt hat unter einer Hypobanktour, und dass ich mir nix drunter vorstellen kann, und ich hab den Keiler gefragt, »Was zum Teufel ist 'ne Hypobanktour?«

Nebenbei, der Keiler heißt in Wahrheit nicht Keiler, sondern Manfred, Manfred Pracht. Manche wissen das gar nicht. Irgendwer soll sogar mal gesagt haben, was für ein Zufall, dass einer, der so einen Schädel hat, auch noch Keiler heißt.

Und gerade, wie mir der Keiler erklären wollte, was eine Hypobanktour ist, haben uns zwei Türkinnen angesprochen. Ob wir uns ein wenig unterhalten wollen mit ihnen und ob sie sich an unseren Tisch setzen dürfen. Das ist einem regelmäßig passiert in der *Gülüm-Bar*, dass man von Türkinnen angesprochen worden ist, und manchmal haben sie einen sogar ganz direkt gefragt, ob man Sex will. Die beiden sind noch nicht in dem Alter gewesen, in dem türkische Frauen auseinandergehen wie ein Hefeteig, haben also eine gute Figur gehabt und haben ausgesehen wie Hausfrauen, die das ab und zu als Nebenverdienst machen. Das Problem ist nur, ich kann nicht mit fremden Frauen. Mich macht's wirklich an, wenn ich daran denk, dass türkische Frauen sich die Schamhaare abmachen, aber ich kann einfach nicht mit fremden Frauen, und der Keiler wiederum ist gerade in einer Phase gewesen, wo er von Weibern nix wissen wollte.

Der Keiler sagt immer, mit Frauen kennenlernen hat er eh keine Probleme, aber eine Frau wieder loswerden, wenn man sie loswerden will, das ist ein echtes Problem, und also haben wir gesagt, vielleicht ein andermal, aber heute haben wir was wichtiges zu besprechen. Wie zum Hohn hat genau in dem Augenblick ein türkischer Galan mit Gelfrisur die Musikbox in der Ecke aufgedreht, und ich hab den Keiler gefragt, ob ich dem besser auch gleich klarmachen soll, dass wir was wichtiges zu besprechen haben, aber der Keiler hat gemeint, nein, und er will keinen Ärger.

Ungefähr einmal pro Quartal, hat er mir erklärt, lässt die Hypobank ihre Filialen neu dekorieren, genau genommen die Hypovereinsbank, wie sie ja seit ein paar Jahren heißt, aber wenn man Hypovereinsbank sagt, fragt man sich unwillkürlich, was das sein soll, ein Hypoverein. Und die Hypobank beauftragt für den Job eine Werbeservicefirma, die dafür sorgt, dass vierzig Leute eine Woche lang alle sechshundertfünfzig Hypobankfilialen in Deutschland abklappern. Neue Plakate hängen und die Schaufenster neu bekleben und so. »Und einer von diesen Leuten«, hat der Keiler gesagt, »die alle drei Monate 'nen gemieteten Lieferwagen mit Material vollstopfen, also mit Broschüren und Thekenaufstellern und Klebefolien für die Schaufenster und so fort, und dann 'ne Woche lang damit durch die Gegend kutschieren und alles vorschriftsmäßig anbringen, bin ich.«

Und zwar hat er da eine feste Tour mit sechzehn Filialen, fängt oben im Gebiet um Aschaffenburg an, arbeitet sich dann den Main entlang runter bis Würzburg, und in Würzburg ist die Tour zu Ende. An den Job ist er über einen Kumpel rangekommen, der das schon ein paar Jahre lang macht. Und je nach Tour verdient man so um die fünfzehnhundert Eu, wenn man sie alleine fährt. Also absolut o.k. für eine Woche ranklotzen.

Bloß, im Winter kann's einem passieren, dass man noch spätabends in Eiseskälte vor 'nem Hypobankschaufenster steht und zentimeterweise die Klebefolie vom letzten Mal abschabt, weil je kälter, um so schwerer geht das Zeug ab, und die Tour, wo der Strobel dabei war, ist zwar im März gewesen, aber die Jahreszeiten haben sich ja in den letzten Jahren dermaßen verschoben, dass man auf der Novembertour meistens noch Biergartentemperaturen hat und auf der Märztour, wenn's blöd kommt, noch dick Schnee.

Manchmal wundert er sich ja, hat der Keiler durch den Türkenpop gebrüllt, dass sich noch keiner beschwert hat. In Großostheim zum Beispiel, da liegt die Hypobank in 'ner stillen Seitenstraße, und da hat er auch schon mal nachts um halb elf alte Deko abgeschabt, und der einzige, der ihn angesprochen hat, hat von ihm wissen wollen, wie das funktioniert mit dem Folienentfernen, weil, er ist gerade umgezogen, und in der neuen Wohnung sind die Kacheln im Bad mit irgend 'ner Folie beklebt, die nicht abgeht.

So nach und nach hat sich der Keiler immer mehr in seinen Hypobankjob verloren, bis ich gesagt hab, »o.k., ich blick das schon mit dem Job, aber wie kann der Strobel ein tödliches Problem mit der Bullerei bekommen, wenn er mit dir auf Hypobanktour ist?«

Darauf hat der Keiler so was geknurrt wie »das waren die verdammten Fußbälle«, ist aufgestanden und zur Theke gegangen, hat zwei Bier bestellt, hat zur Wirtin gesagt, dass ihm die Musik zu laut sei, und ist in Richtung Toilette verschwunden. Die Musik ist wirklich leiser geworden, und als der Keiler wieder am Tisch gesessen ist, hat er als erstes verkündet: »Das war jetzt Brunzen«, und ich darauf, dass ich mir schon denken kann, dass er da draußen keine Origamikunstwerke aus Klopapier gefaltet hat.

»Es gibt aber 'nen Unterschied zwischen Pinkeln und Brunzen«, hat der Keiler zur Antwort gegeben, und das hätte ihm der Strobel erklärt. Pinkeln wäre »so ganz normal halt«, und Brunzen ist, wenn man dermaßen muss, dass es einem schon fast die Blase zerreißt. Weil nämlich, auf der Hypobanktour ist ihm zum ersten Mal aufgefallen, dass wenn der Strobel einen Kaffee trinkt, dass er spätestens eine Viertelstunde später ein dringendes Blasenproblem hat. Und wie er sich beim Strobel beschwert hat, dass er wegen ihm alle zwanzig Kilometer zum Pinkeln anhalten muss, hat der Strobel gesagt, nein, da geht's nicht um Pinkeln, sondern um Brunzen, und das wär eben ein gewaltiger Unterschied.

Ich hätte in dem Augenblick am liebsten den Keiler geschüttelt, oder wie der Strobel auf den Tisch gehauen. Aber erstens ist es in der *Gülüm-Bar* besser gewesen, nicht mit dem Tisch in Berührung zu kommen, also zum Beispiel hab ich immer darauf geachtet, dass ich nicht die Unterarme auf den Tisch leg, weil die einem sonst festgeklebt sind, und zweitens kenn ich den Keiler gut genug, um zu wissen, dass ich die Geschichte vom Strobel nicht schneller zu hören gekriegt hätte, wenn ich irgendwie ungeduldig rübergekommen wär, und also hab ich bloß gesagt: »Was war mit den Fußbällen?«

»Genau, die Fußbälle«, hat der Keiler den Faden wieder aufgenommen. »Wir haben kartonweise FC-Bayern-Fußbälle dabeigehabt. Echt Leder. Da haben manche Filialen fünfundzwanzig oder dreißig Stück davon gekriegt. Und die haben wir an Ort und Stelle aufpumpen müssen, weil im Lieferwagen hast ja keinen Platz für ein paar hundert aufgepumpte Fußbälle. Das Aufpumpen hab ich immer den Strobel machen lassen. Mit 'ner elektrischen Luftpumpe natürlich. Da konnte der wenigstens nix verkehrt machen.« Und damit war der Keiler schon wieder bei seinem Job angekommen.

Nämlich, dass das gar nicht unbedingt so einfach wär mit den Plakaten, welches Motiv an welche Stelle und so, und bevor er das dem Strobel alles erklärt hat, hat er ihn lieber die Sachen machen lassen, wo man nix denken muss, wie eben Fußbälle aufpumpen und Klebefolie von den Schaufenstern abkratzen. Was aber insofern, als der Strobel dadurch zu viel Zeit hatte zum Nachdenken, auch wieder fatal war. Denn der Strobel hat sich nicht davon abbringen lassen, dass er, der Keiler, in Wahrheit unterwegs ist, um Bankfilialen und Fluchtwege und so weiter auszukundschaften, obwohl er ihm tausendmal gesagt hat, dass er vorhat, sauber zu bleiben, und dass er mit Banken sowieso nie was am Hut gehabt hat, und wenn er überhaupt wieder was drehen wollte, würde er Spielautomaten knacken, wie früher.

»Am Montagabend in Obernburg hat sich dann der Strobel schier nicht mehr eingekriegt. Da haben wir so ab halb zehn die SB-Zone und die Außenbeklebung gemacht. Und um zehn geht auf einmal die Tür zum Schalterraum auf, und ein Türke kommt raus mit 'nem Putzeimerwägelchen und fängt an, die SB-Zone zu schrubben. Und der Strobel hat von nix anderm mehr geredet als davon, dass man da ja locker in die Bank reinspazieren könnte, wenn man sich an einem Montagabend um zehn hinstellt und wartet, bis der Putzmann rauskommt.«

Allmählich war ich an dem Punkt, wo's mir beinah schon egal geworden ist, ob der Keiler innerhalb der nächsten zehn Minuten oder zehn Stunden noch damit rüberkommt, was genau mit dem Strobel vorgefallen ist. Und wenn noch einmal 'ne Türkin auf Nebenjobsuche an unserem Tisch aufgetaucht wäre, ich glaub, ich wär mit ihr mitgegangen. Ich meine, vielleicht bin ich ja nicht ganz normal, und vielleicht wär das der richtige Abend gewesen, dass ich die Sache mal angeh, weil, nach dem, was man so hört, haben die meisten Männer keine Probleme damit, zu Prostituierten zu gehen, und vielleicht muss ich ja bloß einen ganz bestimmten Punkt überwinden, so wie den, den man überwinden muss, bevor man sich vor andere Leute hinstellen und eine Rede halten kann, oder bevor man es schafft, sich rücklings aufs Wasser zu legen und Toter Mann zu spielen. Also ich glaub, ich wär mitgegangen, und vielleicht hätte ich gemerkt, dass das mit der Fremdheit gar nicht so ein Problem ist, vielleicht hätte ich gespürt, dass sich eine fremde Frau unter Umständen sogar sehr nah anfühlen kann, wer weiß, aber ausgerechnet an dem Abend ist keine mehr gekommen, und deswegen ist es beim *hätte* und *wäre* geblieben.

Und jetzt, nach dem Volksentscheid, hat die *Gülüm-Bar* dichtgemacht, weil die verzweifelten Raucher weggeblieben sind und sich gesagt haben, dass man zum Nichtrauchen und schlechtes Bier trinken nicht unbedingt in die *Gülüm-Bar* gehen muss, und manche werden sich gesagt haben, dass man eine Frau auch woanders findet, wenn man eine sucht. Irgendwann muss ich völlig versunken gewesen sein in meinen Gedanken an türkische Frauen, die völlig haarlos sind zwischen den Beinen, weil plötzlich der Keiler gesagt hat, von wegen erst wissen wollen, was da schiefgelaufen ist mit dem Strobel, und dann nicht zuhören, und da hab ich gemerkt, dass ich tatsächlich eine Weile gar nicht mehr zugehört hab.

»Das Irre ist nämlich«, hat der Keiler nahtlos fortgefahren, »dass sich der Überfall am nächsten Tag ausgerechnet in Obernburg abgespielt hat.«

»Wie«, hab ich zurückgefragt, »der Strobel hat auf der Hypobanktour 'ne Hypobank überfallen?«

»Blödsinn. Nix Strobel. Hör zu«, hat der Keiler gesagt, hat mit beiden Händen sein Bierglas umfasst und sich langsam immer weiter zu mir vorgebeugt. »Wir haben in Aschaffenburg übernachtet und am Dienstagvormittag dann die Innendeko von den Filialen gemacht, die wir am Montagabend außen schon vorgeklebt haben, quasi. Und waren also auch nochmal in Obernburg. Und du musst dir die Filiale ungefähr so vorstellen: da ist die Glastür, die den Schalterraum von der SB-Zone trennt. Und da steht quer so ein Aktenschrank. Wie ein Raumteiler. Und da rechts neben dem Eingang fängt die Schalterreihe an.«

Der Keiler hat Bierdeckel, Aschenbecher, Zigarettenpackungen und Feuerzeuge in Position geschoben, um die Bankfiliale auf dem klebrigen Tisch in der *Gülüm-Bar* quasi als Modell entstehen zu lassen, aber das hätte er sich von mir aus schenken können, unter solchen Modellen hab ich mir noch nie was vorstellen können, und deswegen hab ich gar nicht groß geschaut auf das, was der Keiler als Draufsicht auf die Hypovereinsbankfiliale in Obernburg am Main arrangiert hat.

»Der Strobel ist da in der Ecke neben der Eingangstür gewesen und hat seine zwanzig Fußbälle aufgepumpt und die aufgepumpten Bälle in 'nen Müllsack gefüllt. Weil, zwei oder drei von den Bällen mussten immer an bestimmten Stellen platziert werden, und den Rest haben wir in diese großen Plastikmüllsäcke gefüllt und 'nem Angestellten in die Hand gedrückt. Und ich bin da an 'nem Schreibtisch gesessen, weil ich grad bei der Filiale in Marktheidenfeld abgecheckt hab, ob die eventuell nach Schalterschluss noch 'ne Weile da sind. Und plötzlich, kurz vor der Mittagspause, kommt dieser baumlange dürre Typ rein, Skimütze überm Kopf und 'ne Heckler & Koch in der Hand, und sagt: ›Überfall! Tüte vollpacken, los, los!‹ oder so ähnlich. Und jetzt kommt der Gag. Das ist nämlich der Conny gewesen. Und der Strobel in seinem Eck neben der Tür erkennt ihn sofort und sagt unwillkürlich ›Hey, Conny! So 'ne Überraschung aber auch!‹

Und der Strobel hat den Satz noch nicht fertig, da merk ich auch, klar, das ist ja der Conny, und da sieht er mich auch schon an dem Schreibtisch sitzen und ist völlig von der Rolle und will bloß noch weg. Und grad, wie er den Rückzug antreten will, reißt dem Strobel der Plastikmüllsack, und dem Conny prasselt 'ne Ballflut vor die Füße, dass er ins Straucheln kommt und hinfällt und mit dem Schädel gegen die Glastür knallt, dass er halb im Koma liegenbleibt. Zehn Minuten später sind die Sanitäter dagewesen, und die haben ihn dann praktisch bloß noch aufsammeln müssen. 'Ne Woche später hab ich mitgekriegt, dass der Conny das nicht überlebt hat. Innere Blutungen oder so. Aber jetzt kommt das, was dem Strobel zum Verhängnis geworden ist.

Eins von den Bankmädels ist ihm nämlich gleich um den Hals gefallen und hat ihn abgeknutscht und hat ihm erklärt, wie großartig das war, was er da grad gemacht hat, und da war klar, dass ihm nicht einfach bloß der Müllsack im richtigen Moment gerissen ist, sondern dass er der Held von Obernburg ist, der dem Bankräuber, also dem Conny, die ganze Ladung

Bälle vor die Füße gekippt hat, um ihn an der Flucht zu hindern. Und genauso haben es alle der Polizei zu Protokoll gegeben und den Zeitungen erzählt: dass der Strobel dem Bankräuber die ganze Ladung Bälle vor die Füße gekippt hat. Und der Filialleiter hat 'ne Flasche Prosecco geköpft, und die Bullen haben dem Strobel gesagt, dass er fünftausend Eu Belohnung kriegt, weil nach dem Bankräuber schon lang gefahndet wird, und ab da war mit dem Strobel natürlich nix mehr anzufangen. Ich hab schon Mühe gehabt, ihn da loszueisen. Der hat den Eindruck gemacht, als würde er am liebsten dableiben und sich tagelang von der ganzen Stadt feiern lassen, mit Freibier und Mädels.«

Es ist auf elf zugegangen, was natürlich keine Zeit ist, und die *Gülüm-Bar* hat eh immer bis fünf Uhr früh offen gehabt, bloß hab ich keine Lust gehabt, bis fünf in der *Gülüm-Bar* zu sitzen, wo es immer voller und lauter geworden ist, und hab aber keine Idee gehabt, wohin wir sonst gehen könnten. Es hat ja damals schon, also vor dem Volksentscheid, keine normale Kneipenszene mehr gegeben, sondern nur noch ein paar überfüllte Raucherkneipen und jede Menge tote Nichtraucherkneipen, und genau deswegen hab ich keine Lust gehabt, um die Ecke in den *Wintergarten* zu gehen, weil, im *Wintergarten* wäre es um die Zeit schon *zu* ruhig gewesen.

Wenn man jetzt um elf im *Wintergarten* sitzt, kann man das Gefühl bekommen, das Personal wär schon längst heimgegangen, und man wär in der leeren Kneipe vergessen worden, und das wäre früher, wo im *Wintergarten* noch geraucht worden ist, undenkbar gewesen, aber trotzdem muss ich sagen, dass der *Wintergarten* auch als Raucherkneipe nicht wirklich funktioniert hat, weil, das ist die einzige Kneipe gewesen, die ich kenne, wo sogar mir vom Zigarettenrauch die Augen getränt haben, und das will was heißen. Aber wenn man jetzt einen Abend im Nichtraucher-*Wintergarten* verbringt, stinkt man am nächsten Tag ganz erbärmlich nach Küche und Fett. Haare, Kleidung, alles.

Und also hab ich den Keiler gefragt, ob er meint, dass er mir die Geschichte vom Strobel bis Mitternacht erzählen kann, weil ich's voraussichtlich nicht länger aushalt in der *Gülüm-Bar*, und wenn er's nicht schafft, dann sollten wir den Abend für heute besser abbrechen, weil mir grad keine Alternative zur *Gülüm-Bar* einfällt, und dann machen wir aus der Geschichte vom Strobel eben einen Fortsetzungsroman, auch schon egal. Und außerdem hab ich zu dem Zeitpunkt ja noch nicht wissen können, dass uns an dem Abend keine Türkin mehr ein Angebot machen würde, und hab zwischendurch gedacht, dass ich eventuell, wenn's blöd kommt, schon in der nächsten Minute mit 'ner Türkin davonziehe und der Keiler darüber so stinkig sein könnte, dass er mir die Geschichte überhaupt nicht mehr erzählt.

Aber der Keiler hat gesagt, dass es ab da, wo sie von Obernburg nach Miltenberg weitergefahren sind, eh nur noch zwei Stunden bis zum Strobel seinen letzten Worten gedauert hat, und dass es über diese zwei Stunden im Prinzip gar nicht mehr so viel zu erzählen gibt, außer, dass der Strobel, der sowieso schon von dem Prosecco, den der Filialleiter von der Hypobank in Obernburg ausgegeben hat, ziemlich angeschickert war, immer weiter gesoffen hat.

Ich hab mich gewundert, dass der Strobel sich überhaupt hat was kaufen können und hab zum Keiler gesagt, dass ich gedacht hab, der Strobel wär völlig pleite gewesen, und hab ihn gefragt, ob die ihm wohl die fünftausend Eu Belohnung sofort in bar ausgezahlt haben.

Darauf der Keiler, dass der Strobel ihn ausgetrickst hat mit seiner schwachen Blase und an der Shelltankstelle kurz vor Miltenberg verkündet hat, dass er jetzt brunzen muss.

»Und bevor mir der Strobel ins Auto reinpinkelt, hab ich natürlich an der Tanke angehalten. Und hab ihm einen Zwanni in die Hand gedrückt, damit er mir zwei Päckchen Kippen mitbringt. Und wie er wieder rausgekommen ist aus der Tanke, hat er ein Sixpack *Schlappeseppel* in der einen Hand gehabt und einen Dreierpack Piccolo in der anderen. Und außerdem noch zwei Flachmänner in der Jackentasche, aber das hab ich natürlich erst später gemerkt. Und in der Zeit, wo ich in die Tanke rein bin, Zigaretten holen, hat der Strobel schon den ersten Pikkolo niedergemacht. Sagen wir so – im Prinzip war der Tag ja eh gelaufen. Bloß, ich hab mir halt gedacht, wir machen Miltenberg, fahren dann rüber nach Marktheidenfeld, machen da auch noch die Filiale fertig, so weit wir kommen, und dann gemütlich Feierabend und eins trinken gehen und so.

Weil, in Miltenberg ist eh nicht viel zu machen. Außenbeklebung gibt's da nicht, wegen Denkmalschutz. Also bloß Plakate austauschen und Thekenaufsteller zusammenbasteln und fertig. Aber bis Marktheidenfeld sind wir sowieso nicht mehr gekommen. Also ich schon noch, aber der Strobel nicht mehr. Für den ist die Tour an der Autobahnraststätte Rohrbrunn zu Ende gewesen.

Da gibt's nämlich 'nen Geldautomaten von der Hypobank, und den hatte ich diesmal auf meiner Liste stehen, weil da neue Gebührenaufkleber angebracht werden sollten. Bei dem bin ich vorher auch noch nie gewesen, das heißt, ich hab gar nicht gewusst, dass es den überhaupt gibt, und wie ich von der A3 runtergefahren bin, hab ich keine Ahnung gehabt, wo ich anhalten soll und hab erstmal die Tanke angesteuert. Der Strobel hat eh Überdruck gehabt, weil er zwischen Miltenberg und Rohrbrunn die drei Piccolos und sein Sixpack *Schlappeseppel* niedergemacht hatte, und da hab ich also als erstes die Tankstelle mit den Toiletten angesteuert.

Der Strobel ist gerannt, und ich bin in den Tankstellenshop rein und seh gleich rechts neben der Eingangstür 'nen Geldautomaten. Denk ich mir, großartig, gleich gefunden, und fang an, den verblichenen Gebührenaufkleber abzukratzen. Und wie ich da so an dem Automaten rummach, kommt ein Typ in Shellklamotten daher und fragt mich, was ich da mach, und ich frag, ob das der Hypobankautomat ist, und er, nein, und wenn's einer wär, dann wär's auch egal, weil, aus 'nem

Hypobankautomaten kommt auch kein anderes Geld raus als aus 'nem Sparkassenautomaten, und ich soll mich gefälligst vertschüssen und hier wird nicht an den Automaten rummanipuliert.

Und genau da ist der Strobel von der Toilette zurückgekommen, und so, wie er zurückgekommen ist, hab ich gar nicht erst anfangen brauchen, dem Shelltypen irgendwas zu erklären von wegen, dass wir im Auftrag der Hypobank auf Dekotour sind, weil, das hätte der mir sowieso nicht geglaubt. Der Strobel ist so beinander gewesen, dass er auf der Fahrt zwischendurch das Fenster runtergedreht und seine leeren Piccoloflaschen rausgeschmissen hat, und dabei hat er ›jippie!‹ und ›juhu!‹ gebrüllt, und dass er der Held von Obernburg ist, weil er sich nämlich auch noch in den Radionachrichten gehört hat.

Jedenfalls, ich hab dann den Typen von der Tanke gefragt, ob's hier an der Raststätte noch irgendwo 'nen Geldautomaten gibt, und er darauf, dreihundert Meter weiter im Foyer vom Restaurant gibt's einen. Und so, wie der uns angeschaut hat, hätte ich mir eigentlich denken können, dass der uns ganz hochgradig im Verdacht hat von wegen krumme Tour und so. Aber in dem Augenblick denk ich mir nix, sag bloß danke, geh mit dem Strobel zum Auto und fahr dreihundert Meter weiter zum Eingang vom Restaurant.

Wir steigen aus, gehen rein und schauen uns um in dem Foyer, und der Strobel wär sowieso besser im Auto sitzengeblieben, weil, für Gebührenaufkleber austauschen braucht's eh keine zwei Leute, aber der hat sich eingebildet, dass er sich da noch was zu trinken mitnehmen muss, obwohl ich ihm das ein paarmal gesagt hab, dass er vor Marktheidenfeld keinen Tropfen mehr bekommt. Und dann haben wir da drin erst einmal fünf Minuten lang den Geldautomaten nicht gefunden. Ich also wieder vor zur Tuss an der Info und frag nach dem Geldautomaten, und die schickt uns quer durchs Foyer ans hinterste Ende, wo's zu den Toiletten geht und wo ein paar

Spielautomaten und Telefone rumstehen, und irgendwo da zwischendrin war dann auch der Geldautomat.

Und ich hab kaum angefangen, den alten Gebührenaufkleber abzufitzeln, neben mir steht der Strobel, da sagt eine Stimme hinter uns irgendwas von Kontrolle und Ausweis, und wir drehen uns um, und dann stehen da vier Grüne. Ich hol brav meinen Perso aus der Tasche, und der Strobel glotzt die Grünen einen nach dem anderen an und fragt, ob sie ihn denn nicht mehr kennen. Und noch bevor einer von denen was sagen kann von wegen, er soll kein Theater machen und seinen Ausweis herzeigen, da schreit der Strobel«, und unwillkürlich hat der Keiler in dem Augenblick in der *Gülüm-Bar* auch geschrien, »›Ich bin der Held von Obernburg! Juhu!‹

Und beim ›Juhu!‹ zieht er 'ne Knarre aus der Jacke und lässt 'nen Schuss an die Decke krachen. Naja, und das war's dann. Die Bullen haben in dem Moment einfach nicht getscheckt, dass der Strobel hackedicht ist. Der hatte das Stadium erreicht, wo man vor lauter Suff quasi schon wieder nüchtern ist. Und dass seine Knarre bloß 'ne Schreckschusspistole gewesen ist, konnten die halt so schnell auch nicht sehen. Aber was mir ganz gewaltig stinkt, ist das mit den fünftausend Eu. Die hat nämlich dem Strobel sein Bruder gekriegt, und meinst du, die blöde Sau würde dreihundert Eu für 'ne neue Glastischplatte mit Fayenceschliff abdrücken?«

»Trifft sich gut«, hab ich gesagt, und dass ich mit dem Strobel seinem Bruder eh noch 'ne Rechnung offen hab.

»Was denn für 'ne Rechnung?« hat der Keiler gefragt, und ich darauf, dass er mal mit zum Klo kommen soll. Hat sich natürlich gewundert, der Keiler, aber dann ist er mitgegangen. Ich hab mein Hemd ausgezogen und hab dem Keiler meinen Rücken gezeigt.

»Was ist denn das, Mann? Das sieht ja aus wie 'ne Waschmaschine!« hat er gesagt, und das hat er ganz richtig erkannt. Ich hab wirklich 'ne eintätowierte Waschmaschine.

»Hätte eigentlich ’ne Rose werden sollen«, hab ich gesagt, und da ist der Keiler fast zusammengebrochen.

»’Ne Waschmaschine statt ’ner Rose? Wer hat dir denn das verpasst?« Aber da hat er schon einen dermaßenen Lachkrampf gehabt, dass ich ihn kaum noch verstanden hab. Bloß noch: »’Ne Waschmaschine aufm Rücken – ich pack’s nicht.«

Irgendwann hat er sich dann doch wieder eingekriegt, und ich hab gesagt, dass ich die Waschmaschine vom Strobel seinem Bruder hab. Dass ich noch Schulden gehabt hab bei ihm, und dass ich aber unbedingt von ihm ein Tattoo gewollt hab. Eben ’ne Rose. Und dass er, weil er irgendwie stinkig war, mir ’ne Waschmaschine eintätowiert hat, obwohl ich ihm ein paar Wochen später alles hätte zurückzahlen können.

Der Keiler und ich sind also an dem Abend noch rübergefahren zum Strobel seinem Bruder. Heißt natürlich auch Strobel. Aber für jeden ist er immer bloß dem Strobel sein Bruder gewesen. Naja, und eigentlich wollte der Keiler bloß seine Tischplatte ersetzt haben, die ihm der Strobel noch schuldig gewesen ist. Und der Bruder hat das Geld auch rausgerückt, wie ich ihm ein bisschen näher gekommen bin. Bloß, bei mir war’s schon schwieriger mit der Wiedergutmachung, weil, so ’ne Tätowierung, die radiert man nicht einfach wieder raus. Und dann hat der Keiler gesagt, dann tätowier ihm halt auch was rein. Naja, und das hab ich dann auch gemacht. Hat Spaß gemacht. Hab gar nicht mehr aufhören können. Bloß bin ich da halt nicht gerade ein Fachmann.

Und deshalb schreiben sie jetzt in den Zeitungen so Horrorgeschichten vom Tattoomörder, der sein Opfer elend an Blutvergiftung verrecken lässt. Hab natürlich auch prompt Besuch von der Bullerei gekriegt.

Aber Gottseidank gibt’s die Leyla. Die Leyla hat denen gesagt, dass ich die ganze Nacht mit ihr beschäftigt gewesen bin. Also hauptsächlich mit der Stelle an ihrem Körper, wo sie sich die Haare abgemacht hat, wie alle Türkinnen. Und dass ich vom Strobel seinem Bruder ’ne Waschmaschine aufm

Rücken hab, wissen die Bullen ja nicht. Da haben die nicht hingeschaut. Das weiß bloß der Keiler. Und natürlich die Leyla. Die ist jetzt *gülüm* – meine Rose.

Birgit C. Wolgarten

Der rote Schal

Im Hintergrund lief der altersschwache Fernseher. Der Moderator erzählte vom Abschied des alten Jahres und spekulierte darüber, was das neue wohl allen bescheren würde.

Werner stand im Esszimmer seiner Wohnung im dritten Stock der renovierungsbedürftigen Mietskaserne, schaute aus dem Fenster und hörte nur mit halbem Ohr zu. Dass er seit ein paar Tagen überhaupt noch etwas mitbekam, war ein Wunder. Sein Miene war finster, und sein Blick ging suchend hin und her. Unter ihm, auf der Straße, dort, wo einst die Tram die breite Fahrbahn durchkreuzt hatte, befand sich jetzt ein tiefes Loch. Die alte Straßenbahn sollte unter die Erde verlegt werden. Geringschätzig verzog er die Mundwinkel. Das hieß, wenn sie dann mal irgendwann weiterarbeiteten. Schnee lag auf den Steinen und Brettern, und ein Glitzern zeugte von der Eiseskälte draußen. Werners kurze Beine drängten sich noch mehr an die Rippen des Heizkörpers unterhalb des Fenstersimses. Hier ist es nicht besser als anderswo in Deutschland, dachte er. Sein Blick glitt über die triste und brachliegende Baustelle, über Schnee, Matsch und Eispfützen sowie über die aufgerissene Straßendecke hinweg zu dem Bürgersteig auf seiner Seite der Mietskasernen. Überall fehlte das Geld. Bei ihm in der Straße fing es an, und an den deutschen Landesgrenzen hörte es auf. Unsere Stadt soll schöner werden, hatten Stadtrat und Bürgermeister im Sommer verkündet, aber das war natürlich vor der Wahl gewesen. Ein Resultat dieser Verschönerungsaktion lag jetzt vor ihm und ruhte seit ungefähr fünf Wochen.

Hinter ihm, im verschlossenen Badezimmer, bellte Heiko, sein treuer Freund. Richtiger wäre zu sagen, sein ›Noch-treuer-Freund‹. Es war Silvester, das Jahr neigte sich dem Ende zu, und – Werner lachte grimmig – nicht nur das Jahr fand sein Ende. Denn heute, wenn alles so liefe, wie er es geplant hatte, und es gab nicht den geringsten Grund, warum es nicht so laufen sollte, tja dann ... Manchmal musste man eben Opfer bringen. In diesem Fall hieß das Opfer Heiko.

»Heiko, aus!«

Sofort war kein Laut mehr zu hören. Werner nickte zufrieden. Braver Hund! So waren sie, die Rottweiler. Wenn sie vernünftig abgerichtet wurden, dann hörten sie aufs Wort, und Heiko war sehr vernünftig abgerichtet. Immer noch schaute Werner auf die öde Landschaft unter sich. Trotz der hohen Maschendrahtzäune und der Warnschilder tobten Kinder durch die für sie reizvolle, rutschige Landschaft. Wo vor ein paar Wochen noch ein Mann mit einem Presslufthammer gearbeitet hatte, stand jetzt ein windschiefer Schneemann. Im Wetterbericht hatten sie von Schneeregen in den kommenden Tagen gesprochen, dann würde es eine gefährliche Rutschpartie für die Kleinen werden, die jauchzend und lachend vor den Augen ihrer Eltern die Maschendraht- und Holzlattenzäune erklommen, als seien sie Nachkommen von Reinhold Messner. Aber ihm konnte das jetzt alles egal sein.

Bis kurz vor Weihnachten, genauer gesagt, bis zum vorletzten Montag, hätte er sich über so etwas noch aufgeregt, genau wie über die Tatsache, dass die Baustelle brachlag oder dass der deutsche Staat langsam aber sicher Pleite ging. Aber seit jenem Montagvormittag war alles anders. Durch die geöffnete Zwischentür zum Wohnzimmer hörte er nun die Ansagerin im Fernsehen: »Willkommen bei Reiseglück. Während Sie, liebe Zuschauer, bereits den Sekt für heute Nacht kaltstellen, sitze ich hier auf den Seychellen am Strand von Praslin ...« Wieder stieg das Glücksgefühl in ihm hoch.

Es war einfach nicht zu fassen, niemand würde ihm je glauben. Das hieß, vorausgesetzt, er würde überhaupt jemals mit jemandem darüber sprechen, was er natürlich nicht vorhatte. ›Sechs Richtige? Ach was, Werner, komm‹, würden seine Skatbrüder sagen. ›Sowas passiert immer nur Anderen, die es sowieso nicht nötig haben, aber bei uns im Viertel gibt's das nicht …‹ Und er würde zwischen einem Kontra und einem Re antworten: ›Doch, das gibt's und zwar genau hier in unserer Straße. Ich bin der Beweis.‹ Aber soweit würde es natürlich nicht kommen, denn er würde keinem der Aasgeier, als die sie sich nach seiner Offenbarung entpuppen würden, auch nur ein Wort erzählen.

Verdammt, wo blieb Irma? Seitdem die Straßenbahn nicht mehr fuhr, musste sie den Bus nehmen, der drei Straßen weiter hielt, und das ganze Stück zu Fuß kommen. Und er, Werner, er schaute nun seit vorletzten Samstag, als er in seinem Fernsehsessel gesessen und die Lottozahlen im Fernsehen mit denen auf seinem Schein verglichen hatte, jeden verdammten Nachmittag aus dem Fenster und wartete auf ihre Rückkehr von der Arbeit.

Manchmal passieren Dinge, die sind einfach unglaublich, dachte er weiter. Als er an besagtem Samstag vor eineinhalb Wochen so dagesessen hatte, wie vom Donner gerührt, war er froh gewesen, dass Irma, von dem Fußmarsch müde, bereits zu Bett gegangen war. Und bis heute war es ihm gelungen, das Geheimnis um den Gewinn, von dem er seit genau neun Tagen wußte, dass es sich um glatte 2,8 Millionen Euro handelte, die er auch noch ganz alleine abgeräumt hatte, für sich zu behalten. Naja, eigentlich waren es Irmas Zahlen, die ihm zum Glück verholfen hatten. Vor Jahren hatte sie ihm zwischen dem Kartoffel-Aufsetzen und dem Zwiebelschälen sechs Zahlen genannt. Angeblich hatte sie diese Reihe geträumt. ›Wer weiß, eines Tages …‹, hatte sie gesagt und es später wieder vergessen. Gott sei Dank! Aber er spielte seit der Zeit immer zwei Reihen. Seine eigene und Irmas. Beide Reihen hatten sporadisch schon mal einen *Dreier* gebracht, aber mehr war nicht drin gewesen. ›Wer weiß, eines Tages …‹

Dieser Tag war nun tatsächlich eingetroffen. 2,8 Millionen geteilt durch zwei, das waren immer noch 1,4 Millionen für jeden. Werner schüttelte energisch den Kopf. Es waren seine Reihen, die er von seinem Geld getippt hatte, der anonyme Schein war in seinem Besitz, und somit stand doch eigentlich nur ihm der Gewinn zu. Ihm ganz alleine! Er war mit dem Schein extra bis ans andere Ende der Stadt gefahren. Hier unten am Kiosk hätte doch direkt jeder erfahren, dass er der Gewinner der 2,8 Millionen war. Seine Knie wurden weich. Er hatte dann die Lottogesellschaft angerufen und als sie sich auf einen Termin für den kommenden Freitag geeinigt hatten, an dem der Gewinnberater ihn besuchen sollte, war alles eine beschlossene Sache. Der freundliche Mitarbeiter am Telefon hatte ihm gratuliert, so konnte ein neues Jahr beginnen. Dann hatte er geraten, vorsichtig und umsichtig zu sein, besonders, was den Kontakt zu Freunden und Nachbarn anging. Und er, Werner, schwieg gehorsam wie ein Grab. Apropos Grab, hatte er wirklich an alles gedacht? War auch alles vorbereitet? Bis zur letzten Stunde hatte er mit Heiko geübt. Ein braver Hund und so ein treuer Gefährte, er hörte aufs Wort. Aus dem Wohnzimmer ertönte das leise ›Ping‹ der kleinen vergoldeten Standuhr auf dem Sekretär mit dem geschnitzten Jägermuster. Irmas Sekretär und seit dem Tod seiner Schwiegermutter auch Irmas Uhr. Sie hatte alles, was ihr von der verstorbenen Mutter gefiel, in die eheliche Wohnung verfrachtet. Zur Hölle mit Uhr und Sekretär. Er würde sich bald besseres leisten können.

Halb sechs, und immer noch keine Spur von Irma. Vorsichtig umfuhren die Autos durch schmale, glänzende Fahrbahnspuren die langgezogene Baustelle. Es war dunkel und der Silvesterabend nahte. Im Geiste sah er seine übergewichtige Frau in ihrem grauen Mantel den Bürgersteig entlang kommen, in ihren Händen halbvolle Einkaufstüten mit Nüssen, Chips, Dips und billigem Sekt. Einmal hatte sie ihn gebeten, doch einkaufen zu gehen. Schließlich müsse er nicht immerzu nur faul im Unterhemd und in Jogginghosen durch die Wohnung schlurfen. Sie müsse den ganzen Tag arbeiten, dann noch ein-

kaufen und kochen, und er, was machte er? Nichts, hatte sie behauptet, gar nichts!
Sie hatte ja wohl einen Vogel, oder was? Sein Frührenterdasein war doch nicht sein Verschulden! Okay, als der Mann im Arbeitsamt ihm dazu geraten hatte, sich frühzeitig zur Ruhe zu setzen, weil er in seinem Alter so schwer vermittelbar sei und bedingt durch sein Rückenleiden die sitzende Tätigkeit eines kaufmännischen Angestellten nicht mehr durchführen konnte, da hatte er nicht ungerne zugesagt. Aber faul? Faul war er nicht, er ging täglich viermal mit Heiko spazieren, gab dem Hund Fressen und brachte den Papiermüll raus. Als Irma erneut darum bat, die Einkäufe zu übernehmen, hatte er abgewunken. Die Tüten waren viel zu schwer, und dann sein Rücken ... Am liebsten hätte er dazu gesagt: Wenn du weniger frisst und ich weniger schleppen muss, dann können wir nochmal darüber reden. Hatte er dann aber doch nicht. Ach, was sollte es, der Lottogewinn hatte alles geändert. Er würde endlich herauskommen aus seinem Trott. Weg von den blöden Nachbarn und ihren unerzogenen Gören, weg von seinen Skatbrüdern, die die Treffen nur zum Anlass nahmen, ihn abzuzocken, weg von dieser vermaledeiten Baustelle und weg von dem Deutschland, in dem ein Liter Benzin bereits mehr kostete als ein Liter Bier. Und weg von Irma.

Natürlich wäre es am naheliegendsten gewesen, sich scheiden zu lassen, aber ganz sicher würde Irma ihm keine Ruhe lassen. Sie würde alles dransetzen, um ebenfalls etwas von dem Gewinn abzubekommen. Rechtlich hatte sie Anspruch auf die Hälfte des Vermögens, aber ihr ging es nicht nur um das Geld, ihr ging es auch um ihn. Irma würde ihn verfolgen, sie würde ihn nie in Ruhe zu lassen, wenn es sein musste bis zum jüngsten Tag. Er kannte Irma ganz genau. Wenn die sich etwas in den Kopf gesetzt hatte ... Was für ein schrecklicher Gedanke. Er kratzte sich am Kinn den Dreitagebart.

Das einfachste war, Irma würde für immer verschwinden! Und zwar auf eine Art und Weise, das sie ihm nie wieder in die Quere kommen konnte. Und dafür kam nur eines in Frage: Der perfekte Mord! Zahlreiche Schriftsteller hatten über ihn geschrieben, Filme hatte es en masse gegeben, aber immer war auch einen findiger Kommissar zur Stelle, der bewies, dass es den perfekten Mord doch nicht gab. Wieder lächelte Werner zufrieden und fuhr sich mit der Hand über das stoppelige kantige Kinn. Die Täter waren alle fiktive Figuren und hatten eben nicht seinen gesunden Menschenverstand und Realitätssinn. Er hatte alles durchdacht, bis ins Kleinste. Nichts konnte schiefgehen, nichts durfte schiefgehen. Der Lottoschein lag wie all die Jahre zuvor auf dem Fernseher. Er war versucht, ihn an sich zu nehmen und in seine Geldbörse zu verstauen. Aber nein, nein ..., bloß nicht auffallen. Irma war schlau, aber er war schlauer!

Irgendwo hinter den weißen Dächern der Mietskasernen ihm gegenüber, versprühte ein Feuerwerkskörper seinen grünen funkelnden Regen in den nachtblauen Himmel. Ja, bald war es soweit, ein neues Jahr, ein neues Leben. Ach Gott!

Werner schüttelte sich. Jetzt sagte er das auch schon. Dabei war es genau das was das Fass zum überlaufen brachte. ›Ach Gott‹ und der rote Schal. Dieser verflixte, verfluchte rote Schal und dazu das ewige ›Ach Gott‹! Selbst jetzt, da er wußte, dass es definitiv das letzte Mal sein würde, das er dieses Mistteil sehen und diese beiden Worte aus ihrem Mund hören würde, kribbelte es ihn vor Wut.

Wie sehr ihn das alles aufregte, war ihm erst bewusst geworden, als er mit der Lottogesellschaft gesprochen hatte. Achtundzwanzig Jahre lang ›Ach Gott‹ und der rote Seidenschal, egal ob Sommer oder Winter. Die Marotte saß, und er schwor sich und Irma, diesen Schal würde sie mit ins Grab nehmen, vorausgesetzt, er war dann noch als Schal erkennbar. Das Straßenbild vor ihm veränderte sich langsam. Die Autos wurden weniger, die kleineren Kinder verließen den gefährlichen Spielplatz, ein knatterndes Moped fuhr mit lautem Getöse unverantwortlich schnell über die Straße, und erneut ging ein pfeifender Feuerwerkskörper in die Luft. Die wenigen Passanten hasteten nach Hause, die Geschäfte hatten geschlossen. Wo blieb sie nur, wo blieb sie nur? Sein halbes Leben hatte er damit verbracht, auf sie zu warten, aber noch nie mit so einer Ungeduld wie heute Abend. Er war auch zu Zeiten, als sie noch beide arbeiten gingen, abends immer vor ihr nach Hause gekommen.

»Hallo!« hatte er sie begrüßt, und dann pflichtbewusst: »Und? Wie war dein Tag?«

»Ach Gott.« Seit achtundzwanzig Jahren immer dasselbe, sie winkte ab und griff nach ihrem roten Schal wie ein Baby nach seinem Schnuller. Letztes Jahr hatte Werner ihr zu Weihnachten einen jadefarbenen Schal geschenkt. Sie hatte gelächelt, sich bedankt und am ersten Arbeitstag nach Weihnachten ... nach ihrem roten Schal gegriffen.

»Was für ein Leben!« murmelte Werner. Aber nun würde er bald alles hinter sich lassen. Irgendwo in Rio würde er ganz neu anfangen, die kaffeebraunen Schönheiten warteten doch nur auf so einen gutsituierten Deutschen wie ihn, dazu eine schicke Hazienda. Und zwischen seinen Lenden war noch genügend Saft, um kleine Mäuler zu zeugen. Nur noch Saus und Braus.

»Was für ein Leben!« wiederholte er, aber diesmal mit einem sehnsüchtigen und erwartungsvollen Unterton. Werner öffnete das Fenster, sein Atem bildete kleine Dampfwolken, von rechts rief eine Männerstimme laut: »Ich komme gleich!« Es war ein fröhlicher, erwartungsvoller Ruf. Er beugte sich vor, irgendwo hinten links musste sie doch kommen. Es beunruhigte ihn, dass er sie nicht kommen sah. Schließlich musste alles vorbereitet werden. Aber Heiko, den treuen und letzten Weggefährten seines jetzigen und hiesigen Lebens, wollte er schon mal herauslassen. Es war doch keine Art, den armen Kerl im Badezimmer eingesperrt zu lassen, wo er so fleißig mit ihm trainiert hatte und so brav war, zumal er die kommende Nacht nicht überleben würde. Er ging zum Badezimmer, öffnete die

Tür, und Heikos schwere Pfoten patschten auf dem Parkettboden. Er hechelte, wedelte mit seinem kupierten Schwanz und sah sein Herrchen freudig und erwartungsvoll an.

»Ja, gleich, Heiko. Gleich geht's los. Nun musst du nicht mehr lange warten.« Eben noch hatten sie Generalprobe gehabt. Werner hatte »Ach Gott!« gerufen und dabei diesen roten Schal getragen, den sie sich immer umband, sobald sie zur Tür reinkam, und Heiko hatte ihn, wie er es in den letzten anderthalb Wochen gelernt hatte, angesprungen und wollte ihm zähnefletschend an die Kehle.

»Aus!« Heiko ließ ab. So ein braver, treuer Hund.

Seit neun Tagen ging das so, erst draußen, ein paar Straßen weiter, wo das öde Feld lag, das einmal zu einem Gewerbegebiet werden sollte, dann, seit zwei Tagen, zu Hause. Stunde um Stunde. ›Ach Gott!‹, der rote Schal, Heiko, der entfesselt an ihm hochsprang, und dann ein energisches ›Aus!‹. Heiko ließ ab und setzte sich.

Irma hatte sich natürlich gewundert, wieso Heiko in letzter Zeit, wenn sie nach Hause kam, immer im Badezimmer eingeschlossen war. Werner hatte nur vergnügt gelächelt: »Wart's ab. Eine Überraschung, Irmalein, eine Überraschung.«

Jetzt war der Zeitpunkt gekommen, endlich. Er schaute in die unergründlichen dunklen Augen seines Weggefährten, der sich neben ihm niedergelassen hatte. Er überlegte: sie konnten doch ein letztes, wirklich allerletztes Mal üben. Er ging in die Diele, nahm den lausigen Schal von der Garderobe und sah zu seinem Hund, der aufmerksam die Ohren spitzte. »Ja, das Spiel kennst du, mein Alter, was?« Er legte sich den Schal um den Hals.

Der Hund zog die Lefzen hoch und knurrte.

Werner nahm gebührenden Abstand. »Ach Gott!«

Heiko brauchte keine zwei Sätze, um ihn anzuspringen.

»Aus!« Heiko saß neben ihm, sah ihn bettelnd an.

Werner ging in die Küche, holte ein Stück Schokolade als Belohnung für ihn. Eigentlich war ja Schokolade nicht gut für

Hunde, aber es war sowieso Heikos letzter Abend, von daher spielten solche Gedanken keine Rolle mehr.

Werner lächelte und täschelte den schweren Hundekopf. Wenn Heiko das nächste Mal ›Ach Gott‹ hören und dabei den roten Schal sehen würde, würde niemand ›Aus!‹ rufen. Ach Gott! Ach Gott! Ach Gott!

Er ging durch den Flur zurück in das Esszimmer und stellte sich in den Rahmen zum Wohnzimmer, so konnte er, während er gleichzeitig aus dem Esszimmerfenster schielte, zumindest noch etwas von den Nachrichten im Fernsehen mitbekommen. Irgendein Politiker reiste mal wieder auf seine Kosten um die Welt, als sich die Wohnungstür öffnete.

»Herzliches Beileid! Es ist immer noch unfassbar.«

Es war die erste Januarwoche, kalter Nebel zog über die Gräber, und der ältere Mann, der eine Nelke auf den Sarg seines Skatbruders geworfen hatte, reichte der ganz in schwarz gekleideten Frau die Hand. Irma nickte stumm und tupfte sich mit einem Taschentuch die Tränen ab.

Sie seufzte, ihre mächtige Gestalt unter den relativ dünnen Beinen schwankte hin und her wie ein Schiff bei Seegang. Ihre Zehen in den schwarzen Pumps waren klamm und vor Kälte fast taub. Der nächste und Gott sei Dank auch der letzte seiner wenigen Freunde kam zu ihr. Er warf ebenfalls eine Nelke in das Grab und reichte ihr betrübt die Hand. »Irma, wenn wir irgendetwas für dich tun können, dann melde dich. Du weißt, Werner war unser Freund.«

Sie lächelte, bemüht, ein tapferes Gesicht aufzusetzen. »Schon gut, Herbert, danke, aber dass ihr mit mir den Weg hier gegangen seid, war mir Hilfe genug. Ich denke, ich komme zurecht.«

Irma trat an das Grab, in ihrer Hand hielt sie eine Nelke, deren rosa Blüte sie bereits vor Ungeduld halb leer gezupft hatte. Bedauernd schaute sie auf die unschöne Blume und warf sie in die Grube.

»Ich hoffe, du bist mir nicht böse, Werner. Eigentlich hättest du eine schöne schwarze Rose verdient. Aber ich glaube, da, wo du jetzt bist, da ist dir so etwas banales wie Blumen völlig unwichtig.« Sie drehte sich weg und ging so schnell sie konnte den Kiesweg linker Hand entlang. Es war vorbei, das alte Jahr, das alte Leben. Ihr war, als drücke sie mit jedem weiteren Schritt eine Tür in ein neues Jahr, in ein neues Leben auf.

Sie blieb vor einem knallroten BMW Cabrio stehen und schloß es auf. Endlich hatte sie ein eigenes Auto, und was für ein Auto! Bei Werner hatte sie nie ein Auto haben dürfen. Er selbst hatte keinen Führerschein gehabt und gemeint, wie das wohl aussähe, wenn er immer nur auf dem Beifahrersitz säße. Und wem hatte sie nun letztendlich dieses schicke Auto zu verdanken? Ihrem Werner! Dabei hatte sie nicht immer nett von ihm gedacht. Sie betätigte die Fernbedienung ihres neuen Wagens, er machte ein quietschendes Geräusch, als wollte er sie freudig begrüßen. Das war natürlich Unsinn, der einzige, der sie freudig begrüßte, war Heiko, der brav auf dem Beifahrersitz auf sie gewartet hatte.

»Na, mein alter Freund!« Zärtlich streichelte sie den mächtigen Hund. »Nun sind wir ganz alleine.« Sie ließ den Motor ihres Gefährts an und öffnete trotz der eisigen Kälte und des nieselnden Eisregens das Verdeck. »Aber das soll nicht so bleiben, nicht wahr? Jetzt fahren wir erst einmal zu unserem neuen Zuhause, dorthin, wo fast immer die Sonne scheint.« Sie dachte an die bittersüßen letzten acht Tage. Am Freitag nach Silvester und nach Werners Unfall hatte ein Mann von der Lottogesellschaft bei ihr vor der Tür gestanden. Zuerst hatte sie geglaubt, der Mann sei ein Betrüger und wolle ihre Not zu seinen Gunsten ausnützen, aber dann, als er um den Lottoschein bat, den Werner auf dem Sekretär hatte liegen lassen, und den sie in ihrem Kummer schon beinah wieder vergessen hatte, begriff sie es langsam. Werner, ihr altes Rauhbein, der Haudegen, hatte wie immer seine Reihen getippt, eine davon hatte gewonnen. 2,8 Millionen Euro und sie hatte nichts davon gewusst. Der alte, herzensgute Meckerwilly hatte sie sicher überraschen wollen.

Dafür war wohl die Flasche Champagner gewesen, die sie nach seinem Tod im Kühlschrank gefunden hatte. Zuerst hatte sie ja geglaubt, Werner habe sie wegen Silvester gekauft. Er ging ja nicht so oft einkaufen, und wäre er noch unter den Lebenden verweilt, sie hätte arg mit ihm geschimpft, so ein teures Getränk. In ihrer Trauer hatte sie das Zeug wie Wasser runtergespült, was ihr zumindest eine Nacht mit Schlaf beschert hatte. 2,8 Millionen, was für eine unglaubliche Stange Geld! Der Mann von der Lottogesellschaft war natürlich tief betroffen, als er erfuhr, was mit Werner knappe achtundvierzig Stunden zuvor geschehen war. Fast schon hilflos hatte er ihr sein Beileid gestammelt, das kam wohl auch nicht alle Tage vor in seinem sonst so schönen Beruf

Er hatte ihr Unterlagen von seriösen Geldanlegern dagelassen, und Irma hatte sich, wahrscheinlich auch um sich abzulenken, noch am selben Abend hingesetzt und alles eingehend studiert, dazu hatte sie erneut eine Flasche Champagner geköpft und auf Werners himmlisches Wohl getrunken. Teures Zeug, aber jetzt konnte man es sich ja leisten.

Am Montag war sie zur Bank gegangen und zwei Tage später zum Notar. Seither war sie stolze Besitzerin einer Finca mit Swimming Pool in Denia an der Costa Blanca. Sie setzte den Blinker in Richtung Autobahn und Süden. Wieder seufzte sie inbrünstig.

Ach Werner, es war wirklich zu schade, dass sie nicht gemeinsam den schönen Lebensabend verbringen durften. Aber wenn sich einmal die erste Trauer gelegt hatte, würde ihr vielleicht noch ein anderer Mann begegnen.

»Solange bist du der Herr im Haus«, sagte sie und schaute auf Heiko, der seinen Kopf auf die Vorderpfoten gelegt hatte. Sanft zog sie den jadefarbenen Seidenschal aus, den sie zuvor um den Hals gebunden hatte und der jetzt im Fahrtwind vor ihrem Gesicht herumwehte. Sie hatte den Schal noch an Werners Todestag aus dem Schrank geholt. Werner hatte ihn ihr im letzten Jahr zu Weihnachten geschenkt, und sie hatte ihn nie getragen. Das hatte sie ändern wollen, soviel war sie ihm schuldig gewesen. Aber irgendwie ... Jadegrün war eben nicht ihre Farbe. Irma schloß das Verdeck, es war einfach zu kalt auf die Dauer. Noch einmal öffnete sie das Fenster, achtete darauf, das hinter ihr kein Auto war und warf den Schal hinaus. Im Rückspiegel sah sie, wie er im Fahrtwind flatterte. Es war wie ein endgültiger Abschied von ihrem alten Leben. »Ach Gott!« Heiko hob den Kopf, zog die Augenbrauen hoch und sah sie erwartungsvoll an. Was für ein treuer Hund, hatte versucht, seinem Herrn in letzter Sekunde das Leben zu retten. Hatte sie es vielleicht durch ihre Unachtsamkeit verhindert und war Schuld an Werners Tod? Sie bekam eine Gänsehaut, bloß nicht so etwas denken, Irma, da machst du dich nur verrückt.

Sie erinnerte sich noch ganz genau, und wahrscheinlich würde sie diesen einen Moment auch nie vergessen können. An diesem Silvesterabend war irgendwie alles anders gewesen als sonst. In dem Friseursalon, in dem sie arbeitete, war an dem Tag die Hölle los. In einer kurzen Pause war Irma nebenan in den Supermarkt gehetzt und hatte Nüsse, Chips, Dips und zwei Flaschen von dem preiswerten Sekt gekauft. Dann war sie zurückgehetzt und hatte weitergearbeitet. Eigentlich wollte die Chefin ja nachmittags schließen, aber es kamen noch zwei Stammkundinnen, die Zeiten waren schlecht und der wohlverdiente Feierabend zögerte sich hinaus.

Als sie den Salon verließ, sah sie gerade noch in die erleuchteten Fenster ihres Busses, auf den nächsten musste sie eine halbe Stunde warten. Heilfroh nahm sie das Angebot einer neuen Arbeitskollegin an, sie nach Hause zu fahren. dankend an. Aber die Arbeitskollegin quatschte und quatschte während der Fahrt in einem durch, und Irma hatte gerade beschlossen, in Zukunft doch lieber wieder den Bus zu nehmen, als sie die Wohnungstür öffnete und staunte. Ihr Werner erwartete sie nicht, wie sonst immer, bereits in der Diele, sondern stand seltsam verrenkt im Türrahmen zwischen Wohn- und Eßzimmer. Bis heute hatte sie das nicht verstanden.

»Werner?« war das einzige, was sie noch zu ihm sagen konnte.

Dann ging alles blitzschnell. Anscheinend hatte er sie nicht erwartet, jedenfalls wirbelte er wie ein Derwisch herum, sah sie aus großen Augen erschrocken an und sagte: »Ach Gott!« Bei der schnellen Drehung rutschte er auf der kleinen indischen Brücke ihrer verstorbenen Mutter aus und schlug mit dem Kopf auf die Kante des Sekretärs mit der hübschen Jagdschnitzerei. Gleichzeitig stürzte der Hund heran und knurrte wütend. Alles war so furchtbar schnell gegangen, und was hatte sie getan? Sie hatte ›aus!‹ gebrüllt, ohne genau zu wissen, was sie da machte. Wahrscheinlich ein Reflex oder so. Jedenfalls hatte Heiko sich bei dem Wort ruhig hingesetzt. Genauso war es auch an Silvester gewesen. Schwanzwedelnd und friedlich hockte er neben seinem Herrchen, dessen Genick gebrochen war, wie der Notarzt kurz darauf feststellte, und leckte ihm heulend durchs Gesicht. Hätte sie doch nur nicht das Kommando gerufen! Wieder spürte Irma wie die Tränen in ihr aufsteigen wollten. Sie unterdrückte den Impuls. Bei einhundertundzwanzig Stundenkilometer kam das nicht gut. Der Eisregen hatte aufgehört, je weiter südlich sie fuhr, desto freundlicher wurde das Wetter. Sie betrachtete den Hund neben sich, der durch der Windschutzscheibe schaute und die große rosa Zunge heraushängen ließ, dabei blinzelte er. Er würde wahrscheinlich die meiste Zeit der langen Fahrt dösen. »Du hast dein Herrchen retten wollen, stimmt's, Heiko? Du hast gesehen, wie er hinfiel, hast ihn irgendwie schnappen, den tödlichen Sturz verhindern wollen, richtig?« Heiko gab einen grunzenden Laut von sich und legte sich wieder hin. Nur eines, eines hatte sie überhaupt nicht verstehen können. Wieso zum Teufel hatte Werner ihren geliebten roten Seidenschal um den Hals getragen? Sie zuckte müde die Schultern, setzte den Blinker, fuhr auf die Überholspur und gab Gas. Er wird schon irgendeinen Grund gehabt haben, vielleicht eine verrückte Überraschung. Schweren Herzens hatte sie sich von ihrem geliebten roten Schal getrennt und ihn mit Werner begraben, bestimmt wäre das auch in seinem Sinn gewesen.

Petra Würth

Junggesellenabschied

Jan schlief. Mit offenem Mund, was ihm einen Ausdruck von Unschuld verlieh. Sie mochte das. Sie mochte seine weiche Seite, die erst im Schlaf so richtig spürbar wurde. Die dunklen Brauen, die wettergegerbte Haut, die tiefen Falten, die von seinen Nasenflügeln zu seinen Mundwinkeln verliefen, die etwas fahle Haut, Zeichen seines schwachen Herzens, die Akne-Narben an seinen Schläfen. Alles, was ihn im wachen Zustand männlich, aber auch ein wenig derb aussehen ließ, verlor im Schlaf seine Härte, brachte das Kind zum Vorschein, das er einmal gewesen war. Sie fühlte sich ihm nah. So nah wie nie.

Jan öffnete die Augen, als hätte er im Traum gespürt, dass sie ihn ansah, griff nach ihr, zog sie an sich. Sein Gesicht voll hilfloser Zuneigung, die Haut vom Schlaf noch ganz warm.

»He«, sagte er und berührte mit den Fingerspitzen ihre Lippen. »Kneif mich.«

Sie lachte leise. »Keine Angst. Ich bin da. Ich werde auch immer da sein. Bis du stirbst oder mich nicht mehr willst.«

»Wie kommst du darauf, ich könnte dich nicht mehr wollen. Ich liebe dich ...«

»Pscht ...« Sanft küsste sie ihn auf den Mund. »Ich weiß doch.«

Wie könnte er sie auch nicht lieben. Das schönste Wesen, das er je gesehen hatte. Sie war ihm sofort aufgefallen, als sie vor einem halben Jahr in Jork aufgetaucht war, mit ihrem vollen, zu einem Knoten zurückgesteckten blonden Haar, dem blassen Gesicht, dem dunklen Trenchcoat, der sie schmal und zerbrechlich aussehen ließ. Mit hochgezogenen Schultern war sie an ihm vorbeigehastet, als könne sie gar nicht schnell genug von der Straße kommen, nicht schnell genug in ihrer Wohnung verschwinden. Wie benommen hatte er dagestanden, hatte ihr nachgestarrt und nicht begriffen, was er fühlte, was ihn so durcheinander brachte. Ihre Schönheit oder diese Aura von Verlorenheit, die sie umgab. Dieses Gefühl von Trauer, das in jeder ihrer Bewegungen mitzuschwingen schien.

Er hatte Erkundigungen eingezogen. Als einer der reichsten Obstbauern im Alten Land genoss er Ansehen und Einfluss. Die Leute vertrauten ihm oder respektierten ihn doch zumindest. Frau Lühs, in deren Haus die Unbekannte eine kleine Wohnung bezogen hatte, erzählte ihm, was er wissen wollte. Dass ihre neue Mieterin Fiona heiße, aus Hamburg komme, wenig rede und auch nicht lange bleiben wolle. Bei ihrem Einzug sei von einem halben, maximal einem ganzen Jahr die Rede gewesen. Jan war enttäuscht und erstaunt, wie tief diese Enttäuschung ging. Dafür, dass er Fiona erst ein einziges Mal gesehen hatte.

Die Lühs sah sich verstohlen um und senkte die Stimme. Auffallend ängstlich sei die junge Frau, wusste sie zu berichten, öffne die Tür nie, ohne vorher nachzufragen, wer denn da sei. Bekäme nie Post und werde immer ganz käsig, wenn ein fremder Mann auftauche. Selbst der Zeitungsausträger habe sie schon einmal fast zu Tode erschreckt.

Das hatte Jan noch neugieriger gemacht. Er brauchte einen Monat und drei Dates, um herauszufinden, dass Fiona auf der Flucht vor ihrem Ex-Ehemann war. Sie erzählte widerwillig, knapp und nur das Nötigste, wollte vergessen, wie sie sagte, wieder zu sich finden, ein neues Leben beginnen. Doch das sei schwer, da Carl, der in Hamburg mehrere Restaurants betreibe, nachtragend und unberechenbar sei, sie für seinen persönlichen Besitz halte und auch weiterhin verfolge. Jan hörte zu, bohrte nicht nach, ließ sie genau so viel erzählen, wie sie bereit war, preiszugeben. Er würde sie beschützen, sagte er und meinte es auch so. Das war der Moment, in dem sie zum ersten Mal lächelte und er spürte, wie rettungslos verloren er war.

Ein Gefühl, das er vor Fiona nicht verbergen konnte. Sie musste ihn nur ansehen, um das Maß seiner Verliebtheit zu erkennen. Und sie wusste, dass darin ihre Chance lag, sie ihn halten, ihn binden musste, so fest sie nur konnte.

»Freust du dich?«, fragte sie.

Jan nickte. »Ja. Aber ...«

»Aber was?«

»Mir wäre lieber, wir würden heute heiraten.«

Fiona richtete sich auf. »Aber heute Abend ist dein Junggesellenabschied. Die Jungs wären enttäuscht ...«

»Ja, ich weiß. Aber ich muss es ihnen doch nicht auf die Nase binden.«

»Und was ist mit morgen? Wir haben einen Termin beim Standesamt, den können wir doch nicht so einfach vorziehen.«

Jan griff nach ihrem Arm. »Lass es uns probieren. Wenn sich der Termin verschieben lässt, oder wir irgendwo anders einen Termin bekommen, dann machen wir es. Heiraten heute. Nur wir zwei.«

»Hat es etwas mit dem Brief zu tun?«, fragte sie und legte ihm behutsam die Hand auf die Brust, dorthin, wo sie seinen Herzschlag spüren konnte.

»Nein. Vielleicht. Ich weiß es nicht«, antwortete er unwirsch, drehte sich zur Seite und entzog sich ihrer Berührung. Er wollte nicht, dass sie die Verunsicherung und Angst in seinen Augen sah, die der anonyme Brief, der einen Tag zuvor mit der Post gekommen war, in ihm ausgelöst hatte. Eine aus Buchstaben, die aus Zeitungen ausgeschnitten worden waren, zusammengeklebte Drohung, dass Fiona den Tag ihrer Hochzeit nicht überleben werde. Am meisten erschreckt hatte ihn, wie gut der Absender informiert war, dass er Datum und Uhrzeit ihrer Trauung sowie die Adresse des Standesamtes in Jork kannte. Fiona hatte die Drohung bis ins Mark getroffen. Sie hatte sich zwar jede Mühe gegeben, es vor Jan zu verbergen, und den Brief als üblen Scherz abgetan. Doch war sie den Rest des Tages noch blasser und stiller gewesen als sonst. Für beide war klar, dass Fionas Exmann dahintersteckte. Während Jan an eine ernstzunehmende Gefahr glaubte, meinte Fiona, sich nicht vorstellen zu können, dass Carl tatsächlich so weit gehen würde. Er wolle ihnen nur den Tag vermiesen, Angst und Schrecken verbreiten, mehr stecke nicht dahinter, erklärte sie, konnte dabei aber das Zittern in ihrer Stimme kaum unterdrücken.

»Weißt Du«, sagte Jan und griff nach ihrer Hand, »ich habe in meinem Leben oft Pech gehabt, es waren immer die falschen Frauen, in die ich mich verliebt habe. Und jetzt, wo ich einmal die Richtige getroffen habe, da …«

»Da was?«

»Da möchte ich sie nicht gleich wieder verlieren.«

»Du verlierst mich schon nicht …«

»Bist Du Dir wirklich ganz sicher«, fragte er eindringlich. »Bist Du sicher, dass er Dich nicht erschießen, nichts unternehmen wird?«

Fionas Augen verdunkelten sich für einen kurzen Moment.

»Wir machen, was Du möchtest«, gab sie nach. »Wenn wir irgendwo einen Termin bekommen, dann heiraten wir eben heute. Versprochen.«

»Gut«, sagte er und drückte ihr einen Kuss auf die Wange.

Fiona stand auf. »Ich kümmere mich drum«, sagte sie und verließ das Zimmer.

»Bringst Du mir bitte noch meine Tabletten«, rief er hinter ihr her.

»Hast Du wieder Schmerzen?«

»Nein, nein«, wiegelte er ab, ließ sich in die Kissen sinken und ignorierte die Herzstiche, so wie er Krankheiten im Allgemeinen und seine Angina pectoris im Speziellen zu ignorieren pflegte. Vielleicht war das ja die Lösung. Sie heirateten heute, in Bremen oder in Hamburg. Aber auf gar keinen Fall in Jork. Zwar hatte sich Fiona sehr auf die Zeremonie im Altländer Gräfenhof gefreut, wo 1776 schon der Dichter Gotthold Ephraim Lessing und seine Braut Eva Catharina Koenig einander geehelicht hatte; auf dieses historisch bedeutsame Standesamt würden sie nun verzichten müssen. Aber was dieser Carl auch plante, Jan würde ihm die Tour vermasseln. Er würde Fiona heute heiraten. Wenn die Terminierung auch schwierig würde, er wollte, dass Fiona seine Frau wurde. So schnell wie möglich.

Die Stimmung war aufgeheizt, obwohl die Stripperin noch gar nicht eingetroffen war. Jans Freunde hatten sich im Kellergewölbe ihres Stammlokals versammelt und bereits einiges an Bier und Schnaps konsumiert. Sie saßen an langen rustikalen Holztischen, halbvolle Gläser und Teller mit Essensresten vor sich, lachten, grölten und rissen Zoten. Schließlich wollten sie sich schon einmal für das Kommende in Stimmung bringen. Obwohl draußen ein heißer Julitag zu Ende ging, herrschten in dem Gewölbe vergleichsweise kühle achtzehn Grad. An den unverputzten Wänden hingen große, mit Trockenblumen dekorierte Wagenräder, in einer Glasvitrine dümpelten ein Marmorkuchen, ein Nusskranz und eine Schokoladentorte, die alle drei keinen allzu frischen Eindruck mehr machten. Der Tresen am Ende des Raumes und die dahinter an der Wand angebrachten Glasregale lagen im Dämmerlicht, genauso wie die umliegenden Tische. Einzig die Tanzfläche in der Mitte wurde von einer aus Hirschgeweihen kunstvoll zusammengefügten Lampe erleuchtet.

Jan hätte seinen Junggesellenabschied am liebsten abgesagt. Er war ja längst verheiratet. Die Trauung hatte am frühen Nachmittag in Hamburg stattgefunden und war sehr stimmungsvoll und intim gewesen. Für Jans Geschmack war die Ansprache der Standesbeamtin zwar etwas zu routiniert ausgefallen, aber der Moment, als Fiona ›ja‹ gesagt hatte, war traumhaft gewesen, ein magischer Augenblick. Und nun war sie seine Frau, ganz offiziell, für immer und ewig. Nach Verlassen des Trauzimmers war sie ihm um den Hals gefallen. Sie sei glücklich, hatte sie gesagt, glücklich und unendlich erleichtert.

Den Ring hatte er allerdings erst einmal wieder abgenommen. Morgen würde er den Jungs beichten, dass die Trauung längst vollzogen worden war. Begeistert würden sie nicht sein, ihren Ärger aber abends bei dem großen Hochzeitsfest schnell vergessen.

Jan musterte die Gesichter seiner Freunde, die zum Teil schon die Schulbank mit ihm zusammen gedrückt hatten. Einige waren Bauern wie er, und bewirtschafteten ihre eigenen Höfe, andere führten Handwerksbetriebe, arbeiteten als leitende Angestellte in Hamburg oder hatten sich mit kleineren Unternehmen selbständig gemacht. Die meisten waren in Jork geboren. Kernige Männer, Ende vierzig, die mitten im Leben standen, jeder auf seine Art erfolgreich waren und sich von niemandem die Butter vom Brot nehmen ließen.

Vor allem Sören nicht, der auf der anderen Saalseite stand, und ihm verschwörerisch zuzwinkerte. Seit ihrer Kindheit waren sie befreundet, doch war diese Freundschaft nie ganz frei von Konkurrenzdenken gewesen. Schon die Väter hatten darum gestritten, wer den größeren Hof und den meisten Einfluss in der Region besaß, mit dem Ergebnis, dass sie sich zeitlebens aus dem Weg gegangen waren.

Die Söhne hatten das Kriegsbeil der Alten begraben. Doch blieb das Gift des Zwistes auch an ihrer Beziehung kleben, versuchten ebenfalls sie sich zu übertrumpfen und gegenseitig auszustechen. Wenn der Umgang auch kameradschaftlich war und Streitereien relativ schnell wieder beigelegt wurden, blieb ein jeder von ihnen ein Stück weit der Stachel im Fleisch des anderen. Fionas Auftauchen hatte die Situation nicht verbessert. Sie gefiel Jan, sie gefiel aber auch Sören. Obwohl verheiratet und Vater zweier Söhne, gönnte er seinem Freund eine so junge und schöne Frau nicht. Seine Missgunst war einer der Gründe gewesen, warum er die Stripperin engagiert hatte.

Als Schritte auf der Treppe zu hören waren, erstarben die Gespräche.

»Jan, dein Geschenk«, rief Sören.

Es wurde mucksmäuschenstill. Und das lag einzig und allein an der Art und der Lautstärke des Geräusches. An den Absätzen, die auf den Steinboden knallten und wie Pistolenschüsse von den Wänden widerhallten. Das waren keine Schritte, die die Art von Frau ankündigten, auf die die Herren gefasst waren. Hier kam keine Blondine mit Zöpfen und Schulmädchenuniform, kein All-American-Darling im Stars-and-Stripes-Bikini. Hier was etwas völlig anderes im Anmarsch, etwas, das nach Militärparade, nach Stechschritt, Kaserne und Drill klang. Dann betrat sie den Raum. Und die Männer nahmen unbewusst Haltung an. Sie war nicht besonders groß und nicht besonders muskulös. Aber sie war dominant. Mit jeder Pore ihres Körpers strahlte sie den Willen zur absoluten Kontrolle aus. Von Kopf bis Fuß in schwarzes Leder gekleidet, mit schwarzem kinnlangem Haar und einem herzförmigen Gesicht, in dem die hellen Augen zwischen schwarzen Kajalbalken hervorblitzen, betrat sie die Tanzfläche, stellte ihren Ghettoblaster sowie eine dunkelbraune Aktentasche auf einen der Tische und übernahm das Kommando.

»So Jungs, ich sein Elena und wir werden viel Spaß haben!«, verkündete sie mit lauter, harter Stimme, der der osteuropäische Akzent deutlich anzuhören war. Die Männer zuckten zusammen, unsicher, ob sie tatsächlich den Spaß meinte, der ihnen vorgeschwebt hatte.

»Alle nebeneinander aufstellen!«, bellte sie, scheuchte die Gäste von ihren Plätzen und platzierte einen Stuhl in der Mitte der Tanzfläche. Keiner hätte im Nachhinein erklären können, wie es ihr gelungen war, eine Bande angetrunkener Kerle in einen Haufen Schuljungs zu verwandeln, die sich brav nebeneinander aufreihten und mit großen Augen und offenen Mündern auf eine Frau starrten, über deren sexuelle Verfügbarkeit sie nur wenige Minuten zuvor lauthals spekuliert hatten.

Elena schritt die Reihe ab, sah sich jeden der Männer genau an und ließ sie ihre Namen aufsagen.

Welcher Idiot hat denn um Gottes willen eine Domina bestellt, schoss es Jan durch den Kopf, als sie auch schon vor ihm stand.

»Wer ist Bräutigam?«

»Ich«, sagte er kläglich und bereute, diese verdammte Farce von einem Junggesellenabschied nicht abgesagt und seinen Freunden reinen Wein eingeschenkt zu haben. Das ist jetzt die Strafe, dachte er, als Elena auch schon anfing, sein Hemd aufzuknöpfen. In die Gruppe kam Bewegung.

»Wir dachten, *Sie* strippen.«

»Kommt noch«, sagte Elena, zog Jan das Hemd von den Schultern und verband seine Augen mit einem schwarzen Tuch.

»Schließlich geht es heute um Bräutigam, nicht wahr?«

Danach stellte sie die Musik an und die Stimme Till Lindemanns, des Frontmanns der Gruppe Rammstein, dröhnte laut und bedrohlich durch das Gewölbe:

»Ich tu dir weh
Tut mir nicht leid
Es tut dir gut
Wie es schreit.«

Nachdem die ersten martialischen Klänge aus dem Ghettoblaster drangen, wurde auch dem Letzten im Raum klar, dass diese Veranstaltung kein Spaß werden würde. Zumindest kein Spaß für den Bräutigam. Doch seltsamerweise griff niemand ein. Nicht, als Elena Jan komplett auszog, als sie ihm mit der Gerte mehrmals auf den nackten Hintern schlug und dort dunkelrote Striemen hinterließ. Nicht, als sie ihn auf den Stuhl setzte, heißes Wachs auf seinen Oberkörper tropfen ließ oder ihm mit einer Nippelklemme zu Leibe rückte.

»Ja, aber …«, sagte Sören verdattert, verstummte jedoch schnell.

Elena verstand ihr Geschäft und lieferte eine Show ab, die die Jungs immer mehr in ihren Bann zog. Gekonnt erzeugte sie ein Wechselbad der Gefühle, indem sie Strippen und Quälen kunstvoll miteinander verband und die Männer konstant unter Spannung hielt. Keiner kam auf die Idee, das Spiel ginge zu weit und müsse beendet werden. Auch Sören machte keinen Versuch mehr dazwischenzugehen. Obwohl im Vorgespräch keine Rede davon gewesen war, dass die Stripperin Jan vor versammelter Mannschaft zu ihrem Sexsklaven degradieren würde. Sörens anfängliches Erstaunen war schnell einer diffusen sexuellen Erregung, dem Spaß am Voyeurismus und letztendlich der Schadenfreude gewichen. Irgendwie hatte Jan es verdient. Schließlich durfte er Fiona heiraten, dafür konnte er ruhig ein bisschen leiden.

Jan biss die Zähne zusammen und betrachtete die Tortur als Mutprobe, als eine Art Initiationsritus, der die Verwandlung vom Junggesellen zum Ehemann vorantreiben sollte. Und da er sich nicht zur Wehr setzte, kam ihm auch niemand zu Hilfe. So konnte Elena tun, weshalb sie gekommen war. Sie legte ihre Hand auf Jans Brust, dorthin, wo sie seinen Herzschlag spüren konnte, führte den Griff der Gerte an die ertastete Stelle, drückte ihn zwischen die beiden Rippenbögen und betätigte einen kleinen kaum sichtbaren schwarzen Knopf. Gleichzeitig schlug sie Jan mit der flachen Hand auf den Oberschenkel, so dass er die hauchdünne Stahlnadel, die aus der Gerte in seinen Oberkörper schoss und das Herz durchbohrte, nur als ein schwaches Pieksen wahrnahm. Die Nadel schnappte zurück. Die winzige Einstichstelle, die sie hinterließ, würde in kurzer Zeit kaum noch zu erkennen sein. Das zumindest hatte Carl behauptet, als er Elena die Prozedur erklärt und an einer lebensgroßen Stoffpuppe vorgeführt hatte. Elena wusste, dass Jan nicht mehr lange zu leben hatte. Aus dem Loch in der Herzkammer würde Blut in den das Herz wie eine zweite Haut umgebenden Herzbeutel sickern. So lange, bis er prall gefüllt das Herz zum Stillstand bringen und Jan sterben würde. Dann aber wäre Elena längst über alle Berge. Und einen fast fünfzigjährigen Mann, der an Angina pectoris litt und aufgrund der von einer Domina verursachten Aufregung einen Herzstillstand erlitten hatte, würde wohl kaum jemand obduzieren lassen. Elena war zufrieden mit sich. Und Carl würde es wohl auch sein.

Sie beendete ihren Striptease, warf ihr letztes Kleidungsstück, ein hauchdünnes Etwas von einem String-Tanga, hoch in die Luft, fing es geschickt wieder auf, und forderte mit einer eleganten Verbeugung ihren Applaus ein. Danach schlüpfte sie in ihre Kleidung, entfernte das Tuch von Jans Gesicht und half ihm vom Stuhl. Er lächelte schief und taumelte ein wenig. Das Wachs auf seinem Oberkörper war zu milchig weißen Platten getrocknet, seine Brust mit Striemen übersäht. Elena griff sich Ghettoblaster und Tasche, rief ein lautes »Doswidanja« in die Runde und verschwand.

Die Anspannung löste sich. Die Männer begannen zu lachen und Witze zu reißen, klopften dem noch immer verstört wirkenden Jan auf die Schulter und fanden schnell zu ihren gewohnten Machosprüchen zurück.

»Mann, du hättest sie dir mal auf den Schoß setzen sollen«, tönte Sören.

»Die hätte ich mir geschnappt und ihr gezeigt, wo in Jork die Rohre verlegt werden«, warf sich einer der anderen Männer in die Brust.

»Wenigsten die Titten hättest du mal auf Echtheit überprüfen können. Das sah doch sehr nach Silikon aus ...«

Ein Geräusch auf der Treppe ließ sie verstummen, brachte den angespannten Ausdruck auf ihre Gesichter zurück, machte aus wilden Kerlen wieder ängstliche, kleine Jungs. Doch Elena kam nicht zurück. Warum auch? Ihr Job war längst erledigt.

Auf Jans Beerdigung hatte Fiona unablässig geweint und geschluchzt. Die meiste Zeit musste sie gestützt werden und war, als die Urne beigesetzt wurde, regelrecht zusammengebrochen. Mit Hilfe diverser Beruhigungstabletten verbrachte sie die nächsten Tage in einem komaähnlichen Zustand, verließ kaum ihre Wohnung und wenn sie es doch einmal tat, lief sie wie ein Gespenst durch den Ort. Mehrmals am Tag klopfte Frau Lühs an ihre Tür, jedes Mal erleichtert, wenn Fiona ein Lebenszeichen von sich gab. Die Befürchtung, sie könne sich etwas antun, hing wie eine böse Ahnung in der Luft. Niemand hätte es gewundert, wenn sie eine Überdosis Schlaftabletten geschluckt hätte. Doch Fiona tat nichts dergleichen und kämpfte sich jeden Tag ein Stück weiter ins Leben zurück.

Sören ging es nicht viel besser. Er machte sich Vorwürfe. Wenn er diese verdammte Stripperin nicht engagiert hätte, wenn er gleich, als sie anfing, diese Domina-Nummer abzuziehen, eingeschritten wäre, diesen ganzen Sado-Maso-Mist verhindert hätte, dann könnte Jan vielleicht noch leben. Er warf sich vor, ihn aus reinem Neid und Schadenfreude in diese Situation gebracht und die Gefahr, die Jan daraus erwuchs, nicht erkannt zu haben. Das Gefühl für den Tod seines besten Freundes verantwortlich zu sein, wuchs von Tag zu Tag. Jeder Versuch, so etwas wie eine Absolution oder doch zumindest ein kleines bisschen Verständnis von Fiona zu erhalten, misslang kläglich. Nachdem sie die Hintergründe von Jans Tod erfahren hatte, war sie auf Distanz gegangen und hatte so gut wie kein Wort mehr mit ihm gewechselt.

Daran änderte sich auch nichts, als Hein, Jans jüngerer Bruder, zwei Wochen nach der Beerdigung in Jork auftauchte, um die Ehe seines Bruders anfechten zu lassen und seiner Schwägerin das Erbe streitig zu machen. Fiona lehnte jede Hilfe von Sören ab und kontaktierte stattdessen einen Anwalt in Bremen. Erstaunlicherweise schien der Streit um das Erbe, um Landbesitz, Immobilien und Bargeld im Wert von mehreren Millionen Euro sie eher zu stärken und ihre Wut über Heins Dreistigkeit, der weder zur Hochzeit noch zur Beerdigung erschienen war, erst richtig anzufachen. Sie nahm den Kampf auf und sie gewann. Mit Hilfe ihres Anwalts setzte sie ihre Ansprüche durch. Und Hein verließ Jork wie ein geprügelter Hund.

Ein halbes Jahr nach Jans Tod, packte Fiona ihre Koffer. Die Erinnerungen seien zu schmerzhaft, erklärte sie. Das verstanden die Leute. Die von Sören gewünschte Aussprache lehnte sie ab und ließ sich von Frau Lühs zum Bahnhof bringen. Der Abschied war herzlich und tränenreich. Sie umarmten sich und versprachen in Kontakt zu bleiben. Nachdem Frau Lühs vom Bahnhof zurückgekehrt war, inspizierte sie Fionas leere Wohnung und entdeckte einen Gegenstand, mit dem sie nichts anzufangen wusste. Als sie ihre ehemalige Mieterin deswegen anrief, bat die mit seltsam gepresster Stimme, ihr die schwarzen Reise-Wäscheklammern doch bitte an ihr Hotel in Bremen nachzuschicken. Was Frau Lühs, hilfsbereit wie sie war, gerne tat.

Fiona blickte aus dem Zugfenster des Moorexpresses auf eine weitgehend unbesiedelte Landschaft. Wälder, Wiesen und Moore zogen an ihr vorüber und machten sie mit jedem Kilometer, den sie sich weiter von Jork entfernte, melancholischer. Es war so verdammt idyllisch hier, die Menschen so offen und herzlich. Sie würde den Ort vermissen. Seit langer Zeit hatte sie sich zum ersten Mal vorstellen können, Wurzeln zu schlagen. Endlich irgendwo anzukommen. Das wäre schön gewesen. Aber es war und blieb illusorisch. Ihre Handymelodie riss sie aus ihren Gedanken.

Die angezeigte Telefonnummer gehörte Carl Hegedorf, ihrem Anwalt. Fiona drückte den Anruf weg. Keine Lust, dachte sie. Nicht jetzt. Obwohl sie sich weiß Gott nicht über ihn beschweren konnte. Er hatte einen guten Job gemacht, und ihr vier Millionen Euro beschert. Natürlich hatte auch er davon profitiert. So wie er immer profitierte. Aber das war auch in Ordnung. Mit schöner Regelmäßigkeit tauchten Verwandte und Bekannte auf, die ihr einen Strich durch die Rechnung machen wollten und die sich dann mit genauso schöner Regelmäßigkeit an Carl die Zähne ausbissen. Sie und Carl waren ein gutes Team. Wenn auch ihre Beziehung nicht immer spannungsfrei verlief.

Beim Blick aus dem Fenster, bemerkte sie in der Spiegelung der Glasscheibe einen Mann, der schräg gegenüber auf der anderen Gangseite saß und interessiert zu ihr herübersah. Sie beachtete ihn nicht. Noch nicht.

In Gedanken kehrte sie zu Jan zurück. Er war ihr zu nahe gekommen, sie hatte ihn gemocht. Sehr sogar. Und deshalb hatte sie einen Fehler gemacht. So etwas war ihr noch nie passiert. Sie war ein Vollprofi. Sie machte keine Fehler. Anfangs war ja auch alles glatt gelaufen. Sie hatte Sören die fingierte Visitenkarte einer Stripperin zugespielt, auf der die Nummer ihres Prepaid-Handys stand. Sie hatte Jan den anonymen Brief geschickt und neben dem Hochzeitstermin in Jork gleich einen zweiten für den Tag davor in Hamburg vereinbart. Wie erhofft, hatte Jan panisch auf das anonyme Schreiben reagiert und die Hochzeit vorgezogen, so dass sie zum Zeitpunkt des Junggesellenabschiedes und damit im Moment seiner Ermordung verheiratet waren. So gesehen waren ihre Vorbereitungen gründlich und gut durchdacht gewesen. Und auch nach Jans Tod hatte sie ihre Rolle perfekt gespielt. Der ganze Ort war von ihrer Liebe zu ihrem Mann überzeugt, ihr Auftritt auf dem Friedhof war Oscar verdächtig gewesen. Ihre öffentlich zur Schau gestellte Trauer in den Tagen danach geriet zur Meisterleistung. Aber nur weil sie wirklich trauerte, weil sie diesen Mann wirklich vermisste. Und genau das war der Grund für ihren Fehler gewesen. Sie hatte nicht aufgepasst, war nicht umsichtig genug vorgegangen und hatte die Nippelklemme in der Wohnung vergessen. Das war unverzeihlich. Ihr war klar, dass es irgendwann schief gehen würde, ihre Emotionen ihr irgendwann einen Streich spielen würden. Nicht, dass das am Ergebnis etwas änderte. Selbst wenn sie auf die Liebe ihres Lebens träfe, den Mann ihrer Träume, selbst dann würde sie ihn töten, würde das Programm mit unwiderruflicher Präzision und tödlicher Konsequenz ablaufen, könnte sie es nicht stoppen. Das lag nicht in ihrer Natur. Aber es würde ihr das Herz brechen. Der Teil von ihr, der noch lebendig war, würde daran zugrunde gehen. Sie konnte nur hoffen, dass es noch eine Weile so weiterginge, und die Männer, auf die sie traf, ihrem Herzen nicht gefährlich werden konnten.

So wie der Mann ihr gegenüber, der einen teuren Anzug und ein selbstgefälliges Grinsen zur Schau trug und nicht aufhörte, sie zu beobachten, um ihre Aufmerksamkeit zu werben. Sie lächelte zum ersten Mal zurück und spürte die Spannung, die wie ein winziger elektrischer Schlag durch ihren Körper fuhr, als sie das verräterische Funkeln in seinen Augen sah, dieses kurze intensive Strahlen, das über sein Gesicht huschte. Ihr Jagdtrieb war erwacht. Und das Spiel hatte von neuem begonnen.

Die Autoren

Lena Blaudez,
geboren 1958 in Mecklenburg, verbrachte viele Jahre in Afrika und lässt dort auch ihre Krimi-Heldin Ada Simon ermitteln, z.B. in *Farbfilter*. Sie lebt heute in Berlin.

Nicola Förg
ist eine der beliebtesten und auflagenstärksten Krimiladys in Deutschland. Ihr Roman *Schussfahrt* begründete den Ruf des Allgäus als ›kriminell gute‹ Region. Ihr Kult-Kommissar Weinzirl ermittelt mittlerweile in Oberbayern bereits im achten Fall. Dort, wo die Natur opulent ist und wo die Menschen ein ganz spezieller Schlag sind, gibt es hinter der Geranienpracht viele Gründe (zumindest literarisch) zu morden. Nicola Förgs zweite Krimiserie schickt das Kommissarinnen-Duo Irmi Mangold und Kathi Reindl bereits zum dritten Mal an alpine Tatorte. Die Bestseller-Autorin bewegt sich dort auch als Reise-, Berg-, Ski- und Pferdejournalistin. Die gebürtige Oberallgäuerin, die in München Germanistik und Geographie studiert hat, lebt mit Familie sowie Pferden, Kaninchen und Katzen (plus Mitessern von den umliegenden Bauernhöfen) im südwestlichen Eck' Oberbayerns.

Nina George,
geboren 1973, ist Schriftstellerin und Publizistin. Sie veröffentlichte bisher zweiundzwanzig Krimis, Romane (zuletzt: *Die Mondspielerin*), Sachbücher und satirische Nachschlagewerke. Seit 1992 schreibt sie als Journalistin für Frauen-, Boulevard- und Fachzeitschriften sowie als Kolumnistin, wie etwa fünf Jahre lang für das *Hamburger Abendblatt*. Ihr Pseudonym Anne West gilt als erfolgreichste deutschsprachige Erotikautorin. George lebt im Hamburger Grindelviertel. *www.ninageorge.de*

Anja Jonuleit,
in Bonn geboren, wuchs am Bodensee auf und ging dann ein paar Jahre ins Ausland. Sie studierte Italienisch und Englisch am Sprachen- und Dolmetscherinstitut in München, arbeitete als Übersetzerin und Dolmetscherin, bis sie mit Mitte dreißig das Schreiben entdeckte. Sie hat vier Kinder und lebt mit ihrer Familie in der Nähe von Friedrichshafen.

Karr & Wehner,
geboren 1955 und 1949 in Saalfeld und Werdohl, leben im Ruhrgebiet und schrieben bisher zahlreiche Storys, Hörspiele und die *Gonzo*-Thriller *Geierfrühling, Rattensommer, Hühnerherbst* und *Bullenwinter.* 1996 erhielten sie den *Friedrich-Glauser-Preis* für den besten Krimi des Jahres und 2000 den *Literaturpreis Ruhrgebiet.* Zuletzt erschien von Ihnen der Jugendkrimi *Schneekönige* (2011).
www.karr-wehner.de

Carsten Klemann
lebt als Autor in Hamburg. Er hat neben Erzählungen bei Rowohlt den Roman *Moselblut* veröffentlicht, der wie sein hier abgedruckter Krimi in der Region zwischen Koblenz und Trier spielt.

Stefanie Koch
Ihr Hang zu Krimis kommt nicht von ungefähr: Als sie vor einigen Jahren nach Düsseldorf zog, konnte sie die Tür ihrer neuen Wohnung nicht öffnen. Kein Wunder: Der Schlüssel des Hausmeisters steckte von innen. Der wiederum lag tot in ihrer Wohnung. Seither fesseln Mordfälle sie besonders. Auf Lesungen entdeckte sie ihr komisches Talent, deshalb tourt sie seit 2008 immer wieder mit ihren Kabarettprogrammen und schreibt nicht nur erfolgreich Krimis mit dem sympathischen Kommissar Lavalle und böse Kurzgeschichten, sondern auch Radiokrimis, die jährlich zur Weihnachtszeit bei Antenne Düsseldorf gesendet werden.

-ky,
eigentlich Horst Bosetzky, wude 1938 in Berlin geboren, wo er auch heute lebt. Er ist emeritierter Professor für Soziologie und schrieb seit 1971 zahlreiche Kriminalromane, mit denen er zum Doyen des deutschsprachigen Krimis wurde. Zuletzt erschien *Mit Feuereifer* (2011).

Sandra Lüpkes,
geboren 1971, lebt in der ostfriesischen Kleinstadt Norden. Mit ihrer Auricher Kommissarin Wencke Tydmers wurde sie in der deutschsprachigen Krimiszene bekannt, u.a. mit *Das Sonnentau-Kind* und *Die Wacholder-Teufel*.

Franziska Steinhauer
wurde 1962 in Freiburg geboren und lebt seit 1993 in Cottbus. Sie studierte Pädagogik mit den Schwerpunkten Psychologie und Philosophie. Vierzehn Jahre lang war sie an verschiedenen Schulen sowie in der Erwachsenenbildung tätig. Seit 2004 arbeitet sie als freie Autorin. Um ihr Wissen im Bereich der Kriminaltechnik auf eine breitere Basis zu stellen, absolvierte sie 2010 den *practical part* des *European postgraduate Mastercourse* in Forensik an der Technischen Universität in Cottbus. Franziska Steinhauer ist Mitglied der *Mörderischen Schwestern* sowie im *Syndikat*, der Vereinigung deutschsprachiger Krimiautorinnen und -autoren.
www.franziska-steinhauer.de

Jörg Steinleitner,
geboren 1971 im Allgäu, studierte Jura, Germanistik und Geschichte in München sowie Augsburg und absolvierte die Journalistenschule in Krems/Wien. 2002 ließ er sich nach Stationen in Peking und Paris als Rechtsanwalt in München nieder. Er veröffentlichte mehrere Bücher, darunter die Krimis *Tegernseer Seilschaften* (Piper Verlag) und *Der Fall Augustin Stiller* (Lagrev-

Verlag). Auch schrieb er für das Magazin der *Süddeutschen Zeitung* und andere Gazetten. Steinleitner hat drei Kinder. Er lebt und arbeitet in München sowie an einem See im Blauen Land der Gabriele Münter und Wladimir Kandinskys, wo immer wieder verdächtige Mittel- und Norddeutsche Urlaub machen.
www.steinleitner.com

Elmar Tannert,
geboren 1964 in München, lebt als Schriftsteller in Nürnberg. Er schrieb u.a. den viel beachteten Roman *Der Stadtvermesser* sowie *Ausgeliefert*, dazu zahlreiche Erzählungen und zuletzt gemeinsam mit Petra Nacke die Nürnberg-Krimis *Rache, Engel* und *Blaulicht*.

Birgit C. Wolgarten,
geboren 1961, lebt mit ihrer Familie und mit Hund und Katze in der Kölner Region. Sie ist Autorin, Drehbuchautorin und Journalistin, gehört der internationalen Krimiautorinnenvereinigung *Sisters in Crime* an und ist Mitglied im *Syndikat*, der Autorengruppe deutschsprachiger Kriminalliteratur. Neben dem Schreiben widmet sie sich der Produktion diverser Dinnershows. Die Krimis *Land der Mädchen, Und es wurde Nacht* und *Der Tod der Königskinder* erschienen 2005 bis 2008 (Prolibris Verlag). 2009 folgte *Hop oder Top – Endstation Ostsee* (KBV Verlag).
www.mordstruppe.com

Petra Würth,
geboren 1956 in Saarbrücken, lebt in Hamburg. 1998 löste ihre Priatdetektivin Pia Petry ihren ersten Fall in dem Roman *Unter Strom*. In *Blutmond* (2005), ihrem dritten Fall, trifft Pia Petry zum ersten Mal auf den prominenten Privatdetektiv Georg Wilsberg, den Jürgen Kehrer erfunden hat.

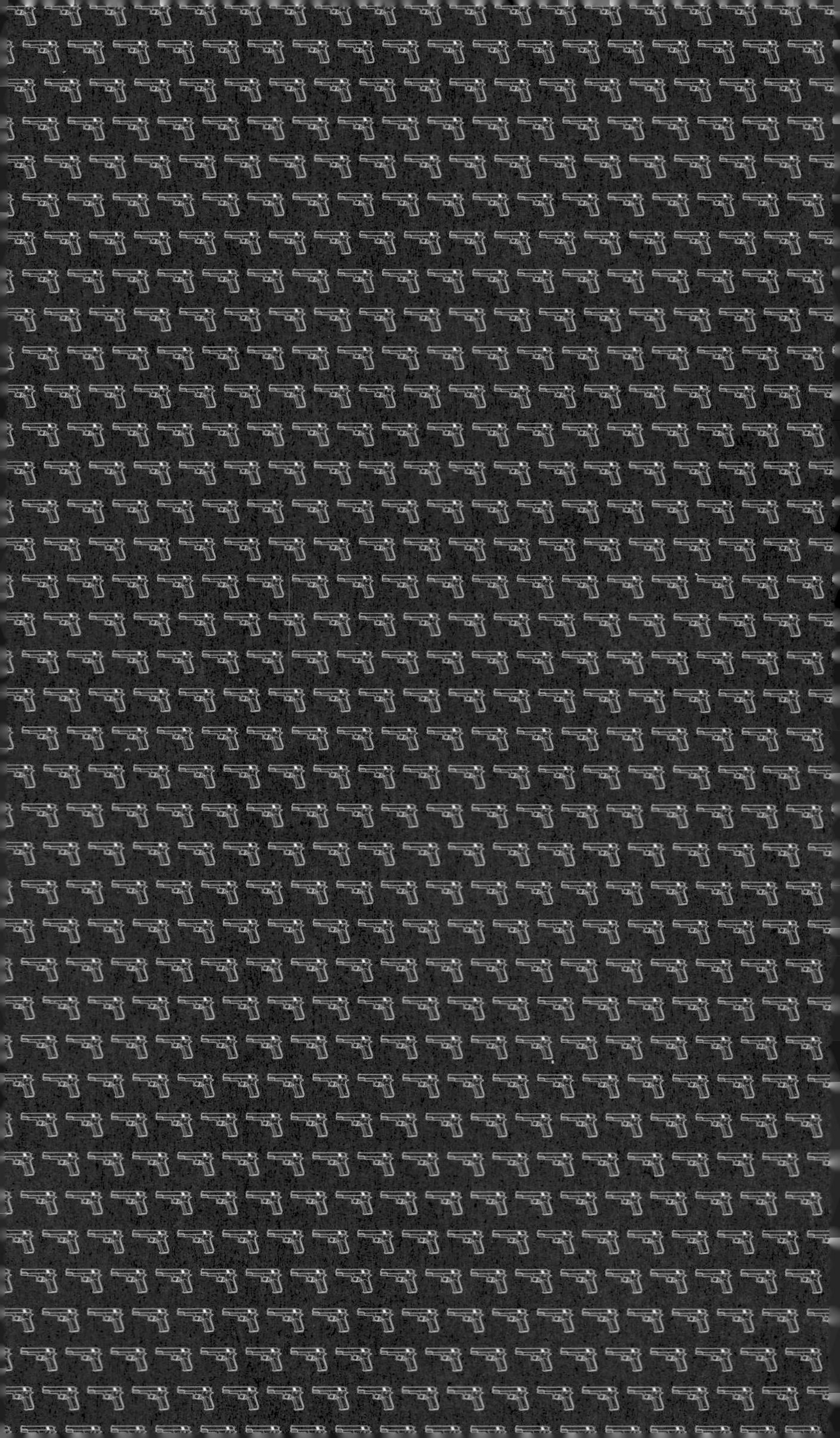